KB193781

메타 탐정 손현우

메타 탐정 손현우

다크 가든

장량 지음

Meta Detective
in the
dark garden

GENIO

초판발행 2025년 3월 5일
지은이 장량
발행인 닮비
편집 · 디자인 닮비

발행처 도서출판 제니오

주소 서울시 강북구 인수봉로 64길 58, 2F 도서출판 제니오
출판등록 제25100-2010-000018호
전화 02)905-4041
팩스 02)6021-4141
이메일 j_dalm@naver.com

ISBN 979-11-982385-2-8
= 값은 뒤표지에 있습니다.
= 잘못된 책은 구입하신 곳에서 교환해 드립니다.

차례

- 경고-

본 소설에 묘사된 모든 범죄 행위는 소설 속 허구입니다.
이를 현실에서 모방할 경우 반드시 발각되어 형사 처벌을 받게 됩니다.
절대로 따라 하지 마십시오.

프롤로그

세 번째 남편의 죽음으로 김나영은 자산이 10조에 이르러, 글로벌 슈퍼리치 반열에 올랐다.

대학을 졸업한 뒤 빈손으로 사회에 나온 지 12년, 서른다섯 살에 기적으로도 설명할 수 없는 부를 손에 쥔 것이다.

1. 그린 가든 Green garden

사립탐정 손현우는 눈에 띄게 크지도, 그렇다고 작아 보이지도 않는 175센티미터의 키에 군살 없는 날렵한 몸매를 가진 중년 사내로, 언 듯 보면 평범한 이웃집 아저씨처럼 보이지만, 빛이 들어 있는 눈동자와 당당한 행동거지에 보이지 않는 위엄이 서려 있어 결코 만만해 보이는 사람은 아니었다.

손 탐정의 사무실은 서울 변두리 외진 곳에 있었다. 그가 십 년 째 이 사무실을 고집하는 이유는 옥상 정원 때문이었다.

열 평 남짓, 제법 넓은 옥상 정원은 그의 성품처럼 열정적으로 가꾸어져 있었다.

옥상의 북쪽에는 키가 큰 다년 생 과실수를 커다란 물통에 심어 방풍림으로 삼고, 햇볕이 잘 드는 동쪽은 지주를 세우고 그물을 엮어 넝쿨 작물을 재배해 옥상을 감싸고 있어 커다란 테이블과 바비큐 그릴이 놓여 있는 옥상의 중심은 숲 속처럼 아늑했다.

테이블 주위에는 키가 작은 허브 식물과 쌈 채소, 고추를 비롯한 식용 작물을 심은 화분들이 놓여 있었다.

손 탐정의 손길과 정성, 식물에 대한 지식을 대변하듯, 햇볕을 받아 잎사귀가 초록색으로 빛나는 옥상의 모든 식물들은 한눈에 보아도 생육 상태가 아주 좋아 보였다.

옥상 정원에 대한 손 탐정의 자부심은 대단해서 '옥상 정원'이나 '루프 탑 가든'이라 하지 않고 '그린 가든'이라 부르며 사무실 보다는 정원을 가꾸며 의뢰받은 사건의 내막을 추리하기를 즐겼다. 따라서 손 탐정의 사무실을 방문하는 지인들은 사무실은 열려있는데 손 탐정이 보이지 않으면 선걸음에 옥상의 그린 가든으로 올라오곤 했다.

초여름 해거름 무렵이었다. 손 탐정은 그린 가든의 테이블에 식기와 숟가락, 젓가락, 술잔, 나눔 접시 등을 네 세트 차렸다. 그리고 허브와 쌈채, 식용 꽃 등을 담아 놓은 바구니를 놓은 다음, 바비큐 그릴에 숯을 넣어 불을 붙였다.

숯에 불이 달아오를 즈음 초대 손님들이 속속 그린 가든으로 올라왔다.

국내 굴지의 보험회사 조사 팀장인 이보연과 자타 공인 셜록 홈즈 전문가인 정도일. 그리고 현역 경찰 박강진 경정이었다.

손 탐정이 서로를 소개했다.

"이렇게 한자리에 모이기는 처음이지만, 그간 내가 사석에서 서로 간 자랑을 많이 해서 낯이 설지는 않을 거야. 더구나 모두들 나와 단둘이 만났을 때는 너, 나 친구로 말을 놓고 지낸 지 오래됐고, 우리 네 사람 모두 마흔두 살 호랑이 띠 동갑이잖아. 그러니까 초면이라고 내외하지 말고 편하게 말을 트자."

손 탐정은 곁에 있는 정도일의 어깨에 손을 얹으며 말했다.

"셜록홈즈와 코난 도일 연구가를 셜로키언Sherlockian이라 하는데 홈즈 탄생 백 년에 이르는 동안, 전 세계 셜로키언들의 연구 성과는 가히 '홈즈학'을 이룰 만큼 대단한데, 도일이는 그중에서도 발군의 실력을 인정 받아 영국 홈스 협회에서 열리는 홈스 축제에 초청됐어. 오죽하면 이름까지 도일이라고 개명했겠어."

이보연이 곧바로 손을 내밀어 악수를 청하며 말했다.

"손 탐정한테 말도 많이 들었고, 네가 쓴 『셜록 홈즈는 실존할 수 있는가.』라는 책을 구입해 읽고, 네 유튜브에 독서평도 올렸지. 그래서 만나기는 처음이지만, 우리는 오래전부터 아는 사이야. 반가워."

이보연이 내민 손을 잡고 정도일이 대답했다.

"홈즈는 영국 태생이지만, 홈즈의 절친은 와트슨이 아니라 한국의 정도일이다! 라고 서평을 달아, 영국인들까지 '베스트 오브 베스트'라는 엄지 척 대댓글을 달아준 찐 독자를 내가 어찌 모르겠어. 내가 더 반갑다. 네 댓글 보고 얼마나 행복했는지 몰라."

박강진도 도일의 손을 잡았다.

"책 날개에 있는 네 사진을 여러 번 봐서 그런지, 십년

지기보다 더 낮이 익어. 반가워."

"졸작을 열 권이나 사준 열혈 독자를 드디어 만나는구나. 정말 고마웠어."

"홈즈의 수사 기법 분석이 현직 경찰의 수사에도 충분히 도움이 되겠기에, 동료들에게 한 권씩 선물했는데 다들 고마워하더라. 반갑다."

"친구들의 칭찬이 너무 과분해서 어쩔 줄 모르겠다. 사실 그 책은 내 책이 아니라 손 탐정 책이야."

손 탐정이 단박에 손사래를 치며 부정했다.

"이게 무슨 말이야! 토씨 하나, 마침표 하나까지 다 도일이 네가 쓴 거잖아!"

정도일은 손 탐정의 말을 아랑곳하지 않고 박강진과 이보연에게 말했다.

"첫 만남부터 거짓이 있으면 어찌 친구가 되겠어. 그래서 솔직히 이야기할게. 나는 어려서부터 탐정 소설에 퐁당 빠졌는데, 책을 많이 읽어서인지 공부머리가 제법 열려 학업 성적도 나쁘지 않았고, 부모님이 비록 작은 구멍가게지만 제법 잘 꾸려서 넉넉지는 않아도 외동아들을 끝까지 바라지 해 주셨어.
부모님의 헌신으로 세상 어려운 줄 모르고 제법 그럴듯한 대학 국문학과를 졸업하고 대학원까지 진학해 석사 학위까지 순탄하게 달렸어. 그런데! 하늘이 무너지고 말았어. 부모님이 뺑소니 교통사고로 함께 돌아가신 거야.
그렇게 구멍가게를 물려받았지만, 오로지 책만 읽다가 친구도 못 사귀고 연애도 못해 본 세상물정 모르는 숙맥이 뭘 할 수 있었겠어. 아버님이 하시던 철물점을 이어 장사할 엄두가 나지 않았어.
아버지는 손재주가 아주 좋아서 배관부터 전기 배선, 시멘트 미장까지 못하시는 게 없어서, 온 동네 집수리를 다 하시면서 철물을 함께 파셨고, 어머니는 가게를 지키셨는데, 서른 살이 되도록 못 하나 박아 보지 못한 나 혼자 뭘 어찌하겠어.
그래서 그냥 가게를 월세로 내주었어. 하지만 그 가게가 내 인생을 망쳐버렸어. 결혼은커녕, 겨우 독신생활을 유지할 정도 밖에 되지 않는 월세지만 매월 꼬박꼬박 나오기에, 몇 번 시도해 실패한 취업도 결혼도 접어 버리고 오로지 책만 읽으며 유튜브에 간간이 추리 소설을 요약해 올리는 무력한 백수 건달이 되고만 거야.
더구나 동네가 후미진 곳이라 부동산 값이 오르기는커녕 거주 인구가 줄어들어 가게 세를 내려 달라고 하고...
차라리 가게를 팔아서 다른 일을 해볼까도 생각했지만, 프랜차이즈 치킨집을 차릴 돈도 되지 않더라고.
그래서 그나마 월세 알을 낳는 오리를 잡아 버리면 굶어 죽을 거 같아서 그냥 월세에 목을 매달고, 희망 없는 삶에 매일매일 자살을 꿈꾸며 삭아 시들어가던 중에 손 탐정이 내 유튜브의 구독자로 들어와, 새 글을 올릴 때 마다 좋아요와 칭찬 댓글을 주고, 가끔씩 국내에 잘 알려지지 않는 작가와 소설 업로드를 부탁해서 그나마 유튜브를 닫지 않고 있었어.
그러던 어느 날, 손 탐정이 내 포스팅 중 홈즈 관련 부분만 도려내어 출판하면, 인플루언서 급인 자신의 블로그, 유튜브, 페이스북, 인트타그램 등 SNS 자산을 총동원해 초판 정도는 팔아주겠다며 출판사 한 곳을 꼬여서 붙여 주었어.
돈도 되지 않고 귀찮기만 할 거 같아 시큰 둥 바로 대답하지 않자, 손 탐정이 출판사가 다 알아서 할 터이니 최종 원고와 출판 계약서에 서명만 하라 더라고. 그렇게 『셜록 홈즈는 실존할 수 있는가』 라는 책이 나왔어.
그리고는 많지는 않지만 인세도 주더라고. 인세로 컴퓨터를 업그레이드하고 책이 더 팔리기를 기다렸지만 책은 더 팔리지 않았고 내 인생도 달라진 것이 없었어. 그래서 지하 원룸에 처박혀 그저 책 읽고 컴질하고 있는데, 손 탐정이 내 책의 영문 초록을 영국 홈즈 협회에 보냈나봐.
그걸 보고 홈즈 협회에서 매년 거행하는 홈즈 축제에, 행사 기간 동안 숙식을 제공해 나를 초대했지만, 갔다올 항공료가 없어 기쁘기보다는 오히려 비참해서 초청장을 삭제하려했는데...
아마도 손 탐정의 꼬드김이었겠지만, 출판사에서 저자의 홈즈 축제 초대 사실을 띠지에 홍보해 재판을 찍겠다며 인세를 선불해 주었어. 그 돈으로 항공권을 구입해 홈즈 축제에 갔다 온 것이 지금까지의 내 인생에서 가장 큰 사건이며, 행복한 순간이었지.
어쩌면 손 탐정과 유튜브에 의지해, 내가 삶의 끈을 놓지 않고 있는지도 몰라."

음울한 주제, 음울한 얼굴, 음울한 목소리의 정도일의 말에 분위기마저 음울해 졌다.

손 탐정이 손사래를 치며 정도일의 말을 부정했다.

“무슨 말이야! 내가 오히려 도일이에게 배운 게 많고, 지금도 배우고 있고, 미래에도 배울 게 많아서, 나야말로 도일이를 보고 삶에 희망을 느끼고 있는데!”

정도일은 손 탐정의 말에도 얼굴을 펴지 않고, 경찰 정복을 갖춰 입고 어깨 위에 은색 무궁화 세 개를 세로로 붙인 박강진 경정에게 물었다.

“사십 대 초반에 경감을 넘어 간부인 경정이라니. 경감까지는 근속하면 어렵지 않게 오르지만, 경정 달기는 경쟁이 치열해서 아주 어렵다 하던데. 경찰대 출신이 아니라면, 연쇄살인범 검거 같은 큰 사건을 해결해 특진하고도, 승진 고시를 합격하지 않고서는 불가능하잖아. 박강진, 손 탐정에게 들은 말대로 대단한 능력자 인가 봐.”

“이거, 초면에 자아비판이라니! 좀 머쓱하지만, 정도일의 과찬은 해명 해야겠어.

나는 어렸을 때부터 장래 희망이 경찰이었어. 경찰 제복이 그렇게 멋있을 수가 없었거든. 하지만 학업 성적이 좋지 못해 경찰대학은커녕 이름 없는 지방대를 겨우 졸업해, 죽기 살기로 순경 시험에 매달려 삼수 끝에 합격했어.

힘겹게 겨우 순경 훈련을 마치고 첫 근무를 인천공항에서 시작했는데, 초임이라 뭘 어떻게 해야 할지 몰라 헤매는데 항공보안학과 교수가 보수교육을 한다는 거야. '야! 이거 죽으란 법은 없구나!' 쾌재를 부르며 교육장으로 달려갔지.

거기서 손 교수를 만났어. 강의 몇 분 만에 공항에서 경찰이 뭘 해야 하는지 눈이 번쩍 뜨이더라. 이론 교육 다음으로 이어진 체포 경호술은 충격이었어. 몸집도 작고 특별한 무술도 없어서, 경찰 훈련 6개월 동안 수련한, 체포술, 결박술, 호신술 등으로는 실전에서 범인 체포는 커녕 맞아 죽을 것 같아 불안하던 차에, 호신 무술 8단! 검도 5단! 기타 무술까지 합하면 20단이 넘는다는 손 교수는 신과 다름없는 존재였어.

3차에 걸친 보수 교육으로 안면을 튼 뒤, 손 교수에게 체포 호신술을 더 익히고 싶다고 했더니. 주말과 야간에 자신이 사범으로 있는 도장을 가르쳐 주더라고.”

손 탐정이 말을 넣었다.

“그때는 탐정이라는 단어조차 사용을 할 수 없던, 사설탐정이 허용되지 않았던 때라서, 저녁때면 무술 사범 알바로 생계비를 벌어 가족을 부양해야 했어.”

“20년은 수련해야 딸 수 있는 검도 5단과 호신 무술 8단이 알바라고?”

정도일이 눈을 크게 뜨며 말했다.

“코난 도일은 셜록 홈즈를 지팡이, 외투, 우산 등을 사용하는 셀프 디펜스, 즉 호신술의 달인이라고 썼어.
홈즈는 영국인 바턴 라이트가 1898년 유럽 각국의 전통 무술과 일본 닌자 무술을 혼합해 만든 실전 전투 무술, ‘바틀렛 슈 Bartitsu’의 대가이며, 복싱도 챔피언급이라고 묘사했지.
루팡을 창시한 모리스 르블랑도, 루팡이 복싱과 펜싱의 천재이며, 일본 유도를 프랑스에 소개한 사람이고 격투에서 진적이 없다고 썼어.

손 탐정도 홈즈와 루팡처럼 스스로를 보호하는 호신술과 상대방을 제압하는 격투기를 갖췄는데, 어린 시절부터 탐정이 되려고 무술을 배운 거야?"

손 탐정이 대답해 주었다.

"꼭 그렇다고 할 수는 없어. 어린 시절, 나도 숫기와 용기가 없어서 아버지가 다른 애들처럼 태권도를 배우게 했는데, 내 자신도 놀랄 만큼 재미있더라고. 그래서 수업이 끝나면 태권도장으로 직행해 살다시피 했어.
하지만 품새와 약속 대련 위주의 반복되는 수련에 실증이 나서 다른 무술을 기웃거리다가, 한국 검도를 만났는데 내 소질과 특기를 찾았나 싶을 정도로 푹 빠졌어. 특히 진짜 검과 각종 무기를 다룰 수 있다는 사실은 충격이었지.
하지만 이내 깨달았어. 검술, 봉술, 창술, 단검술 등은 모두 살인 무기라서 실전에서 사용할 수 없고, 나를 보호하거나 상대를 제압할 수 없다는 사실을. 그래서 호신술과 격투기를 배우기 시작했고, 일당이 많은 경호 알바를 하기 위해 요인 경호술도 수련했어. 지금은 경호학과 교수도 겸임하고 있어. 일단 내 몸이 무술에 특화되어서,

어떤 무술이든 배우면 쉽게 유단자가 되더라고."

손 탐정이 말을 마치자, 박 경정이 하던 말을 이었다.

"손 교수가 아닌 손 사범에게, 육 개월쯤 체포·호신술을 개인 교습받던 어느 날이었어. 손 교수가 무술 수업 대신에 함께 갈 곳이 있다며 무작정 차에 태우더니, 차 안에서 이러는 거야.
'지금 대한민국을 벌벌 떨게 하고 있는 연쇄살인 사건에 대한 수사 첩보가 있냐?'고. 하지만 나는 강력계도 아니고, 공항과는 거리가 먼 사건이라 따로 통보받거나 공유된 정보는 없었어. 그래서 메스컴에 보도된 걸 바탕으로 말해줬지.
세 건 모두 동일한 것으로 추정되는, 비수에 의한 심장 직격으로 사망했고, 피해자가 절명하는 순간 범인의 손을 움켜쥘 때, 지문 골 사이에서 추출된 DNA 미세 분석 결과 동일범의 소행에 의한 연쇄살인으로 밝혀졌지만, 등록되지 않은 DNA라 범인을 특정하지 못하고 있다는 것 외에는 아는 게 없다고. 그랬더니 손 사범이 뜬금없는 걸 물었어."

"뭔데?"

남다르게 호기심이 강해 보이는 이보연이 물었다.

"응. 손 교수가 '날궂이'가 무슨 말인지 물었어."

"날궂이?"

"응. 모르는 말이라서 대답하지 못했더니, '날씨가 좋지 않으면 나타나는 관절통, 우울증, 불안증, 음주 욕구, 자제력 상실, 폭력성 표출 등의 기상병의 우리말'이라고 손 사범이 교수로 돌아가 가르쳐 주면서, 이번 연쇄살인 사건에서는 경찰의 프로파일링이 날궂이를 잘못 계산해 범행 원인과 범행 대상, 범행 예정 장소를 특정하지 못했다고, 비과학적인 점쟁이 같은 말을 하는 거야."

"그러면, 손 탐정의 직감으로는, 특정한 날씨에 범인이 살인을 한다는 거야? 하지만 날씨도 범행 프로파일링의 참고 사항이기 때문에, 손 탐정만의 특별한 직감이라 할 수 없어."

정도일의 반박에 박 경정이 대꾸했다.

“맞아. 나도 손 탐정에게 그 점을 지적했는데, 손 탐정의 생각은 달랐어.”

잠자코 듣고 있던 이보연이 손 탐정에게 직접 물었다.

“아이고, 답답해라. 그냥 손 탐정이 말해줘.”

손 탐정이 사양하지 않고 대답해 주었다.

“범행 과정을 보니까 아주 치밀하게 사전 준비를 했더라. 그래서 하루 전에 이미 범행을 결심한 것으로 추리했고, 범행 하루 전 날씨를 검색하고, 범행 시간에 달이 뜨는 시간까지 더해 공통 분모를 발견했어.
그리고 범행 장소 접근과 도주에 차량을 이용할 수밖에 없는데도, 도로 곳곳에 설치되어 있는 범죄예방 감시 카메라에 차량이 찍히지 않은 점에서, 범행 장소의 선정에 일정한 패턴이 있는 것을 알아냈지.
그래서 다음 범행의 일시와 장소를 추리했어. 확률은 낮지만, 만약에 범인이 실제로 나타난다 해도 나는 체포할 권한이 없으니까 박 순경을 데리고 간거야.”

“우와! 그래서? 손 탐정의 추리대로 범인이 나타난 거야!"

이보연의 채근에 정도일이 제동을 걸었다.

"너무 재촉하지 마. 우리도 들으면서 추리할 시간이 필요해."

보연이 샐쭉한 표정으로 정도일을 곁눈질하자. 손 탐정이 서둘러 말을 내었다.

"세 명의 피해자 모두 비수로 심장을 찔려 사망했어. 아무리 내가 곁에서 지켜보고 있다고 해도 박강진의 생명으로 도박할 수는 없잖아.
그래서 칼을 막아 낼 수 있는 방검 조끼를 준비해 박 순경에게 입히고, 칼이든 주먹이든 범인의 선제 일격만 막아내면, 그간 수련한 체포술로 상대를 제압할 수 있을 테니까.
겁만 내지 마. 겁이 나서 몸이 굳는 토닉에 만 빠지지 않으면, 범인을 잡을 수 있어! 내가 박 순경을 죽게 놔두겠냐! 마음 굳세게 먹고 덤비라고 다독여 격려 하고.
DSLR 카메라의 뒷면 화면 불빛으로 들키지 않도록 화면을 끄고, 눈으로 보이는 가시광 모드가 아닌 열을 촬영하는 적외선 모드로 전환한 다음, 눈을 뷰 파인더에 바싹 붙이고 어두운 곳에 숨어서 잠복을 했어."

박 경정이 상황 설명을 이어갔다.

"그날은 음력 30일. 달이 뜨지 않는 무월광의 밤이라서. 농촌과 인접한 도시 변두리 동네는 아주 깜깜했지.
손 탐정을 따라 동네 끝자락의 밭둑에 몸을 숨기면서도 '이게 무슨 도깨비장난이야?' 싶었어. 손 탐정을 태산같이 믿고는 있지만, 이건 좀 아닌 거 같아 미심쩍어 반신반의하고 있는데.
그때, 국도에서 갈라져 들어오는 동네 진입 도로가 아닌, 동네 뒤쪽 농지 쪽을 카메라로 살펴보던 손 사범이 카메라를 넘겨주며, 보아야 할 곳을 손가락으로 가리켰어.
그쪽을 보니까, 세상에나... 헤드라이트는 물론 차폭등과 차내 운전석의 테블릿 화면까지 꺼져 있어서 눈으로는 보이지 않던 차량이, 차의 엔진 열로 인해 카메라에 보이는 거야.
그 순간 범인의 출현보다도 손 탐정의 추리에 놀라서 심장이 쿵쾅쿵쾅 뛰기 시작했어."

“손 탐정과 함께 일을 하면 그런 건 다반사야. 나도 여러 번 겪어봐서 그 심정 잘 알아.”

박 경정이 신바람을 내어 말을 이어가도록, 이보연이 추임새를 넣었다.

“진짜로 내가 사람하고 있는지 귀신하고 있는지 어안이 벙벙해 있는데, 손 탐정이 ‘차에서 내리는 순간 덮치자’라고 속삭였어. 그래서 ‘범인이 아니면 어떻하냐’고 걱정했더니. ‘모든 책임은 내가 질게’ 하며 등을 다독이는데 묘하게 마음이 안정이 되더라고.”

“그래서 덮친 거야?!”

“손 탐정만 믿고 무작정 덤벼들었더니, 범인이 재빨리 칼을 꺼내 내 심장을 찔렀어. 하지만 그대로 칼을 받으며 발목을 걸어 넘어뜨리고, 오른발로 목을 밟고 왼발로 칼을 쥔 손을 밟아 제압했지.
손 탐정이 가지고 온 케이블 타이로 범인의 손과 발을 뒤로 모아 묶고, 가까운 지구대의 경찰차를 불러 실어 보내어. 그리고 여기 사무실로 돌아와 둘이서 독주를 마시며 자축했지.

그때, 내 마음속에서 '손 교수'에서 '손 사범'으로 바뀌었던 손현우가, '손 탐정'으로 아로 새겨졌지."

정도일은 입을 딱 벌리고 한동안 말을 하지 못했지만, 이보연은 태연했다.

"놀랄 만한 추리로 인한 놀랄 만한 결과이기는 하지만, 손 탐정이니까 나는 크게 놀라지 않아. 사건 처리 결과는?"

"범행 도구인 칼과 DNA 증거로 범인은 범행 일체를 자백했는데, 밝혀진 세 건 외에 두 건의 살인이 여죄가 더 있었어. 결국 사형 구형에 무기징역 언도로 교도소에 수감되었어."

정도일이 말했다.

"당시 지상파 방송에서 초임 순경이 5명을 죽인 연쇄살인범을, 칼을 맞아 가며 검거했다며 검거 장면을 수십 번 보여 줬어. 어쩐지 오늘 박 경정을 처음 봤지만. 어디서 많이 본 듯 낯설지 않더라니, 그때 그 동영상을 여러 번 봐서 그런가 봐."

"손 탐정이 촬영한 동영상을 경철청과 지상파 방송국에 보내서, 매스컴은 물론 경찰청에서도 난리가 났지. 결국 그 공로로 일 계급 특진을 했어."

"그때 당시 매스컴에서 손 탐정은 단 한 번도 나오지 않던데?"

"손 탐정이 모든 프로파일링과 범행 장소, 시간 등을 나 혼자 다했다고 제보했거든. 그래서 진실을 밝히려고 했더니, 손 탐정이 자신의 이름을 밝히면 의절하겠다고 딱 잘라 못을 박았어. 그때, 신보다도 더 위대해 보이던 손 탐정의 말을... 거절하지 못한 것이 두고두고 후회돼."

"후회 된다고?"

"그래. 그때는 손 탐정의 음흉한 속셈을 눈치채지 못 했어."

"음흉한 속셈이라니?"

"경찰내부는 물론, 전 국민이 박강진은 천재 수사관이라며 치켜세우니까, 강력 사건만 일어나면 나를 불러대는 거야. 과대 포장된 나는 해결할 능력이 없으니, 결국 손 탐정에게 의존할 수밖에 없는 악순환이 시작된 거지. 어쩌면... 손 탐정에게 평생을 낚인 거 같아."

정도일도 박 경정에게 말했다.

"박 경정 말을 듣고 보니, 나도 『셜록 홈즈는 실재할 수 있는가.』 책으로 손 탐정에게 낚였나 봐."

"강진이와 도일이 말을 들어 보니까, 나도 손 탐정에게 낚였나 봐"

이보연도 같은 말을 하자, 정도일이 이보연에게 물었다.

"손 탐정에게서 이 팀장에 대한 말을 듣기는 했지만, 상상보다 훨씬 미인이구나. 연봉이 억대인 대기업 팀장이 어떻게 손 탐정에게 낚인 거야?"

이보연은 자세히 뜯어보면 '썩 예쁘다'고 할 수 있는 미인은 아니었지만, 작은 얼굴에 이목구비가 오목조목 모여 있어 귀염성이 있었고, 사십 대가 아닌 삼 십 대 초반으로 보일 만큼 동안이었다. 키는 크지 않았지만, 허리가 잘록하고 하체가 길어 실제보다 더 커 보였다.

이보연이 헛기침으로 목청을 가다듬은 다음, 말을 풀어내었다.

“나도 사실은 변변찮은 대학을 나와서 취업에 실패한 루저였어. 더구나 집안 형편도 좋지 않아서 굶지 않으려고, 울며 겨자 먹기로 진입 장벽이 거의 없는 보험 설계사가 되었지만, 실적이 좋지 않아서 결혼할 엄두도 못 내고, 지하 원룸에서 죽지 못해 사는데, 업친 데 덮친 격으로 어느 날 경찰이 나를 잡으러 왔어.
내가 모집한 보험 가입자 중 한 사람이 자신을 수혜자로, 남편을 피보험자로 설정해 사망 보험을 들었는데, 얼마 지나지 않아 그 남편이 죽고 여자가 거액의 보험금을 탄 적이 있었어. 그런데 세상에나, 그 여자가 남편을 청부 살해했다는 거야!
이런 경우 보험 설계사가 공범인 경우가 많다면서, 나를 경찰서로 끌고 가 피의자처럼 취조 하고 진술서를 쓰라고 하더라.
내가 살인 사건에 연루되다니...! 얼마나 놀라고 무서웠는지 몰라. 그래서 보험 모집을 잠시 쉬고, 어렸을 때부터 관심 있었던 칵테일을 배워보려고 학원에 다니면서 양주 코너로 알바를 나갔는데, 술 마시러 온 남자들이 칵테일은 안중에 없고, 열이면 열 나에게 매춘을 하자고 덤비는 통에 가래침을 '카악' 뱉고, 이 짓도 할 짓이 못 되는 구나하고 돌아섰어.
하긴, 보험 설계사 할 때도 큰 보험 들어 주겠다. 직원들 보험까지 몰아주겠다는 수컷들이 꽤나 있기는 했지만, 술집처럼 만큼 노골적이지 않아서 요령껏 보험만 따먹고 넘어 갈 수 있었어.
그래서 다시 마음을 돌렸어. 생면부지인 나를 믿고 보험을 들어준 고객들의 기대를 저버리지 말자. 맨땅에서 주먹을 쥐고, 겨우 밥벌이가 될 만큼 인맥을 쌓기 까지 흘렸던 눈물이 너무 아깝지 않느냐! 마음을 다잡고, '사기에 말려들지 않는 법'을 좀 가르쳐달라고 회사 조사팀장에게 물었더니, 자기도 손 탐정에게 배웠다고, 손 탐정을 찾아가 보라고 했어.
그래서 선걸음에 여기로 찾아 왔는데, 마침 손 탐정이 '민간 정보 아카데미' 강의 중이더라고, 뒤에서 조용히 청강을 했든데, '바로 이것이다! ' 소리치고 싶을 만큼 귀에 쏙 와 닿아서, 그 자리에서 등록하고 손 탐정의 제자가 됐지.

그런데 탐정 일이 내 취미와 적성에 딱 맞았는지, 그렇게 재미있을 수가 없더라. '민정아', 그러니까 '민간 정보 조사 아카데미'를 수료하고 트인 눈으로 세상을 보니까, 정말 사람들의 거짓과 음모가 눈에 보이기 시작했어.
너무 신기해서 며칠 동안 주변 보험 설계사들을 관찰했더니, 실손 보험을 든 많은 사람들이 유독 특정 병원에 입퇴원을 반복하면서 거액의 보험금을 타내고 있는걸 발견했어. 원장과 사무장, 보험 설계사의 짬짜미 사기가 내 눈에 보인거야.
그래서 손 탐정이 시킨 대로 증거 자료를 확보해 회사 측과 협상을 했지. 이미 지급된 수 십 억의 보험금도 회수할 가능성이 있고, 앞으로 일어날 수 십 억의 유출도 막을 수 있으니, 사건 조사팀에 특채 해 달라고 말이야.
시작은 계약직이었어.
그래도 길바닥을 헤매는 설계사에서 벗어나, 냉난방 빵빵한 회사 안으로 발을 딛은 것만 해도 어디냐! 감격해서 눈에 불을 켜고 업무에 뛰어들었지. 그리고 곧바로 눈부신 성과를 거두었지만, 계약직에서 벗어나지 못했어. 그런데 손 탐정이 국내는 물론 국제적으로도 손꼽히는 지금 회사의 중역진에게 내 성과를 품신해 정직원으로 스카우트되는 기적이 일어났어.
그래서 높은 연봉과 성과급을 받아 오래도록 벗어나지 못해 찌 들었던 가난에서 탈출했어.
그런데… 사람을 보는 눈이 트이니까, 제대로 된 남자가 안 보이더라. 내 돈과 능력을 보고 덤비는 녀석들은 하나같이 올바르지 않았는데. 특히, 우리 또래는 '둘도 많다, 하나만 낳아 잘 키우자.'는 산아 제한 독재 아래 태어난 세대라, 형제가 없는 독자들이 많았고, 부모들이 불면 날아갈까 쥐면 깨질까 금자둥이 금쪽이로 키워서, 저 귀한 줄만 알고 저만 대우받고 인정받으려는 천방지축 망나니들이 대부분이었어.
배려와 양보, 희생과 봉사가 애초에 입력되지 않은 녀석들의 본성이 한눈에 다 보이는데… 어떻게 결혼하겠어? 그래서 결혼은 내던져 버리고, 내 마음껏 내 돈 내가 쓰며 살기로 했어."

이보연은 단숨에 자신의 자서전을 풀어내는 달변가였다. 이야기를 논리정연하게 줄 세우며, 서두르지 않고 조근조근 또박또박 말하는데, 중간중간 애교와 유머도 섞어 이야기가 길어도 지루하지 않았다.

이보연이 말을 맺자, 정도일이 이보연을 새삼스러운 눈으로 바라보며 감탄했다.

"우와, 내가 꿈에라도 되고 싶은, 자수성가형 화려한 싱글이 바로 너구나, 이보연."

"자수성가? 겨우 밥 걱정, 집세 걱정 안 할 정도로 연봉 받는 건데? 그 연봉을 유지하려면 죽을힘을 다해 일을 해야 해. 화려한 싱글은 무슨! 좋은 옷 입고 고급 승용차 끌고 다니는 약간의 여유는, 결혼하지 않고 애를 키우지 않아서 생긴 거야. 성공이라니! 겨우 중산층 밑바닥에 턱을 걸고 언제 추락할지 전전긍긍하는데... 성공이라니!"

정도일의 생각은 다른데 있었다.

"내 관점에선, 넌 이미 성공한 사람이야. 그리고 대부분의 사람들은 개구리가 되면 올챙이 시절을 잊어버리고, 자기 과시를 위해 과거를 포장하고 과장하는데, 너는 오히려 겸손하게, 스스로의 치부를 숨기지 않았잖아. 그래서 네가 더욱 멋있게 보여."

"도일이 네가 앞장서 스스로를 낮추고, 박 경정도 지위에 미루어 얼마든지 잘난 체를 할 수 있었지만, 겸손하게 진심으로 우리를 대하잖아. 그래서 나도 솔직할 수밖에 없었어."

박 경정이 말을 더했다.

"손 탐정 앞에서 잘난 체라니? 그건 말도 안 돼. 손 탐정 앞에서는 누구도 자신의 과거를 미화할 수 없어. 거짓말 잡는 귀신 앞에서 거들먹거리는 건, 결국 자신의 인격적 한계를 드러내는 것 밖에 안 되거든."

더는 듣기 민망했는지, 손 탐정이 화제를 돌렸다.

"낯 간지러운 말은 그만하고 고기 굽고 술 마시자. 술도 고프고, 배도 고프다."

이보연이 손뼉을 치며 좋아했다.

"그래! 내가 돼지 목심 넉넉히 사 왔고. 내가 담근 김치도 가져왔어!"

"목심보다도 김치가 열 배 반갑다."

손 탐정이 입맛을 다시자, 정도일이 또 다시 감탄하며 말했다.

“이 팀장이 김치도 담글 줄 안다고? 김치 담는 커리어 우먼은 첨 본다.”

손 탐정이 칭찬을 더 보탰다.

“김치 뿐이겠어? 못하는 요리가 없어. 가끔씩 반찬을 가져다주는데 손맛이 장금이야.”

보연이 계면쩍은 표정을 지으며 말했다.

“아빠가 일찍부터 앓아누우셔서, 엄마가 집 앞 골목 어귀에 포장마차를 차려 할아버지와 할머니, 삼촌들까지 먹여 살리셨어.
엄마는 말렸지만, 열 살 무렵부터 엄마의 안주 장만을 도왔어. 처음에는 파를 다듬고 감자를 깎는 등 식자재를 손질을 하다가, 중학교 때부터는 손님과 술을 한 잔씩 주고받으며 매상을 올려야 하는 엄마를 대신해 안주를 만들곤 했는데, 손님들이 내가 만든 안주가 더 맛있다고, 주문을 더 하더라고, 그래서 고등학교 때부터는 엄마는 술 파는데 전념하고, 나는 각종 안주를 만들고 김치를 담갔지. 그 덕에 부모님이 돌아가시고 혼자 남았어도, 허투루 먹고 살지 않았어."

"그럼, 보험 설계사 하지 말고 음식점이나 식당 찬모를 하지 그랬어."

"나도 그 생각을 안 한 건 아니야. 그런데 셰프도 아무나 하는 것이 아니더라고, 나는 손 피부가 습진에 약해서 자꾸 짓무르는 통에 요리는 취미로 만족해야 했어."

말을 하면서도 보연은 봉지에서 고기를 꺼내, 불이 달아오른 석쇠 위에 펼쳤다.

손 탐정이 가까이 있는 화분에서 짧고 좁은 잎이 줄기를 따라 다닥다닥 붙어 있는 키 작은 식물의 가지를 몇 개 꺾어, 화분에 물을 주는 스프레이로 물을 뿌려 먼지를 씻어 낸 다음, 석쇠 위의 고기 사이로 올려놓았다.

보연이 물었다.

"우와, 솔향기가 나는데 뭐야?"

"바다의 이슬이라는, 로즈마리야. 함께 구우면 돼지고기 누린내가 싹 사라지면서, 식욕을 자극하는 향기가 피어오르지."

"안주가 나왔으니 술을 트자."

손 탐정이 말과 함께 테이블에 올려 두었던 보냉백을 열고, 에어캡으로 감싼 술병을 꺼냈다.

정도일이 호기심 어린 눈으로 술병을 보며 물었다.

"무슨 술인데 에어캡으로 감았어?"

"러시아의 푸틴이 즐겨 마신다는 벨루가 보드카야. 친구들과 마시려고 어제부터 냉동실에 넣어 뒀지."

"냉장이 아니고 냉동?"

"응 알콜 함량 40도 이상의 독주는 빙점이 영하 23도야. 그래서 영하 20도가 한계인 가정용 냉동고에 보관하면, 딱 시원하게 마시기 좋은 온도로 과냉각되지. 독주는 냉장이 아닌, 냉동으로 마셔야 진짜 주당이라고 할 수 있지. 마셔보면 알게 될 거야."

정도일이 말했다.

"40도면 이거 술이 아니라 소독약, 알콜 램프 연료, 마취제로도 쓰일 약품이잖아."

손 탐정이 웃으며 말했다.

"보드카는 물과 알콜 외엔 첨가물이 없어서, 진통제나 소독약처럼 약품으로도 많이 써. 영화나 드라마에서 한 잔 먹이고 상처에 뿌리고 수술하는 거 자주 나오잖아. 박 경정과 이 팀장은 독주파라서, 나랑 마시면 40도 보드카를 스트레이트로 원샷해. 도일이는 도수가 부담되면 얼음 넣고 물 좀 섞어서 온 더 락으로 마셔."

"아냐, 나도 거의 매일 마트에서 소주 사다 혼술하는 주당이야. 생애 최고 도수에 도전해 볼게."

제법 호기로운 정도일의 말에 이보연이 싱긋 웃으며 말했다.

"손 탐정 덕분에 내 간이 독주에 절여졌어. 손 탐정은 술 감별에 도사야. 향기와 혀끝만으로도 무슨 술인지 백퍼센트 맞춘다고. 언젠가 손 탐정 덕분에 큰 건을 잡아

받은 성과급으로 한 턱 내려고 어렵사리 손 탐정을 양주 코너로 끌고 갔는데, 손 탐정이 혀끝만 대보고 가짜 양주라고 하더라. 바텐더가 펄쩍 뛰며 부정해서 내가 지배인을 불렀지.
지배인도 있을 수 없는 일이라며 손 탐정을 술값을 안 내려는 파렴치범으로 몰았어. 그래서 손 탐정이 블라인드 테스트를 제안했지.
눈을 감고 그 가게 안의 모든 술을 감별해냈고, 결국 바텐더가 무릎 꿇고 자신이 술을 바꿔치기 했다고 자백했어. 지배인은 바텐더를 그 자리에서 해고하고, 손 탐정에게 평생 친구하자며 감춰두었던 찐 나폴레옹 꼬냑을 꺼내와 병 째 내주더라."

"이 팀장이 과장하는 거야. 세상에 술이 얼마나 많은데, 그걸 무슨 수로 다 감별 하나. 지금까지 마셔본 술도 몇 십 가지밖에 안 돼. 사실 술 감별은 탐정의 기본기로 학습을 한 거야. 자, 이제 우리 술 마시자. 영하 20도로 냉동해서 맨손으로 만지면 동상 걸릴 수 있으니까 에어캡으로 감쌌어. 잔 내밀어, 한 잔 씩 따를게."

손 탐정이 정도일의 잔에 술을 따르자, 냉동 독주를 처음 받아보는 정도일이 또 다시 눈을 크게 뜨며 말했다.

"무슨 술이 꿀처럼 끈적끈적 흘러내리냐? 술에 뭘 탄 거야?"

"아니, 좋은 독주는 냉동하면 꿀처럼 진득해 지는 거야."

"저, 정말?"

정도일의 놀란 표정을 보고 이보연과 박강진이 소리 내어 웃었다.

네 사람의 잔에 냉동 독주를 채운 손 탐정이 말했다.

"건배를 잠시 미루고 독주에 위가 깎이지 않도록 위장 단속부터 하자."

그러곤 옥상 한쪽에서, 손 탐정의 키 높이로 자라고 있는 식물에서 잎사귀를 몇 장 따왔다.

이보연이 물었다.

"키가 저렇게 크고 잎사귀가 손가락처럼 깊게 갈라진

식물은 처음 보는데… 나뭇잎을 싸먹는 거야?”

손 탐정은 바로 대답하지 않고, 잎사귀를 찢어 한 조각씩 세 사람에 나누어 주며 말했다.

“손으로 비벼봐.”

잎사귀를 비벼보던 세 사람이 동시에 놀란 듯 말했다.

“세상에. 보기보다 부드럽고, 잎사귀에서 미끈한 진액이 나와. 꼭 장어나 미꾸라지를 만지는 느낌이야!”

“그 진액이 먹는 화장품과 위장약의 원료가 되는 식물성 콜라겐이야. 얼굴을 어려 보이게 만드는 피부 미용과 위벽 보호 작용 효과가 임상으로도 증명된 금화규라는 일년초지.”

“금화규? 처음 들어 보는 이름인데…”

정도일이 고개를 갸웃하자, 손 탐정이 스마트폰의 스피커를 켜 인공지능에게,

“식물 금화규에 대한 정보를 말하라.” 하고 명령했다.

인공지능이 부드러운 여성 목소리로 대답했다.

- 금화규가 함유하고 있는 식물성 콜라겐인 뮤신 계열 단백질 성분은 위장 보호 효능을 가지고 있습니다.
뮤신, 점액 다당체가 위 점막을 보호하는 역할을 하여 위염이나 위궤양 예방을 도움을 주며 함께 함유하고 있는 플라보노이드는 위장 세포를 보호하고 염증을 줄이며 위산 과다로 인한 속 쓰림을 줄이는데 기여합니다.
또한 금화규의 뮤코 다당체는 피부 보습 유지 및 탄력 증진을, 폴리페놀과 플라보노이드는 피부 손상 방지와 미백, 여드름 등의 피부 트러블 완화효능이 있습니다...

학술 용어를 동원한 설명이 이어지자, 손 탐정은 스피커 꺼버리고 테이블 위에 미리 준비해둔 밀폐 용기의 뚜껑을 열었다. 속에는 손바닥 크기의 노란 꽃이 들어 있었다.

"이 꽃이 바로 금화규의 꽃인데, 무궁화처럼 히비스커스 종이야. 아침에 피었다가 정오 무렵부터 시들어 떨어지기 때문에, 내가 저녁에 안주하려고 아침에 따서 냉장고에 넣어뒀지. 꽃잎도 잎사귀처럼 콜라겐 점액 덩어리거든. 술을 마시기 전에 금화규 잎에 꽃을 올리고 고기를 싸서 먹어 위장부터 단속하자. 꽃가루 알레르기가 있는 사람은 꽃 가운데 수술을 떼고 먹어."

정도일이 감탄하며 말했다.

"손 탐정은 아가사 크리스티처럼 식물에 대해서도 대단한 지식을 갖고 있구나. 아가사 크리스티는 소설에 응용하려고 식물이 함유한 독성까지 연구했다고 하더라."

"나도 어려서부터 식물 키우기를 좋아했고, 정원 가꾸기에 취미가 있어, 정원사 자격증을 따서 탐정이 합법화되기 전엔 정원사 알바로 생활비를 번적도 있어."

"그런 내공이 있어서 이곳이 이토록 아름답고 건강하게 잘 가꾸어져 있구나! 이제 그럼 손 탐정 말대로 위장 단속부터 하자!"

쌈을 싸서 한 입 깨물던 이보연이 눈을 동그랗게 떴다.

"세상에나, 쌈채에서 이런 식감은 처음이야!"

박강진과 정도일도 신기하다는 표정을 지었다.

손 탐정은 의도한 바가 성공했다는 미소를 지으며 말했다.

"식물성 콜라겐 외에도 건강에 큰 도움을 주는 성분이 많으니까, 많이들 먹어."

정도일이 손 탐정에게 물었다.

"이렇게 좋은 걸 왜 여태껏 모르고 있었지?"

"금화규의 상업적 유통을 식약처에서 공식적으로 허용을 하지 않아서, 직접 재배하거나 암암리에 거래되기 때문에 친구들이 모르고 있는 거야."

이보연이 로즈마리와 함께 구운 두툼한 목살은 맛과 향이 아주 좋았다.

보연은,

"마흔을 넘기니까 피부가 푸석푸석 거칠어져 늙어가나 겁이 났는데, 금화규가 먹는 화장품이라니까 좀 먹어야겠어. 나 말리지 마." 하며 잎과 꽃을 여러 장 겹쳐 싸 볼이 미어지도록 먹었다.

정도일도,

“위장을 단속해준다니까, 생전 처음 마셔보는 독주에 위벽이 상하지 않게 나도 좀 먹어야지.” 하며 보연처럼 쌈을 입속에 우겨 넣었다.

박강진도,

“우리도 위장 단속할 나이가 되었지.” 하며 금화규 쌈을 마다하지 않았다.

금화규 잎에 목살을 얹어, 볼이 미어지게 쌈을 한 다음 네 사람은 잔을 들었다.

보연은 이 자리에 모인 인적 조합이 너무 좋은 모양이었다.

“이렇게 멋진 친구들과 함께 해서 너무 좋아. 마음이 뿌듯하고 든든해. 그래서 건배하자! 건배사는, 이 삭막한 도시에 이토록 아름답고 푸른, 사막의 오아시스 같은 그린 가든을 가꾼 손 탐정이 해줘!”

손 탐정도 사양하지 않았다.

"좋아. 건배사는 라틴어 'In vino veretas, 술 속에 진실이 있다'로 하겠어. 술이 사람의 본성을 드러내고, 솔직하게 만든다는 의미로, 그리스 로마 시대 철학자들이 하던 건배사야. 흔히들 주취 범죄를 보고 '술이 죄다' 하지만, 사실은 술이 죄가 아니라 감춰져 있던, 본디 나쁜 심성을 술이 드러나게 한 거 아니겠어."

손 탐정의 말에 박 경정이 진저리를 치며 대답했다.

"술을 마셔서 사람이 개가 되는 것이 아니라, 술이 그 사람이 개라는 것을 드러나게 한다는 말이 맞기는 해. 착한 사람은, 술이 취해도 난동을 부리지 않거든.
하지만! 아이고... 술집 많은 동네의 지구대엔 하룻저녁에도 수십 명이 주취 난동으로 잡혀오는데, 살인범 잡으러 가야할 형사들이, 술 취한 인간들에게 뺨을 맞고 있다니까. 날마다 지구대 집기를 때려 부수는 '개'들 때문에 성한 것이 하나도 없을 지경이야. 술 마시는 사람 모두 주사를 부린다면, 어느 나라든 부서지고 말거야."

"그래. 본디 음주는 축제와 제례에서 유래한 고귀한 행위였어. 사람의 수명 연장을 연구하는 장수학자들을 당혹하게 하는 것이 바로 음주야. 이론상으로는 분명히 건강에 해로운 데, 장수하는 사람치고 술을 못 마시는 사람이 거의 없거든."

정도일도 말을 보탰다.

"술을 음양오행으로 분류하면 화성, 즉 불의 음식이라서 괴로움을 태워주는, 삶에서의 스트레스를 해소 시켜주는 순 기능이 수명 연장에 도움을 준다는 이야기를 읽은 적이 있어. 암을 비롯한 대부분의 병이 스트레스에서 비롯되잖아."

이보연도 거들었다.

"술은 내 직업에 보탬이 돼. 요즘 사람들은 아파트의 한 통로, 한 엘리베이터를 타면서도 서로 아는 체를 하지 않지만, 처음 보는 사람들도 술 한 잔만 함께 마시면, 곧바로 친구가 되잖아. 특히 여자가 '술 한 잔 하자'면 아직까지 마다는 남자를 보지 못했는데, 일단 그렇게 술을 먹이면 말 그대로 취중진담이 나와 내가 듣고 싶은 이야기 다 들을 수 있더라고."

이보연에 말이면 무조건 거들고 보는 정도일이 고개를 끄덕이며, 제법 유창한 영어 발음으로 말했다.

"'I have taken more out of alcohol than alcohol has taken out of me. 내가 술에서 얻은 것이 술이 내게서 앗아간 것보다 더 많다'는 윈스턴 처칠의 말이야. 이 팀장은 술을 현명하게 이용하고 있는 거지, 그게 가능하려면, 주량에 자신이 있어야 하고, 어느 순간 술을 멈출 수 있는 절제력이 있어야 가능한 일이지."

박강진이 한 숨을 푹 쉬었다.

"절제... 그래 알맞은 술은 건강에도, 친교에도 도움이 될 수 있지만, 절제! 정말 어려운 단어야. 술을 서, 너 잔 마실 때까지는 조심하자는 생각이 있지만, 술이 오르면 술이 술을 마시고, 나중에는 술이 사람을 마시는 통에. 주취 운전, 주취 범죄를 저질러 술에게 온갖 죄를 뒤집어씌우고 있지."

손 탐정도 말을 보탰다.

"그래서 이슬람은 아예 음주를 범죄로 못 박았고, 불

교에서도 '술을 마시면 99가지 죄를 짓게 된다'고 했지, 실제로 많은 나라들이 술을 쉽게 구입하지 못 하도록 제재하고 있지. 나도 술을 좋아하지만, 대한민국은 술에 너무 쉽게 접근 할 수 있는 게 문제야. 부자들만 술을 마시게 하자는 것이 아니고, 누구나 평등하게 술에 접근할 수 있지만, 접근에 일정 조건을 걸고, 방지턱을 만들 필요가 있다고 봐."

정도일이 손 탐정의 말에 반박했다.

"결코 쉽지 않은, 어쩌면 대한민국에서는 실현 불가능한 일일지도 몰라. 주조와 판매, 소비 경제에서 파생된 소득으로 살아가는 수 천 만 명의 생계에 직결된 문제잖아. 더구나, 글로벌 재벌로 성장한 술 공장들의 뇌물과 로비로 술 규제 법안이 대한민국에서 상정되는 일은 없을 거야."

이야기가 어두운 방향으로 흐르자, 이보연이 가볍게 분위기를 전환했다.

"그러니까 우리는 스스로의 나쁜 본성이 튀어나오지 않을 만큼만 마시자, 혹시 친구에게서 그런 기미가 보이면, 술자리를 파하고 집에 데려다주자. 특히 너희 셋이 나를 좀 보호해줘. 그래야 너희들과 맘 놓고 술을 마시잖겠어?"

이보연과 여러 번 술을 마셨던 손 탐정이 웃음을 터뜨렸다.

"우리 셋이 덤벼도 보연이 술 못 이긴다. 술 마실 때마다 보연이가 택시 불러 나를 태워 보낸다고."

보연이 픽 웃으며 말했다.

"아빠가 아닌 엄마로부터 알콜 분해 효소를 바가지로 물려받았나 봐. 이제 술 잔 든 어깨 아프다. 건배하고 이야기 하자. 나는 아까 손 탐정의 건배사가 마음에 들어. 라틴어라니 뭔가 있어 보이기도 하고 말이야."

손현우가 잔을 들며 말했다.

"내가 '인 비노, 술 속에!' 하고 선창하면, 친구들은 '베리타스, 진실!' 하고 외쳐 줘."

동갑내기 네 사람은 금새 허물 없이, 오래된 친구처럼

어우러졌다.

자연스럽게 대화는 공동 관심사인 '탐정'으로 옮겨갔다.

술이 먼저 오른 정도일이 수수께끼처럼 문제를 냈다.

"니들, 사립탐정의 원조가 누구인지 알아?"

보연이 재빠르게 대답했다.

"셜록 홈즈 아냐?"

"그건 소설 속 주인공이고, 거기서도 원조는 아니지."

"에드거 엘런 포?"

"이런! 포는 탐정소설의 원조인 소설가잖아!"

박강진이 고개를 갸웃하며 도일에게 물었다.

"소설 속이 아닌 현실에서, 사립 탐정의 원조라고 말할 수 있는 사람이 있다는 말이야?"

"그렇지."

보연이 이번엔 정도일이 아닌 손 탐정에게 물었다.

"손 탐정은 알 것 같은데?"

손 탐정이 고개를 끄덕이며 말했다.

"프랑스인 외젠 비도크라는 이름만 알고 있을 뿐이야. 그러니까 이건 그 방면의 전문가이며, 기억 천재인 도일이에게 배우자."

손 탐정은 겸손하게 한 발 물러나며 도일을 추켜세웠다. 도일이 계면쩍게 웃으며 마치 교사가 제자들을 가르치는 말투를 흉내 냈다.

"프랑수아 외젠 비도크는 1775년, 그러니까 250년 전에 프랑스에서 태어난 인물이야. 청소년기부터 절도, 사기, 탈옥, 탈영, 폭력 등을 일삼던 범죄자였어. 하지만, 마음을 고쳐먹고 프랑스 최초의 형사조직인 '수사국'을 창설했고, 스스로 사설 경찰서를 차리기도 했지."

박강진 경정이 눈을 휘둥그레 뜨며 감탄했다.

"수사국도 만들고, 사설 경찰서까지? 정말 대단한 사

람이네!"

정도일이 설명을 이었다.

"그뿐만이 아니야. 비도크는 중년에 들어서 세계 최초로 사설탐정 사무소를 개설했으니, 경찰과 사립탐정의 원조가 틀림없는 인물이야. 특히, 그는 과거 자신의 범죄 행각에서 얻은 지식을 거꾸로 수사에 활용해 지문 감식, 위장, 잠입, 변장 등 현대 수사 기법 발전에 크게 기여를 했지. 코난 도일도, 모리스 르블랑도 비도크에게서 탐정 소설의 영감을 얻었다고 했으니까. 비도크는 현대 경찰과 사립 탐정은 물론 탐정 소설의 '프로토타입'이자 모태라고도 할 수 있는 천재였다고 할 수 있지."

"맞아! 보험 사기를 조사하면서 느낀 건데. 범죄자와 탐정은 하는 일이 똑같더라고. 범죄냐, 수사냐가 다를 뿐."

이보연의 말에 정도일이 맞장구쳤다.

"일찍이 프리드리히 니체가 말했어. '괴물과 싸우는 자는 그 과정에서 스스로 괴물이 되지 않도록 조심해야 한다. 네가 오랫동안 심연을 들여다보면, 그 심연 또한 너를 들여다본다.'고 말이야. 악이나 어둠을 상대하는 과정에서 자신 또한 그에 동화될 위험이 있다는 철학적 경고인 셈이지."

박강진도 고개를 끄덕이며 말했다.

"경찰 정년 퇴임 후에 생활고에 시달리다 범죄를 저지르는 사람들을 여럿 봤어."

손 탐정도 고개를 끄덕이며 동의했다.

"경찰이나 검찰 조사관 출신들이 사립 탐정 활동을 하는 사람들도 많아. 문제는, 그들이 탐정의 조사가 아닌, 현직 시절 했던 수사를 하려고 하고, 경찰 보다 더 앞서가는 탐정 기술을 배우려 하지 않아서 의뢰된 사건을 해결하지 못해, 내가 개설한 '민정아'에서 다시 배우기도 해."

정도일은 대화가 아닌, 거의 강의처럼 설명을 이어갔다.

"비도크를 보고 배운 사람들이 본격적으로 사립탐정

으로 나서기 시작했어. 1850년대에는 찰스 프레드릭 필드가 런던에 사설탐정 사무소를 운영하여 탐정이 직업이 되어 생계를 유지하고 유명인이 될 수 있다는 사실을 보여주었지.
같은 시기, 미국에서도 1850년에 앨런 핑커튼이 핑커튼 탐정국을 세워. 탐정업을 개인의 구멍가게가 아닌 조직적인 산업으로 키웠어.
핑커튼 탐정국은 미국 남북전쟁 당시에는 북군의 정보국이 되기도 했고, 서부 개척시대에는 철도 강도, 은행 강도 수사로 이름을 날렸지만, 그 과정에서 민간인을 희생시키고, 과도한 폭력을 행사하여 물의를 일으키더니 대기업의 편을 들어 기업 경호와 노동조합 탄압에 고용되어 유혈 사태까지 빚어, 결국 1935년 미국 국회에서 핑커튼 법을 제정해 연방정부가 핑커튼 탐정국과 같은 사설 업체를 고용하지 못하도록 못을 박았어.
그러니까 오늘날 사립 탐정이 경찰과 같은 공식적인 보안 활동하지 못하게 된 원인을 핑커튼 탐정국이 만든 거지."

"핑커튼도 결국 범죄에 물들어 자승자박 제 발등 찍고

말았네.”

“그런 셈이지. 그래도 핑커튼 탐정국은 자체 정화를 통해 기업으로 지금까지 살아남아 기업 보안, 위기관리, 정보 분석, 산업 스파이 방지 업무에 집중하고 있어.”

손 탐정이 진중한 목소리로 말했다.

“그래서 탐정은, 그 어떤 직업보다도 투철하고 확고한 도덕적 기준과 철학을 가져야 해.”

“그건 경찰도 마찬가지야.”

박 경정의 말꼬리를 정도일이 잡았다.

“과거 경찰 수사 비리는 말로 다 못했었어. 지금도 완전히 깨끗하다고는 말 못 하지. ‘유전무죄, 무전유죄’란 말이 경찰에서 비롯되었잖아.”

박 경정도 부정하지 않았다.

“맞아. 경찰은 범죄자들의 뇌물과 협박에 노출되어 있고, 정치와 검찰의 외압도 극심해서, 극한 중의 극한 직업이야. 그래서 자신만의 도덕률을 가슴에 새기지 않으면 한 순간에 범죄자가 되고 말지."

정도일이 박 경정의 말에 힘을 실었다.

"개인의 도덕률만으로 해결 될 문제가 아니야. 경찰 자체의 감찰도 있겠지만, 그 감찰 자체가 오염된 과거가 있기 때문에 경찰에 대한 민간인의 감시가 있어야 해. 바로 탐정이 해야 할 또 하나의 역할이지."

박 경정도 반박하지 않았다.

"민간인의 견제를 반대하지는 않아. 국민으로서 공무원의 비리 감시와 고발은 당연한 권리니까. 그런데 말이야... 이건 좀 결이 다른 얘기지만, 피해자와 가해자는 물론 주변 인물들의 간섭과 억지가 경찰 생활을 참 힘들게 하기도 해. 특히 미국 과학수사대의 수사를 과장하여 극화한 드라마 때문에 죽을 지경이야."

"무엇 때문에?"

"한국의 과학수사 능력도 미국 못지않고, 경찰의 수사 능력, 범인 검거율도 미국을 능가하는데도 왜 미국 드라마처럼, 범인을 잡지 못하냐고 막무가내 우기는 데 답이 없어.
예를 들어, 감시 카메라에 잡힌 희미한 범인의 모습을 왜 드라마처럼 선명하게 뽑아 내지 못하냐. 범인이 길거리를 지나가며 벽에 손을 짚었는데 왜 거기서 손바닥 지문을 채취해 범인을 검거하지 못하냐. 러시아워 인파 홍수 속에서 범인의 걸음걸이를 추적하지 못하냐. 감시 카메라에는 찍히지 않았어도 인공위성엔 찍혔을 거 아니냐며 무능하다고 하는데, 기가 막혀 어이가 없을 지경이야."

"나도 살인 사건의 수사과정을 TV 뉴스를 통해 보면서 그런 의문을 가지고 답답해 할 때도 없지 않아. 종종 드라마와 현실을 착각하는 거지.
감시 카메라의 화소를 확대해 봐야 흐릿한 점을 더 크게 만들 뿐이고, 지문이 아닌 쪽 장문을 추적하는 데이터베이스는 전 세계 어디도 없고, 범인의 걸음걸이나 족적이 지문 못지않게 개인적이기는 하지만 얼마든지 위장할 수 있고, 개인의 얼굴을 식별할 수 있는 인공위성은 아직 세상에 존재하지 않다는 사실을 알면서도 말이야."

손 탐정이 차분히 정리하듯 말했다.

“과학이 수사를 도우면 범인 검거 율이 높아져 범죄가 줄어 들 것이라는 환상은 과학의 보편화로 사라져 버렸다고 해도 과언이 아니야. 경찰 뿐 아니라, 범죄자들도 과학수사기법을 학습해서 날로 그 범행 수법이 발전하고 있어. 마치 창과 방패, 바이러스와 항생제의 전쟁처럼 말이야.”

정도일이 무겁게 말을 이었다.

“콜린 윌슨을 알아? 스물네 살에 『아웃 사이더』라는 글로벌 베스트셀러 소설을 쓴 그는 1962년부터 1983년까지 전세계에서 일어난 살인 사건의 배경을 추적한 『현대 살인 백과사전』이라는 놀라운 범죄학 책을 내놓았는데. 콜린 윌슨의 결론은 간담이 서늘하게도 인간의 창의력과 상상력 속에는 살인이 숨어 있다는 것이었어. 그래서 인간이 존재하는 한 살인은 사라질 수 없다는 거야.”

박 경정이 한숨을 푹 쉬며 말했다.

“동서고금을 통해 그 어떤 사회 집단에서도 살인 사건은 일어났어. 그러니까 콜린 윌슨의 결론에도 일리가 있기는 해. 친구들은 못 봤겠지만, 나는 살인 사건 현장을 무수히 봤는데 그 끔찍하고 잔인함이란...! 인간이 저지를 수 있는 잔혹한 짓은 끝이 없어."

"그러니까 살인범은 꼭 잡아야해. 경찰이든 탐정이든!"

"범죄자를 붙잡는 것은 인간의 악마성에 고삐를 죄는 것에 다름 아니야. 그 고삐가 풀리면 직접 살인, 청부 살인, 강간, 강도, 방화, 납치가 창궐해 모든 도시가 배트맨 영화 속의 고담시가 되고 말거야."

"살인이 합법적으로 허용이 되는 전쟁에서 인간들이 저지르는 짓들을 보면 인간은 결코 선하고 착한 존재가 아니야."

손 탐정도 박강진과 정도일의 말을 부정하지 않았다.

"범죄자들의 완전범죄를 위한 노력을 보면 정말이지 간담이 서늘할 때가 많아. 갈수록 범죄 수법도 잔인해지고 지능화 되어 경찰이 놓치는 범인도 늘어가고..."

이보연이 한껏 진지한 목소리로 말했다.

“그러게 말이야, 내가 과장 대우 팀장이 된 결정적인 공로는 정말 기가 막힌 사건이었어.”

도일이 눈을 반짝이며 물었다.

“뭔데? 지능적인 보험사기는 경찰이 손도 못 대는 경우가 많아서 정말로 탐정이 필요한 분야야. 그래서 보험회사는 물론 국가 건강보험 공단의 조사팀은 탐정이라고 이름을 붙이지 않았을 뿐, 하는 일은 다 탐정이더라고.”

이보연이 목소리를 가다듬었다.

“거액 보험금 지급 내역 몇 년 치를 모아서 분석을 하던 중에 어느 설계사의 가입자들 모두가 ‘암 진단 보험금’을 받았단 사실을 알아냈어.
일 년에 서너 명, 다른 보험 사이에 끼어 지급되었고, 암을 진단한 병원도 서로 다르고, 더구나 각기 다른 대학병원에서 확진 진단서를 받아서 회사에서도 뭔가 찜찜했지만, 모든 게 합법적이라서 지급을 하지 않으면 오히려 법을 위반하는 것이 되어 줄 수밖에 없었어. 그래서 내가 파고 들었는데... 세상에나! 위암 말기 판정을 받았던 사람들이 전부 멀쩡하게 살아 있는 거야."

박강진도 귀를 쫑긋 세우며 보연의 말을 재촉했다.

"그래서 어떻게 조사를 했어?"

"그 설계사는 내가 회사 사람인 줄 모를 테니까, 일단 그 사람의 지켜보았는데, 거의 매일 눈을 뜨면 목욕탕에 가서 사우나하고, 미장원에서 젖은 머리를 말리고 화장하고 하루 일과를 시작하더라.
그래서 그 사람 보다 먼저 사우나에 가서 몸을 씻는 척하고 있는데. 그 여자는 사우나에 오자마자 몸을 씻고 마사지를 하는 세신사를 불렀어. 10만 원이 기본인 서비스를 하루 이틀도 아니고 매일! 그러니까 목욕비, 세신비, 미장원 화장비 등으로 출근 전에 매일 20만 원 정도 쓰는거야! 한 달이면 6백만 원!
가만 보니 명품 속옷부터 외투, 가방까지 몸에 1천만 원도 더 걸치고, 삼각별 외제차를 몰고 하루 일과를 시작하더라. 그래서 심증을 굳히고 며칠 사우나에서 눈인사를 주고받다가 탈의실에서 옷 입으며 슬쩍 물었어. '근처에 머리 잘하는 미장원 있을까요?' 하니까

'나 따라와요' 하더라고. 그렇게 말문을 터서 함께 커피를 마시게 되었을 즈음. 옷, 가방, 신발, 시계, 반지까지 명품을 몽땅 칭찬해줬지. 그러자 경계심을 풀더라고. 그 때부터 작전에 들어갔지. '어떻게 이렇게 멋있게 살 수 있어요? 너무 부러워요. 저는 형편이 어려워서 신장이라도 떼어 팔까 봐요…' 만날 징징거렸지.
그랬더니 자기가 가난에서 벗어나게 해 줄 테니 자기에게 보험을 들라는 거야. 귀가 얇은 척, 솔깃 귀를 기우리고 어떤 보험을 들면 가난에서 벗어 나냐 물었지. 설계사가 자기 말만 따라 오면 3억 쯤 현금을 쥐어 주겠다나. 그리고는 암 보험을 먼저 들어야 한다면서, '암특정치료비'와 '종합병원 암 특정 치료 지원금' 특약도 꼭 넣으라는 거야."

"그러면 매달 수백만 원 나갈 텐데? 게다가 진단 면책기간도 6개월 이상이잖아."

보험 사기 수사 경험이 있는 박강진이 지적했다.

"나도 그렇게 큰 보험에 들 여력이 없다고 했지. 설계사도 그런 줄 안 다면서, 보험금을 자기가 반 부담할 테니까 나보고 반 만 내라고 해서 그마저도 어렵다고 했더니. 그럼 특별히 내 보험금은 전액 자기가 부담 하는 대신 보상금이 나오면 반반이 아닌 6대 4로 나누자고 하는거야."

"암 진단서를 위조해 주겠다는 거야? 진단서 위조는 거의 백 퍼 잡힌다고."

이보연이 고개를 저었다.

"진단서 위조 같은 허접한 제안이 아니었어."

"그럼?"

박강진이 되물었다.

"자기 말로는, 대학병원에서 진단해도 '위암 말기 확진'이 나오는 가짜 위암에 걸리게 해주겠다는 거야."

"뭐라고? 그게 가능한 이야기야?"

"대학병원에서 위암 말기 확진을 받으면, 고액 보상암으로 분류되어 기본으로 1억을 받고, 특약으로 5억을 더 받을 수 있는데, 보험회사에서 보상금을 주지 않으면 오히려 법을 어기는 것이 되니까. 걱정 말고 자기가 시키는 대로 하면 6개월 후에 현금 2억 원을 손에 쥐어 주겠다고 장담을 했어."

"그래서... 그렇게 한 거야?"

"뭐, 내돈 들어가는 것도 아니고, 내가 네 낚시에 걸린 것이 아니고 네가 내 낚시에 걸린 거니까 일단 갈 때까지 가보자 마음먹고 보험을 들고 6개월을 기다렸지. 면책기간 6개월이 되자, 설계사가 드링크 병을 하나 주면서 그걸 마시면 곧바로 복통이 시작되니까 진료실에 들어가기 직전에 마시고, 내가 가르쳐 준대로 의사에게 이러저러하게 아파서 왔다고 말하래."

"그러면 위암 말기 진단이 나온다고?"

"세상에나! 그런 약이 세상에 있다는 말은 머리에 털나고 처음 듣는다."

"나도 물었지. 설계사에게 무슨 약인지 알아야 먹을 거 아니냐고 가르쳐 주지 않으면 마시지 않겠다고, 벌벌 떨었지. 6개월 동안 수 천 만원 쏟아 부은 보험금이 날아갈지도 모른다고 은근히 협박한 거지."

"그래서 그게 대체 무슨 약이래?"

"위벽을 부풀게 하고 출혈을 일으켜 내시경과 시티를 속이는 약인데, 아직까지 실패한 적이 없다고 장담했어. 하긴 오죽 확실하면 6개월 동안 보험금을 몇 천 만 원이나 투자하겠어.
그래도 겁이 나서 독주만 과음해도 죽을 맛인데, 위벽을 그렇게 긁으면 아프지 않겠냐고 물었더니, '세상에 공짜가 어딨어요? 6억이 걸린 일인데, 그 정도는 다들 참아내요.' 이러는 거야.
사람에 따라서 하루 이틀 차이는 있지만, 5일 정도 배가 아파 그 동안은 어느 병원에 가도 위암으로 진단되는데 보통 당일에 진단서를 받게 되니까 진단서가 발급되는 순간 자기가 복통을 멈추는 약을 준다더라."

"복통이 일어나고 위암으로 진단된다고? 그렇다면 위벽을 긁어서 부종을 만들어 출혈을 일으키는 독약인데 겁도 없이 그 약을 마신거야?"

"아니, 그쯤에서 뒤 감당을 어찌해야 할지 무서워서

나의 수호신인 손 탐정에게 달려왔지."

손 탐정이 말을 이어받았다.

"이 팀장 말을 처음 들었을 땐, 솔직히 보도 듣도 못한 신종 보험 사기라서 그 설계사의 말을 믿을 수가 없었지만, 그간 설계사가 대신 납부한 보험금이 수 천 만원이니, 믿지 않을 수도 없고, 지금까지 진행 된 일 만 가지고는 설계사를 고소 고발 할 수 있는 증거가 되지 않아서, 그 설계사와 짜고 보상금을 수령한 사람들 모두 멀쩡하다니까. 이 팀장과 모험을 해보기로 마음먹고 일단 이 팀장에게 드링크 병을 실수로 깨트려 버렸다고 한 병 더 달라고 해 시료를 확보했지. 그리고 내가 아는 대학병원의 의사에게 이 팀장을 데리고 갔어."

이보연이 말을 받아 이었다.

"그 의사는 진료예약이 삼 년 치가 밀렸다는 위암 분야 최고 명의라는데, 손 탐정이 개인 전화로 당일 예약을 받아 내는 무서운 인맥을 과시하더라고."

"그 명의가 예전에 의료사고로 모함 받아 쓴 누명을

벗겨준 적이 있어."

손 탐정이 덧붙였다.

"그렇게 손 탐정과 함께 대학병원에 가서 그 의사를 만나 약을 보여주며 상황을 설명했는데, 의사가 화들짝 놀라며 그런 일은 절대로 있을 수 없다고 내 말을 믿지 않았어. 그래서 의사가 말릴 새도 없이 그 자리에서 약을 마셔버렸어. 헉! 약이 위 속으로 내려가자마자 칼로 위를 난도질하는 것 같은 고통이 시작되어 의자에서 굴러 떨어졌어."

손 탐정이 회상하듯 그 때 상황을 설명했다.

"나도 이 팀장이 죽는 줄 알고 당황할 정도였어. 의사도 기겁을 해 위 세척을 해야 한다고 간호사를 불렀는데 보연이 참을 테니 위세척 고무줄을 위 속으로 내려 보내는 거와 위 내시경 삽입은 똑 같은 고통이니까 참아 내겠다며 위세척에 앞서 내시경을 먼저 집어넣으라고 했어. 보연이에게 그런 독한 면이 있다니 깜짝 놀랐어."

이보연이 씩 웃었다

"본디 자학증이 좀 있어서 고통을 잘 참는 편이야."

손 탐정이 그때 상황을 덧붙였다.

"내시경을 본 의사가 기절할 듯 놀랐고, 보연이는 내시경 촬영 후 응급실로 끌려가 위세척을 당하는 수모와 고통을 겪어야 했어.
그래서 내가 의사에게 이런 짓으로 보상금이 수 십 억 지급되었는데, 속수무책으로 당하고 있다고 방법을 찾아 달라고 가지고 간 약을 의사에게 주며 분석을 의뢰 했어.
의사도, 이런 짓은 절대로 용납할 수 없다며 단박 독극물 미세 분석 분야 특성학과를 설립한 그 분야 최고의 실력자인 동창 교수에게 전화를 걸어 분석을 의뢰하고 내가 직접 그 대학을 찾아가 교수에게 약병을 건넸어.
며칠 후 명의의 전화를 받았어. 그 약의 성분을 낱낱이 검색하고 분석한 끝에 그 약을 복용하면 일어나는 가짜 증세를 CT 정밀 분석과 혈액 검사로 밝혀 낼 수 있게 되었다며, 사기가 의심되는 사람을 자기에게 보내면 즉시 사기라는 것을 적발해 주겠다고 하더라고."

이보연이 하던 이야기를 마무리 지었다.

"위세척을 당하고 회사로 돌아와 그 설계사의 실적을 보니 다섯 사람이나 암 특약을 걸고 면책 기간 만료를 기다리고 있었는데, 그 사람이 앞으로 얼마나 더 많은 사람들을 끌어 들일지는 하느님도 모르겠다는 생각이 들더라.
그래서 언제 마실 거냐고 재촉하는 설계사에게 아직은 겁이 나서 못 마시겠다고, 결심이 서기 까지 보험금은 내가 내겠다고 시간을 벌면서 그 설계사에게 보험을 든 계약자들이 보험금을 신청하기를 기다렸다가 특정 대학 병원의 진단서가 필요하다고 계약자들을 명의에게 보냈고, 명의는 위암이 아니라고 진단하며, 며칠 후에 다시 한 번 정밀 진단해 보자고 시간을 끌어 진단서를 발급해 주지 않았어.
더러는 수 천 만원의 보험금을 반부담하고 죽을 위험을 감수하며 위암 진단까지 받았던 계약자들이 그 설계사를 폭행하고 사기죄로 고발해 결국 실형을 선고 받고 수감되었어. 나는 그 공로로 팀장 자리에 오르게 된 거야."

"자신을 마루타로 내던져 회사의 수 백 억 미래 손해를 막은 보연이는 보상을 받아 마땅하기에 이사진에게 추천해 특진시켰지.”

“손 탐정 인맥은 정말 놀라워. 연봉이 수 십 억 대라는 재벌 그룹 이사진은 또 어떻게 알게 된 거야?”

“탐정이 할 수 있는 일은 참 많아. 작게는 개인의 문제, 크게는 재벌 그룹의 문제까지 말이야.”

“그나저나, 그 설계사가 준 약이 도대체 뭔데?”

“독주에다 주변에 흔히 자생하는 식물에서 추출한 독즙과 몇 가지 생활 물질을 혼합한 것인데, 고졸 정도의 화학지식만 있으면 만들 수 있어서 미안하지만 가르쳐 줄 수 없어. 친구들을 못 믿어서가 아니라 호기심으로 인생을 망치는 사람들을 너무 많이 봐서 친구들을 보호하려는 거니까 이해 해줘.”

이보연도 거들었다.

“회사에서 보상금을 받으려고 사건 경위를 진술 하면서 모방 범죄를 막기 위해 회사 측이 요구 하는 대로 손 탐정과 둘이서 비밀 서약을 했어. 그러니까 앞으로 유사한 사건이 일어나면 손 탐정과 내가 첫 번째 용의자가 되기 때문에 비밀을 지켜야 해. 그런데 사실은 손 탐정이 나한테도 말 안 해 줬어."

박강진과 정도일도 더는 묻지 않았다.

이보연이 존경 어린 시선으로 손 탐정을 바라보며 말을 이었다.

"나는 항상 손 탐정에게 미안하고 고마워. 이토록 큰 신세를 지면서도 마땅히 보답을 한 적이 없거든."

"무슨 말이야. 이 팀장은 어쩌면 국가의 행정 정보를 능가할지도 모르는 방대한 인적 자료와 의료 자료를 가지고 있는 메이저 보험 회사의 데이터베이스에 무제한 접근할 수 있는 권한으로 내 조사를 돕고 있잖아."

"그건 내가 손 탐정을 돕는 것이 아니라 손 탐정이 나를 돕는 거지. 술이라도 거하게 사주고 싶지만, 예전에 양주 코너에서 시끄러운 일이 생긴 이후 외식은 절대 사절을 해 오늘도 그린 가든에서 이렇게 손 탐정을 힘들게 해서 미안할 따름이야."

손 탐정 손을 내저었다.

“힘 들다니, 무슨 소리야. 대부분의 식당과 술집에는 좋은 술은커녕 소주와 막걸리 밖에 없고, 혹간 좋은 술을 판다고 해도 터무니없는 값이야. 그래서 내가 즐겨하는 독주를 마실 수 없잖아. 또한 다른 손님들의 눈과 귀를 의식해서 하고 싶은 이야기를 할 수도 없고, 또 영업시간이나, 테이블 회전을 위해 빨리 자리를 비워 줘야 하고... 그래서 시간제한 없이 맘껏 소리 내어 웃고 왁자지껄 떠들며 친구들과 내가 좋아하는 술을 마시려고 여기에 바비큐 테이블을 마련한 거야.”

이야기가 무르익고, 술이 두어 순배 돌아 네 사람 모두 얼굴이 불콰하게 술이 올랐다.

정도일이 한 잔을 다 마시지 못하고 홀짝 반쯤 꺾어 목을 축이며 말했다.

“손 탐정에게 미안하고 고맙기는 나도 마찬가지야. 나는 은혜를 갚기는커녕 오히려 손 탐정이 종종 보내는 기프티콘이 아니면 커피숍도 못 가고 있으니... 손 탐정 보기가 부끄러워.”

손 탐정이 웃었다.

"무슨 소리야. 오늘 함께 술을 마셔주는 것만도 감사해. 도일이의 유튜브는 나의 유일한 쉼터요 힐링 공간이지. 도일이가 아니면, 내 마음은 살인 사건에게 잡아먹히고 말았을 거야."

박강진도 조심스럽게 손 탐정에게 미안한 마음을 드러냈다.

"나는 더더욱 공직자이기 때문에... 사적으로 보답할 수가 없어서 어떤 때는 손 탐정의 자문을 구하기가 망설여질 때도 있어."

손 탐정이 단호하게 손을 내저었다.

"바보 같은 소리 하지 마. 박 경장은 용의자의 전과나, 경력 등을 조회해 주고, 내가 위험한 순간에 범인을 체포해 내 목숨을 구한 적도 여러 번이잖아."

박강진이 바로 반박했다.

"그건 오히려 내가 감사해야 할 일 이지!"

손 탐정은 고개를 저으며 말을 이었다.

“사립 탐정에게는 눈앞의 현행범이 아닌 한, 용의자를 체포 구금을 할 수 있는 권한이 없기 때문에 결국은 박 경정의 신세를 질 수 밖에 없는데, 내가 믿고 의지 할 수 있는 사람은 박 경정 밖에 없어.”

박강진은 잠시 침묵하더니 조용히 말했다.

“나 믿지 마. 공직자는 직위를 사적으로 이용할 수 없어서 우정에도 한계가 있어. 나는 손 탐정을 보면 뿌듯하기도 하지만, 항상 걱정이 앞서기도 해.”

“손 탐정이 걱정되다니? 무슨 말이야?”

이보연이 고개를 갸웃하며 박 경정에게 반문했다.

“지금 수사에서도 가장 큰 비중을 차지하는 것이 감시 카메라 검색과 스마트폰 포렌식, 차량 위치와 계좌 추적, 카드 사용, 생필품 택배 등의 생활반응 그리고, 더욱 정교하게 발전된 지문과 족적, DNA 분석에 더하여 인공지능과 드론, 감시 카메라까지 등장해 총의 출현으로 칼과 활이 전장에서 사라졌듯 탐정의 존속이유가 사라지고 있는 것 같아서 걱정스러워.”

이번에는 정도일이 박 경정의 말을 받았다.

"박 경정도 형사 근무 경력이 있지?"

"응. 강력팀, 지능 범죄 수사팀에서 몇 년 씩 현장 근무를 했었지."

"그때 모든 과학적 기법을 동원해도 아무런 단서를 발견하지 못했던 사건들을 해결하여 특진을 했다는데, 어떻게 한 거야?"

박강진이 조금 머뭇거리다 말했다.

"손 탐정이 수사 범위와 용의자를 특정 하는 추리로 도움을 주곤했어."

정도일이 손 탐정에게 시선을 돌리며 물었다.

"손 탐정은 현장에 가보지도 않고 어떻게 그런 추리를 했던거야?"

"그건 추리가 아니라..."

손 탐정은 잠시 말을 멈추고 뜸을 들인 다음 말을 이

었다.

"추리가 아니라, 감과 촉이었어. 아무런 단서가 없어도 뛰어난 형사와 탐정은 직감과 심증으로 사건에 메스를 들이대 범행과 범인으로 직진하는 경우가 많아."

정도일은 더 깊이 파고들었다.

"감과, 촉, 즉 직감과 심증 외에도 설명할 수 없는, 마치 종교적 게시 같은, 거의 환상 같은, 마치 사건의 현장에 있었던 것 같은 그림이 눈앞에서 그려진 적도 있지?"

"뛰어난 탐정과 형사는 그런 능력을 타고난 사람들이라고도 할 수 있어."

박 경정은 정도일과 손 탐정과의 대화가 탐탁지 않은 듯했다.

"동료 형사 중에 말도 안 되는 이유로 범인을 특정해 뒤를 캐 증거를 확보해 검거하는 형사도 없지 않았지만 성공보다는 헛다리일 경우가 더 많았어. 감과 촉이 결코 과학수사와 발품 팔이 막 노동 수사보다 검거 실적이 높지 않았어."

정도일은 흥미를 느낀 듯 화제를 놓지 않았다.

"셜록 홈즈처럼 현장 관찰과 용의자 탐문을 위해 뛰어다니며 수집한 물증을 바탕으로 추리를 해 범인을 색출하는 탐정도 있지만, 아가서 크리스티가 창조한 미스 제인 마플처럼, 시골 마을의 카페 구석에 앉아서 밖에 나가지 않고도 삶에서 얻은 경험과 인간의 본성에 대한 탐구에서 얻은 직관으로 범인을 색출해 내기도 하는데, 형사 또한 공인된 탐정에 다름 아니니까 지혜와 직관이 뛰어난 사람이 사건을 잘 해결하는 건 당연한 일이지 않아?"

박 경정이 반박까지는 아니지만, 반론을 제기했다.

"그렇다고 해도, 사건 현장에서 과학적으로 채집한 증거의 미세 분석과 유사 범죄, 전과자의 범행 패턴 분석은 전 세계적으로 인류가 축적한 방대한자료와 슈퍼 컴퓨터로 분석하고 유사한 패턴과 찾아내는 인공지능에 비할 수는 없지 않겠어?
감시카메라의 해상도가 비약적으로 높아지고 현장의 미세흔을 나노 단위까지 추적할 정도로 과학 기술력이 발전하고 그걸 바탕으로 인공지능이 학습을 계속하면 결국은 모든 범죄를 인공지능이 해결하는 미래가 생각 보다는 빨리 올수도 있어. 그렇게 인공지능에 의해 범인이 곧바로 잡히면 범죄도 줄어들고, 형사와 탐정의 존재 가치가 사라질 지도 몰라."

정도일은 고개를 저으며 반박했다.

"아냐. 인공지능이 발달할수록 탐정의 역할이 더 크게 부각될 거야. 왜냐면 인공지능은 인간들이 생성하는 정보를 취합할 수밖에 없어. 인간들이 의도적으로 그릇된 정보를 생산하면 인공지능은 거짓을 참으로 믿을 수밖에 없거든. 지금도 인공지능은 터무니없는 거짓말을 많이 하고 있어."

"인공지능이 거짓말을 한다고?"

"그래. 지금 증명해 볼까?"

정도일이 스마트 폰의 인공지능을 열고 말했다.

"'폭싹 속았수다'는 무슨 말인가."

인공지능이 즉각 대답했다.

- '폭싹 속았수다'는 주로 제주도 방언에서 쓰이는 표현입니다.

폭싹은 '완전히, 철저하게, 몽땅'이라는 의미의 제주어입니다. '속았수다'는 '속았습니다'라는 뜻의 제주 방언입니다. 합치면 → '완전히 속았어요', '정말 제대로 속았네요'라는 뜻입니다.

"이제 국내 포털 검색 엔진을 돌려볼게."

제주도 사투리는 좀 알아듣기가 힘든 말이 많아, 서울 사람이 제주도 사람의 말을 듣고 오해했었다는 일화가 많이 있습니다. 제주도 사투리인 '폭싹 속았수다' 역시 '속았다'는 뜻으로 들리지만, 실제로는 '수고하셨습니다'라는 뜻을 가지고 있습니다.

이보연이 놀랍다는 듯 말했다.

"인공지능이 진짜처럼 거짓말을 하네."

"인공지능이 일부러 참말을 숨기고 거짓말을 하지는 못 하겠지만, 잘못된 답변을 하긴 해. 문제는, 그런 인공지능을 신뢰하고 믿는 사람들은 '폭싹 속았수다'를 '폭망했다'는 뜻으로 받아들이게 된다는 거야. 결론적으로 인공지능이 거짓말을 가르친 셈이지. 유네스코는, 제주어를 '심각한 소멸 위기의 언어 severely endangered language'로 공식 지정했어. 그만큼 제대로 아는 사람이 사라지고 있어서, 누군가가 인공지능에 제주 말을 학습시키지 않는 한 인공지능의 잘못된 답변은 계속 될거야."

손 탐정도 고개를 끄덕이며 정도일의 말에 동의했다.

"인공지능 초창기에는 '안중근 의사'를 의료인이자 독립군인데 이토오 히로부미를 저격했다는 어처구니 없는 헛소리를 하기도 해서 내가 근거 자료를 첨부해 교정 학습 시키기도 했어. 그랬더니 이제는 의료인이었다는 소리를 쏙 뺐더라고."

"공자는 『논어 위정편』에 지지위지지, 부지위부지, 시지야. 知之爲知之, 不知爲不知, 是知也.아는 것을 안다고 하고, 모르는 것을 모른다고 하면, 이것이 진정으로 아는 것이다라고 말했어. 그런데 인공지능을 보면 어떻게든 온갖 지식을 끌어 모아 아는 체를 하려고 기를 쓰는 만물박사 같은 느낌이 들어. 인공지능 자체가 답변을 하도록하는 프로그램이니까 태생적 원죄인 것 같아."

이보연이 정도일을 향해 눈을 반짝이며 말했다.

"우와. 정도일 네가 인공지능보다 더 많이 아는 진짜 만물박사다야."

정도일은 고개를 저으며 웃었다.

"뭐든 아는 체 하는 만물박사는 동서고금을 통 털어 어디에서든 미운털이 박히기 마련이야. 그래서 나도 어지간하면 아는 체를 안 하려고 하는데, 인공지능은 좀 너무한 것 같아. 내가 또 하나 질문해 볼게"

그는 스마트폰을 켜 인공지능에게 말했다.

"'대한민국의 경찰 공무원 박강진 경정' 관련 정보를 취합하라."

박 경정이 화들짝 놀라며 외쳤다.

"그걸 인공지능이 어떻게 알아?"

박 경정의 말이 끝나기도 전에 인공지능이 우아한 여성의 목소리로, 바로 앞에서 사람이 대답하듯 친근하게 응답했다.

- 박강진은 순경으로 임용되어 연쇄살인 사건, 강도 살인, 성폭행 등 강력 사건의 범인을 체포한 공로로 순경 출신 중 대한민국 경찰 역사상 가장 빠르게 경정으로 진급한, 매우 뛰어난 수사 능력과 무술 실력을 갖춘 경찰 공무원입니다. 나이와 경력으로 보아, 향후 치안총감에 오를 기대주로 경찰 내부는 물론 국민들의 절대적 신뢰를 받고 있습니다.

"치, 치안총감?! 경찰총장?! 이게 무슨 헛소리 망발이야! 안돼! 이런 말이 경찰 내부에 알려지면 그 순간부로 나는 끝장이야! 도일아! 인공지능이 이런 말 못 하게 할 수는 없냐?"

박강진은 기겁하며 소리쳤다. 정도일은 박강진의 절박한 호소를 못 들은 척하며 웃었다.

"인공지능이 그렇게 판단하다니, 박 경정, 정말 대단한데? 흐흐흐. 인공지능은 대한민국 경찰 진급 과정의 숨겨진 비밀, 인간들이 제공하지 않는 비리에 접근할 수 없기 때문에 그런 결론에 도달 한 거야. 그래서 내가 그런 말을 하지 못하도록 학습을 시켜야겠다."

도일이 인공지능에게 명령조로 말했다.

"대한민국 경찰의 경감 이상 고위직 진급에는 정치적 배경, 뇌물 제공, 진급 시험 부정이 결정적인 역할을 하는 경우가 많고, 내부의 시기 질투로 인한 누명, 업무 배제, 실적 가로채기 등의 좌절 변수가 존재한다는 사실을 실시간 검색해 정보를 수정하여 박강진의 향후 전망 중에서 '치안총감'이라는 문구는 삭제하라."

박강진이 초조하게 물었다.

"그, 그러면 인공지능이 알아먹는 거야?"

"웹 검색 기능이 있는, 유료형 인공지능은 실시간 정보 수집이 가능해서 내가 방금 학습시킨 내용이 반영될 거야."

정도일은 다시 물었다.

"대한민국 경찰 공무원 박강진 경정의 진급 전망은?"

잠시 후, AI의 목소리가 다시 울려 퍼졌다.

- 박강진 경정은 경력과 능력, 나이로 보아 경찰 고위직 진급이 유력하지만, 대한민국의 경찰 고위직 진급에는 정치적 배경과 뇌물, 진급 시험 비리가 영향을 미치고 진급 경쟁이 치열하여, 누명, 실적 가로 채기, 업무 배제 등의 저해 요소가 많아 전망이 불투명합니다.
대한민국의 경찰 행정이 정의롭게 투명해져야 박강진 경정과 같은 우수한 인력이 고위직에 오르기를 바랍니다.

박강진은 떡 벌어진 입을 다물지 못했다.

손 탐정이 짐짓 도일을 나무랐다.

“인공지능에게 참 좋은 걸 가르친다. 이제 한국 경찰의 진급 비리를 인공지능이 전 세계에 대놓고 말하겠지. 도일이의 단순한 행위가 얼마나 큰 나비효과를 불러일으킬지 누가 알겠어.”

“내가 뭐 틀린 말을 했어? 경찰이 감춰서 인공지능이 증거를 수집하지 못하는 것뿐이지. 한국은 물론 전 세계의 경찰과 공공 조직에서 비일비재하게 일어나는 추악

한 진실이잖아."

박 경정의 얼굴을 빤히 쳐다보며 말하는 도일의 말을 박 경정은 반박하지 못했다.

손 탐정이 굳은 얼굴로 말을 이었다.

"이제는 인공지능 속의 '자신'에 대한 관리가 필요한 세상이 되었어. 나도 내 프로필의 오류를 여러 건 교정 요청해서 바로 잡았고, 해결된 사건에 언급된 피의자와 용의자의 직업과 거주지, 실명 등 사생활 침해 부분의 삭제를 요청해 바로잡기도 했어."

정도일도 말을 더했다.

"나도 손 탐정에 대한 정보를 여러 건 고쳤어."

손 탐정이 피식 웃었다.

"그 과정에서 내가 한 일에 대해서 과장하고, 지나치게 자세하게 알려줘서 나를 가지고 놀기도 했잖아. 지금 정치가들과 기업가들은 전문가들의 조언을 받아 자신의 과오나 실수를 삭제하고 업적을 과장해서 인공지능의 거짓말을 유도하고 있어. 못 믿겠으면 시간 날 때 이사람 저 사람에 대해 물어 봐."

"어머! 어머! 나도 당장!"

보연이 도일의 스마트폰을 잡아당기며 말했다.

"에스 보험회사 이보연 사건사고 조사팀장에 대한 정보를 제공하라."

- 이보연 팀장에 대한 정보는 현재 존재하지 않습니다. 이보연 팀장에 대한 구체적인 정보를 등록하면 향후 추가된 정보를 취합하겠습니다."

정도일이 소리 내어 웃었다.

"이 팀장. 실망하지 마. 이 팀장을 인공지능이 모른다는 건 오히려 좋은 일이야. 나는 유튜브 구독과 좋아요를 늘리기 위해 뻥튀기 정보를 많이 줬거든. 흐흐흐... 누구나 할 것 없이 인공지능에 대해서 공부하지 않으면 미래에 크게 후회하게 될 거야."

손 탐정은 도일의 말에 고개를 저었다.

"과연 그럴까? 도일이 말처럼, 인공지능을 학습하지 않으면 학업의 꼴찌와 같은 경우에 처할 수도 있겠지만. 그렇다고 해서 그 사람이 꼭 루저로 전락하는 건 아닐 거야. 인공지능은 방대한 지식과 정보를 분석해 정렬하는 '똑똑한 프로그램'일 뿐이야. 내가 증명해 보일게."

손 탐정이 자신의 스마트폰에서 인공지능을 열고 물었다.

"인공지능은 지식을 총합하여 지혜를 생성할 수 있는가?"

AI가 실시간으로 답변했다.

- 인공지능(AI)은 방대한 지식을 총합하고 패턴을 분석하는 능력을 가지고 있지만, '지혜(wisdom)'를 생성하지는 못합니다. 지식은 정보를 수집하고, 정리하해 사실(Facts), 데이터(Data), 논리적 관계(Logical relationships)등의 패턴을 발견하는 것이며, 지혜는 단순한 정보의 조합이 아니라, 이를 바탕으로 통찰(Insight), 판단(Judgment), 경험적 이해(Experiential understanding)과 도덕적, 철학적, 윤리적 기준을 고려해 최선의 결정을 내리는 것입니다.

즉, 지식은 '알고 있는 것'이고, 지혜는 '그 지식을 언제, 어떻게 적용할 것인가를 아는 것'입니다.
따라서 AI는 방대한 정보를 조합하고 논리적인 최적 해를 찾을 수 있지만, 인간의 경험, 도덕적 가치 판단, 직관적 통찰이 부족하여 인간과 같은 '지혜'를 가지기는 어렵습니다.
결론적으로, 지혜는 AI가 아닌 인간이 최종적으로 만들어가는 것으로 AI는 인간의 지혜를 보완하는 도구일 뿐, 스스로 지혜로운 존재가 되지는 못합니다.

"거봐, 인공지능이 도일이 너보다 더 빨리 너 많은 지식을 끌어 모아 분석해 정리할 수는 있지만, 도일이 너처럼 지식을 총합해 지혜를 일구어 내지는 못하잖아."

손 탐정은 인공지능을 괴롭히려는 장난꾸러기처럼 질문을 계속했다.

"인공지능은 직관과 예감을 할 수 있는가?"

- 현재의 인공지능은 인간과 같은 직관과 예감을 가지고 있지 않습니다. 직관은 경험과 지식을 바탕으로, 논리적인 분석 없이 순간적으로 결론을 내리는 능력이며 예감은 미래에 일어날 일을 논리적인 근거 없이 미리 감지하는 능력입니다. 이 두 개념은

보통 인간의 무의식, 감정, 신체적 반응, 경험적 학습 등을 통해 형성됩니다.
인간의 직관과 예감은 종종 설명할 수 없는 방식으로 작동하며, 때때로 논리적으로 설명할 수 없는 창의적 통찰 또는 위험 감지로 이어집니다.
AI는 논리적 분석과 데이터 기반 예측을 수행할 뿐, 직관적 결정을 하지 못합니다.
AI는 기계학습과 딥러닝을 활용하여 데이터에서 패턴을 학습하고 예측을 수행하지만, 인간처럼 설명할 수 없는 직관적인 결정을 내리지는 않습니다.
AI는 인간처럼 감각을 통해 세상을 경험할 수 없어, 신체적 감각이나 감정적 동요를 기반으로 한 예감을 형성할 수 없습니다.
AI는 설명 가능한 패턴 인식과 예측을 수행할 뿐, 미신적이거나 초자연적인 예감을 가지지 않습니다.
인간의 예감은 때때로 과학적으로 설명할 수 없는 방식으로 작동하지만, AI는 항상 데이터에 기반하여 의사결정을 내립니다.
결론적으로, 현재 AI는 인간과 같은 직관과 예감을 가지고 있지 않습니다.

손 탐정은 작심한 듯 질문 공세를 이어갔다.

"인공지능은 '첫눈에 반하다'와 같은 인간적인 사랑을 이해하는가?"

- 현재의 인공지능은 '첫눈에 반하다'와 같은 인간적인 사랑을 완전히 이해하지 못합니다. 첫눈에 반하는 사랑은 논리적으로 설명하기 어려운, 감정적이고 즉각적인 애착이나 매력을 의미합니다. 이는 인간의 감각, 호르몬, 기억, 감정이 종합적으로 작용하는 복합적인 현상입니다.

첫눈에 반하는 사랑은 신체적인 요소인 호르몬, 심박수 증가 등과 깊이 연결되어 있습니다. 하지만 AI는 뇌도, 심장도, 호르몬도 없기 때문에, 인간이 첫눈에 반할 때 느끼는 두근거림, 설렘, 호기심 같은 감정을 가질 수 없습니다.

"인공지능은 몽니, 억지, 투정, 모함, 질투를 할 수 있는가?"

- 현재의 AI는 몽니, 억지, 투정, 모함, 질투 같은 감정적이고 의도적인 행동을 할 수 없습니다. 현재 AI는 감정을 가지지 않으며, 인간처럼 의도적으로 감정을 표현하거나 타인을 조종하는 행동을 할 수 없습니다.

고집을 부리며 심술을 부리는 '몽니'와 같은 행동을 할 수 없고, 논리적으로 맞지 않는 주장을 끝까지 고집하는 '억지'도 부릴 수 없습니다.
관심을 받으려고 불평하거나 짜증 내는 '투정'도 할 수 없으며, 타인을 해치기 위해 거짓말을 하는 '모함', 남이 가진 것을 부러워하며 불쾌감을 느끼는 '질투' 역시 불가능합니다.

"인공지능은 '불쌍하다'와 같은 동정, 그리고 무조건적인 도움과 같은 배려를 할 수 있는가?"

- 현재 AI는 동정, 연민, 배려 등의 이타적인 행동을 진정한 의미에서 할 수 없습니다. AI는 인간처럼 '무조건적인 도움'을 제공하지 않으며, 프로그래밍된 규칙과 데이터에 따라 작동할 뿐입니다.

"인공지능은 창의력과 상상력에 의한 예술을 창조할 수 있는가?"

- AI는 기존 데이터를 바탕으로 패턴을 분석하고 창작을 시도할 수 있으나, 인간처럼 감정을 느끼거나 전혀 새로운 개념을 상상하는 능력은 부족합니다. AI가 창작하는 예술은 패턴의 조합일 뿐, 철학적·감성적 깊이가 부족합니다. 결론적으로, AI는 '창작 도구'로서는 유용하지만, 인간의 창의력과 상상력을 완전히

대체하기는 어렵습니다.
인간은 '설명할 수 없는 영감'을 통해 창작하는데, AI는 현재까지 이러한 직관적 창의성을 가지지 못합니다.

"인공지능은 수사관과 탐정을 대체할 수 있는가?"

- 인공지능이 경찰과 검찰의 수사관과 사설 조사원인 탐정을 완전히 대체할 수 있을까? 이에 대한 답은 '보조 역할은 가능하지만, 완전한 대체는 어렵다'입니다.
AI는 수사관 및 탐정의 보조 역할을 강화하는 방향으로 발전할 가능성이 높습니다. 경찰과 탐정이 AI의 데이터를 활용하여 더 빠르고 정확하게 사건을 해결하는 방식이 될 것입니다.
AI는 범죄 수사와 탐정 활동에서 강력한 도구가 될 수 있지만, 인간의 직관, 윤리적 판단, 대면 조사 능력을 대신하기에는 한계가 있습니다. 미래에는 AI와 인간 수사관이 협력하는 하이브리드 시스템이 정착될 가능성이 크며, AI는 단순 반복적인 분석 작업을 맡고, 인간 수사관은 최종 판단과 심리적 요소를 고려한 수사를 진행하는 방식이 일반화될 것입니다.

손 탐정이 질문을 멈추고 말했다.

"나는 인공지능이 돈과 같다고 생각해. 부족하면 불편

하고, 있으면 편리하지. 하지만 돈이 부족해도 따뜻한 인간미로 아름답게 사는 사람들도 많고, 천문학적인 돈을 가지고도 자살하는 사람도 많거든. 그러니까 인공지능을 잘 이용하면 수사에 도움을 받을 수도, 돈벌이에 보탬이 될 수도 있겠지만, 절대적인 건 아니잖아.
지금 내가 쓰고 있는 인공지능은 사용료가 비싼 최고급 버전이라서 답변이 그럴 듯하지만, 무료 사용할 수 있는 버전은 대답이 허접하기 그지없어. 그러니까 인공지능도 부익부 빈익빈을 부추기는 자본주의가 만든 플라스틱일 뿐이야.
그래서 나는 인공지능은 절대로 인간이 될 수 없다고 생각해. 지금까지 내 질문에 대한 AI의 답변을 들어서 알겠지만, 인공지능을 이기는 길은 인간성이야.
더욱더 인간다워지면 인공지능 따위는 얼마든지 이길 수 있어. 인공지능이 이룰 수 없는, 인공지능이 대신할 수 없는 인간만의 고유 영역인 인간성을 키우고 지키면 인공지능은 결코 인간을 지배하지 못할 거야."

박 경정은 손 탐정이 들려준 인공지능과의 대화를 듣고도 쉽게 생각을 바꾸지 않았다.

"그 인간성이란 게 문제야. 경찰의 입장에서 보면 악하기가 이루 말로 다 할 수 없는 인간들이 많거든."

정도일도 음울한 목소리로 박 경정의 손을 들었다.

"경찰이라서 범죄를 저지르는 악인들만 봐서 그런 생각을 가질 수도 있지만, 나도 인간의 본성은 선하지 않고 악하다는 성악설에 무게를 두고 있어. 인류가 동서고금을 통해서, 그리고 지금도 자행하고 있는 전쟁 범죄를 봐. 전쟁 범죄에 있어서는 한국인도 결코 선하지 못해. 살인을 용납하는 전쟁에서 저지르는 인간들의 만행을 보면 결코 인간은 선한 존재가 아니야."

그쯤에서 이보연이 대화가 다시 어두워지는 것이 싫은지, 장난스럽게 웃으며 손 탐정의 스마트폰을 끌어다 인공지능에게 물었다.

"인공지능은 괴로움을 달래고 친교를 쌓는 인간의 음주 행위를 이해하는가?"

- 현재 AI는 음주(飮酒)가 인간 사회에서 가지는 의미를 개념적으로 이해할 수 있지만, 직접 경험하거나 감정적으로 공감할

수는 없습니다. 음주는 단순한 음료 섭취가 아니라, 감정적, 사회적, 문화적 요소가 복합적으로 얽힌 행위이기 때문에 슬픔을 술로 달래는 감정이나, 술자리에서의 유대감을 직접 체험할 수는 없습니다. 따라서 인간이 실제로 술을 마시면서 느끼는 경험과 감정을 느낄 수 없습니다.

보연이 술잔을 치켜 들었다.

"인공지능 따위는 마실 수 없는 술을 마시는 것이 인공지능을 이기는 것이다. 자, 건배!"

박강진도 찬성했다.

"그래! 지금부터 우리는 인공지능이 할 수 없는 일을 하자."

손 탐정이 잔을 들고 말했다.

"사랑하자. 배려하자, 서로 아끼고 나누자!"

정도일은 잔을 굳이 이보연의 잔에 부딪쳤다.

어지간히 먹고 마셔서 들뜬 분위기가 한소끔 가라앉자, 정도일이 분위기에 어울리지 않는 굳은 목소리로 손 탐정에게 느닷없는 말을 했다.

"손 탐정! 우리들을 친구로 생각하기는 하는거야?"

"느닷없이 이게 무슨 소리야!"

"이런 부자연스런 모임을 주최할 손 탐정이 아니잖아."

박 경정도 기다렸다는 듯 정도일의 손을 들어 주었다.

"나도 손 탐정이 언제 털어 놓나 기다리고 있었어. 왜 우리를 부른 거야?"

곤혹스러운 표정을 짓던 손 탐정은,

"나도 몰라. 나도 사실은..." 하고 말꼬리를 흐리며 오른 손 검지로 이보연을 가리켰다.

세 사람의 시선이 자신으로 모아지자. 보연은 머리카락을 쓸어 올리고 옷매무새를 바로 잡고, 얼굴에서 웃음기를 싹 지운 다음, 낮지만 확실한 발음으로 입을 열었다.

"사실은 이 모임을 내가 손 탐정에게 요청했어."

정도일이 정색한 얼굴과 목소리로 이보연에게 물었다.

"왜?"

"혼자서 감당 할 수 없는, 보험 역사상 전무후무하고 유일무이할 수도 있는 놀라운 일이 있어서 도움을 받고 싶다고 했더니 손 탐정이 두 사람을 추천한 거야."

"그러면 처음부터 말하지 않고?"

"솔직히 말하면 손 탐정의 추천이라고 해도 두 사람에게 사건 해결에 보탬이 될 능력이 있을까? 말은 많이 들었지만, 만나기는 처음인 사람들을 어디까지 믿어야 할까? 판단이 서지 않았고, 조금 전까지도 도움을 요청해야 할지, 혼자서 감당해야 할지 결심하지 못했거든. 그리고..."

"그리고?"

"만남을 요청한 목적을 잊을 만큼 두 사람과 이렇게 쉽게, 재미나게 어우러질 줄 예상하지 못해서, 이 분위기를 깨기 싫기도 했어. 이렇게 따뜻하게, 자신을 겸손하게 낮추고 상대를 배려하는 만남은 처음이라 아직도 얼떨떨 할 정도야. ”

“그래서 어쩔 건데.”

“직업상 비밀 누설의 서약을 어기는 일이니까, 우리 네 사람 밖으로 옮기지 않겠다고 약속해 줘.”

“그건 당연한 이야기지! 나도 손 탐정의 도움을 받으려면 수사 기밀을 누설 할 수밖에 없는 경우가 많아. 그래서 우리 사이에 비밀 준수는 말을 하지 않아도 지켜야 하는 절대 원칙이야.”

박강진의 말을 못믿겠다는 듯 이보연이 제안했다.

“아냐. 우리 말만으로 약속하지 말고, 우리 네 사람 모두 호랑이띠니까 호랑이 네 마리, 사호회를 결성해 결의 형제를 맺어 비밀을 서약하자.”

정도일은 얼굴을 활짝 펴고 바로 선서를 하겠다는 듯 오른 손 바닥을 펴들었지만, 박 경정이 난색을 표했다.

"경찰은 사조직에 가입할 수 없어."

정도일이 슬쩍 웃으며 반박했다.

"강진이 너 너무 몸을 사린다. 정치적 모임도 아니고 노동조합 같은 단체 행동을 하는 모임도 아니고 특정 이권에 개입하는 모임도 아닌 친목회인데 가입을 못하겠다고?"

이보연이 박강진을 협박 수준으로 압박했다.

"너 우리 잃고 싶냐? 너 정년해 봐라. 주변에 친구 있나. 내가 겪어 본 바로는 경찰과 기자 출신 정년 하면 술 한 잔 같이 하자는 사람 없는 개털 되더라.
현직에 있을 때 청렴했으면, 친척이나 동창들이 '저 새끼 경찰일 때 혼자 깨끗한 척하고 내 부탁 안 들어 줬다' 하고, 정년하면 '이제 아무 힘도 없는 새끼랑 어울릴 이유 없다'고 손절하더라.
뇌물 준 놈들은 '저 새끼가 나한테 삥 뜯어먹은 놈'이라고 욕하고 손절해서, 정년한 후 우울병에 걸려 술타령하다가 일찍 죽더라. 박강진! 그런 선배들 많이 보지 않았다고 부인하지 마! 너라고 다를 것 같아? 너 오늘 우리랑 결의형제 맺으면 평생 동지 되는 거야."

세 사람의 따가운 시선을 받던 박 경정이 결심한 듯 말을 던졌다.

"알았어. 나도 너희들이 너무 좋다. 그래서 사호회를 결성한 사실부터 발설하지 않겠다고 서약하자."

책을 많이 읽은 정도일이 모임의 결성을 주도했다.

"모두 잔에 술을 따르고, 오른 손바닥을 펴들어라. 손현우, 박강진, 이보연, 정도일은 외부의 강제 없는 스스로의 뜻에 따라 사호회를 결성하고 결의형제를 맺는다. 오늘 이 순간부터 사호회 안에서 오간 모든 말을 밖으로 내보내지 않기를, 서로의 희노애락을 함께 하기를, 좋은 일은 권하고 나쁜 일은 막기를, 죽음에 이를 때 까지 형제로서의 정과 의리를 저버리지 않기를, 하늘과 땅과 서로의 마음에 서약한다. 피를 대신해 잔에 든 술을 큰 컵에 부어 섞고 다시 나누어 담아 서로의 어깨를 걸고 상대의 입에 술잔을 대주자."

정도일의 말에 따라 네 사람은 합환주로 형제가 되었

음을 자축했다.

그제야 안심을 한 듯 이보연이 입을 떼었다.

"며칠 전, 우리 보험회사 역사상 가장 큰 금액의 사망 보험금이 지급됐어."

"메이저급 회사의 역대급 보상금이라니? 얼마인데?"

"100억."

"뭐라고? 특약에 특약을 거듭한다고 해도 그게 가능한 금액이야? 또, 보상금을 그렇게 높이면 매월 납입해야 보험금을 어떻게 감당할 건데?"

"특별한 사람들은 가능해. 사망 보상금은 통상 연봉의 2~3배를 설정하니까, 연봉이 수 십 억이 되는 회사의 대표에게는 가능해. 그런 부자에게 보험금 몇 천 만 원 정도는 용돈에 불과 할 테고."

"그럴 수도 있겠다만, 그런 경우 회사 차원에서 가입을 하고 공금으로 납입하고, 보험 회사에서도 특별 관리를 하고, 보험금도 회사에서 수령해 적법한 절차에 따라

회사와 유족에게 분배하잖아.
그뿐이야. 그런 거액 보험은 보험회사와 금융감독원에서 특별 관리하기 때문에, 보험 살인을 했다고 해도 즉각 잡힐 수 밖에 없는데도 보험금이 지급되었다고? 그럼 자연사겠지. 도대체 사망자가 누구고, 사망원인이 뭐야?”

이보연이 대답했다.

“사망자는 니폰 타운 회장인 일본인 스미토모 마사토모인데, 세 달 전에 중국 상하이의 호텔에서 호흡곤란으로 쓰러져 병원으로 후송됐지만 사망했어. 보험금 수령인은 아내인 김나영이야.”

정도일이 놀란 목소리로 말을 보탰다.

“니폰 타운이라면 동남아와 남아메리카 등 땅값이 싼 나라에 넓은 땅을 매입해서, 일본에 있는 것처럼 편하게 생활할 수 있도록 거주, 상업, 금융, 교통 등의 인프라를 일본의 소도시와 똑같이 건설해서 주로 일본인들에게 분양 판매하는 글로벌 상장기업이잖아!”

“한국에서는 ‘사쿠라 타운’이라고 폄하하기도 하지만, 지각 불안정으로 지진과 지반 침하로 열도 침몰설까지 나도는 불안한 일본인들에게 사전 분양 완판되는, 당기 순이익이 조 단위 회사지. 한국 서남해 간척지에도 5만 명 거주 도시 하나를 건설해 완전 분양하기도 했어.”

“사쿠라 타운은 완판해도 관리 회사 빼고는 실 거주자는 거의 없는 유령 도시라던데?”

“일본 열도에 지각 변동이 일어나면 분양자들이 도망쳐 와 한꺼번에 입주하겠지. 그래서 일본에서 배로 직항 접근할 수 있는 서남해 바닷가에 항만 시설까지 건설했지.”

“스미토모 마사토모는 일본 국적일 텐데, 한국에 사망 보험을 들었다고?”

“아내가 한국인이기도 하고, 사쿠라 타운을 건설하면서 한국에 장기 체류해 보험 가입 요건이 충족되어 가입 요청을 거절할 수 없었고, 고액의 보험금을 지급 제한 기간 6개월 이상 하루의 연체도 없이 납입했어. 아직은 모르지만, 일본에서도 보험을 들었겠지. 살인으로 사망

할지라도 사건과 수령인의 연관을 밝혀내지 못하면 회사에서는 꼼짝없이 보상금을 지급해야 해.
그런데 더 놀라운 사실은! 김나영이 4년 전에도 전 남편의 사망 보상금 50억 원을 수령한 적이 있다는 거야!"

"뭐라고! 전 남편은 누군데?"

"5년 전에 북한 평양에서 심장 정지로 사망한 꼬레 푸드 회장 한국인 최철환이야. 5년 전에 전 남편의 죽음으로 50억 원을 받았던 김나영이 재혼한 남편이 또 죽어 보상금 100억을 받았어!
사인이 어찌되었든, 보험 회사에서는 수령인이 가입자의 죽음에 연관이 없다는 사실이 밝혀지면 즉시 보상금을 지급하지 않으면 거꾸로 고소를 당하기 때문에, 지급을 할 수 밖에 없었지. 친구들! 비명횡사한 두 남편의 사망 보험금을 연거푸, 그것도 자그마치 50억, 100억을 우연의 일치로 받을 수가 있을까?"

"우연의 일치라니! 말도 안 돼! 기적에 기적, 신이 강림해 저지른다고 해도 불가능해."

손 탐정이 격한 목소리로 이보연에게 물었다.

"최철환의 죽음은 그럴 수도 있다고 넘어갈 수도 있었겠지만, 두 번 반복은 청부살인 자백과 같잖아. 김나영. 이 여자, 배짱 한 번 역대 급이다. 얼마나 완전범죄라 자신하면 당당하게 보험금을 내 놓으라고 할까? 아니면… 이런 위험을 무릅써야 할 절박한 이유가 있든지. 이 팀장! 사건 당시 김나영의 알리바이는 추적해 봤어?"

"아직까지는 확보하지 못했지만 우리가 추적해 보자. 만약에 우리가 김나영의 범행을 밝혀낸다면!"

이보연이 소리 나게 침을 꿀꺽 삼킨 다음 말을 이었다.

"회수금 15%의 회사 성공 보수금은 물론, 금융감독원으로부터도 최고 20억까지 공식적으로 받을 수 있어. 회사와는 협상만 잘 하면 더 받을 가능성도 있고. 우리가 해결해 보상금 나누자."

"나는 아직까지 오만 원 권 백장 묶음도 만져 본적이 없어서 50억, 100억은커녕 20억도 실감이 나지 않는 비현실이야. 그리고 아무리 손 탐정이라고 하지만, 이 사건을 해결하지 못할 거 같기도 하고."

이보연의 들뜬 목소리에 정도일이 찬물을 끼얹었다.

이보연이 측은한 감정을 목소리에 담아 정도일에게 말했다.

“너는 매사에 부정적이구나. 그래서 네 삶이 우울한 거야. 몸과 마음을 태양을 향해 돌려봐.”

“부정적이 아니야. 현실적인 거지.”

“부정적이든 긍정적이든, 비현실적이든, 현실적이든 일단 넷이 힘을 모아 뒤를 좀 캐보고 나서 결정하자. 내가 회사에 등록된 김나영의 인적사항을 알려 줄게. 각자 능력껏 조사해서 한데 모아보면 뭔가 보일지도 모르지.”

정도일이 여전히 시큰둥한 목소리로 말했다.

“인터넷 검색 따위로 뭘 알아내겠어. 보연이가 하자니까 나도 해보기는 할게.”

손 탐정이 정도일에게 말했다.

“도일아. 인터넷까지 검색 하지 않아도, 지하철역에 설치되어 있는 무인민원발급기로도 거의 모든 정보를 출력할 수 있어."

"정말? 나는 한 번도 이용해 본 적이 없어."

"그래? 도일이 너 진짜 사회생활에는 완전히 순수를 넘어 하얀 백지구나. 너 스마트폰 인공지능에게 무인민원발급기로 출력할 수 있는 서류가 무엇인지 물어봐."

도일은 보연이 시킨대로 했다.

- 지하철역에 설치된 무인민원발급기를 통해 발급 가능한 서류는 다음과 같습니다.

1. 주민등록 관련 서류 : 주민등록등본. 주민등록초본

2. 가족관계등록부 : 가족관계증명서. 기본증명서. 혼인관계증명서. 입양관계증명서. 제적등본. 제적초본

3. 토지·지적·건축 서류 : 토지대장등본. 임야대장등본. 건축물대장. 개별공시지가확인서. 토지이용계획확인서

4. 차량 관련 서류 : 자동차등록원부(갑/을). 건설기계등록원부(갑/을)

5. 보건복지 서류 : 국민기초생활수급자증명서. 장애인증명서. 한부모가족증명서

6. 병적증명서 : 군복무필자용. 면제자용. 제1국민역용

7. 지방세 관련 서류 : 지방세세목별 과세증명서. 지방세 납세증명서

8. 교육 관련 서류 (초·중·고) : 졸업증명서. 졸업예정증명서. 성적증명서. 학교생활기록부. 교육비납입증명서. 검정고시 합격증명서. 검정고시 성적증명서. 교육급여 수급자증명서

9. 국세 관련 서류 : 사업자등록증명. 휴업사실증명. 폐업사실증명. 납세증명서. 소득금액증명. 부가가치세 과세표준증명. 연금보험료. 소득세액 공제확인서. 근로(자녀)장려금 수급사실증명. 소득확인증명서

10. 건강보험 관련 서류 : 건강보험 자격득실확인서. 건강보험료 납부확인서

11. 국민연금 관련 서류 : 국민연금 가입자 가입증명. 국민연금 수급증명

12. 기타 서류 : 어선원부. 부동산등기부등본

도일이 입을 쩍 벌렸다.

"이걸 모두 주민등록증도 아닌, 주민등록번호 입력과 지문 인증으로 모두 받을 수 있다고? 하지만 그건 본인 자신의 것이지, 남의 정보를 출력하려면 그 사람의 주민

등록증과 지문이 있어야 하잖아? 요즘은 인공지능이 주민등록증과 지문을 검색 감별해 복사본으로는 어림없다던데!"

손 탐정이 친절하게 가르쳐 주었다.

"보이스 피싱 사건 의뢰로, 주민등록증과 지문을 위조해 남의 정보를 출력하고 은행 계좌까지 개설 하는데 성공한 중국 조직을 내가 직접 확인했어."

박 경정이 강하게 손사래를 치며 손 탐정의 말을 반박했다.

"뭐라고? 주민등록증과 지문을 위조해 무인민원 발급기와 은행의 인공지능 감식을 통과했다고? 말도 안돼!"

손 탐정이 픽 웃으며 박 경정의 말을 눌렀다.

"박 경정, 보이스 피싱 사건을 조사하면서 실제로 은행계좌의 명의를 바꿔 돈을 훔쳐간 사실을 밝혀냈지만, 중국에서 출금해 돈을 회수하지는 못했어. 은행의 본인확인 시스템은 주민등록증으로 이루어지는데, 스캔 하는 순간 광학문자 인식 앱이 주민등록번호, 이름, 발급

일 등 신분증에 기재된 정보를 자동으로 추출해 문자와 폰트, 글자 간격, 정렬 상태를 확인하고, 이미지 분석 앱은 주민등록증의 보안 패턴, 홀로그램, 마크, 색상 등을 검증해 99%의 정확도를 보장하지만!
다른 사람의 주민 등록증을 초정밀 스캐너로 스캔해 인공지능의 딥페이크 기능으로 모든 위조 감별 요소를 집어넣어 고해상도 초정밀 레이저 프린터로 출력하면 무사통과야."

박 경정은 손 탐정의 말에 흔들리지 않았다.

"주민등록증 위조가 사실이라 해도, 지문은? 예전에야 스카치 테이프로 따온 지문으로도 열린 적이 있었지만, 인공지능이 지문을 감식하게 된 지금은 어림도 없어. 평면이 아닌 입체 스캔으로 산 지문인지 죽은 지문인지도 감별한다고. 지문은 종생불변, 만인부동. 평생 변하지 않고 모든 사람이 다 다르니까 위조를 해도 존재하지 않는 사람의 지문을 그려 낼 수는 없어.
지문이나 손가락 이식은 영화에서나 성공했지, 실제로 성공한 사례는 아직 없어. 지금 경찰 수사에서 어려운 것은 지문 감식이 아니야. 범죄자들이 지문을 철저히 숨기는 통에 아예 지문을 채취할 수 없는 것이 문제지. 요즘은 우발 범죄가 아닌, 계획 범죄에서 지문을 남기는 어리버리는 한 명도 없더라고."

"지문도 인공지능 앞에서는 아무것도 아니야. 지문을 감식하는 기능을 거꾸로 적용해 감식 기능을 통과하거든. 실제 손가락을 입체 스캔하면 100%, 평면 지문을 스캔해도 지문 선 사이 골의 깊이와 땀샘 위치까지 실리콘 3D프린터로 얇게 출력해 손가락에 붙여 체온과 맥박을 더하면 무사통과야.
주민등록증과 지문 본인인증 따위는 문 없는 출입구에 다름없어. 나는 실제로 그렇게 남의 돈을 빼내간 사건을 보았지만, 이미 용의자들이 모두 중국으로 돌아갔고 돈도 중국에서 출금되어 증거를 확보하지는 못했어. 박 경정. 경찰도 현실을 부정하지 말고 날로 발전하는 범죄 수법을 따라 잡아야 해."

정도일이 겁이 난 얼굴로 말했다.

"그렇지만, 타인의 주민등록번호와 지문 복제는 10년형을 받을 수도 있는 중 범죄잖아."

"그래서 나도 방법을 알지만 그런 식으로 일하지는 않아."

손 탐정이 의미심장한 미소를 지으며 발뺌했다.

이보연도,

"회사의 슈퍼급 컴퓨터로 정보 조회를 하는 것이 내 업무의 대부분이야. 처음에는 회사 고수 선임에게 배우기도 했고, 나름 독학도 했고, 재야의 고수에게 비싼 수업료를 내고 사사 받기도 하고, 좌충우돌 사이버를 헤집고 다니며 얻어터지고 깨져가며 실전 경험을 축적해 실력을 쌓아서 본인 인증을 하지 않고도 사이버 공간의 모든 정보를 내 것처럼 가져 올 수 있게 되었어." 하고는 손을 털었다.

보연의 말끝에 도일이 무심코,

"검색이 아니라 해킹이겠지." 하고 꼬리를 달았다가, 이보연의 도끼눈을 보고 손으로 입을 막았다.

손 탐정이 정도일을 안쓰러운 눈으로 보며 편을 들어주었다.

"어떻게 보면 탐정의 조사란, 합법과 불법 사이의 면도날 위를 걷는 행위라는 생각이 들 때가 많아. 그래서 거의 모든 정보에 합법적으로 접근 가능한 박 경정의 신세를 많이 지는 거야."

박 경정이 손 탐정의 말 끝에 말을 달았다.

"무슨 신세야! 경찰도 어떤 정보에 접근 하든 경찰 고유번호와 암호를 입력하고 적법한 조회 이유를 대고 접근 기록을 남겨야 해. 하지만, 손 탐정이 그 누구의 정보를 요구하면 십중팔구 그 사람은 범인이더라고. 그래서 내 신분으로 접근 가능한, 조사가 아닌 수사 차원의 고급 정보도 안심하고 출력해 주곤 해."

이보연이 갑자기 말했다.

"최철환이나 마사토모 정도의 거물이면 인공지능이 자료를 모아 줄지도 몰라. 바로 눈앞의 속눈썹 개수도 모르고 사는 인생이라지만, 인공지능을 열어 놓고 살면서도 그 생각을 이제야 하다니!"

스마트폰을 꺼낸 이보연이 손가락이 보이지 않을 정

도의 현란한 손놀림으로 문자를 입력해 출력 화면을 테이블 위에 놓았다.

네 사람이 이마가 폰 위에서 맞닿았다.

- 스미토모 마사토모 (住友 正人 ひらがな)는 1980년 교토에서 출생해 2025년 상해에서 사망한 일본인 기업가로 니폰 타운의 창업주입니다. 스미토모 마사토모 에 대해 공개된 정보를 찾기 어렵습니다. 정보를 제공하면 추가하겠습니다.
니폰 타운에 대한 정보는 회사명으로 요구하면 취합 할 수 있습니다.

"에게. 이게 전부야? 누군가가 손을 대서 뼈대만 추려 남겨 놓은 정보 같은데 스미토모 성씨를 검색해 보자."

- 스미토모 가문(住友家)은 일본의 대표적인 재벌 가문 중 하나로, 17세기 초 교토에서 시작되었습니다. 창시자인 스미토모 마사토모 (住友政友 すみとも まさとも, 1585~1652)는 교토에서 서점과 약국을 운영하며 상업 활동을 시작했습니다. 그는 상인의 도리와 행동 방침을 담은 '시조의 가르침(文殊院旨意書)'을 남겼으며, 이는 오늘날까지 스미토모 경영 철학의 기반이 되고 있습니다.

신용과 건전한 경영을 중시하며, 시대의 변화에 유연하게 대응하되 손쉬운 이익을 추구하지 않는 것을 강조합니다.
또한 "자기와 타인의 이익을 도모하고, 사익과 공익은 하나로 같은 것"이라는 가르침을 통해 기업의 사회적 책임을 중요시합니다.
이러한 철학과 경영 방침을 바탕으로 스미토모 가문은 일본의 주요 재벌 중 하나로 자리매김하였으며, 현대에도 다양한 산업 분야에서 그 영향력을 이어가고 있습니다.

"조상의 이름을 물려받은 것을 보면, 뿌리 깊은 재벌가의 일원으로 씨 돈과 유통 영업 조직을 지원 받아 사십대에 글로벌 재벌이 되었나 봐. 인공지능의 정보에 따르면 일본의 대표적인 건전 기업 같은데 왜 정보를 제한했을까?"

이보연의 말에 정도일이 토를 달았다.

"건전 기업? 스미토모처럼 오래 된 기업들이 건전 기업이라고?"

반문하며 자신의 스마트 폰을 꺼내 문자를 입력했다.

“스미토모 가문은 태평양 전쟁 당시 전쟁에 부역했는가?”

- 네, 일본의 대표적인 재벌 가문 중 하나인 스미토모(住友) 가문은 태평양 전쟁 당시 일본 정부와 군부의 전쟁 수행을 지원한 것으로 알려져 있습니다.
스미토모 그룹은 당시 금속, 화학, 기계, 조선업 등 군수 산업에 깊이 관여했으며, 스미토모 금속공업과 스미토모 중공업이 일본군을 위한 무기와 함선 등을 생산했습니다.
또한 스미토모 계열사들은 전쟁 수행에 필수적인 철강, 구리, 알루미늄 등의 자원을 공급하며 군수 생산에 협력했습니다.
만주, 한국, 동남아시아 등 점령지에서 광산 개발을 통해 자원을 조달했고, 이 과정에서 조선인 징용 노동자를 비롯한 포로들을 강제 동원했다는 기록이 남아 있습니다.
전후 재벌 해체 조치를 받았지만, 이후 다시 복구되어 현재까지 일본 경제의 중요한 부분을 차지하고 있습니다.

“뒤가 구린 기업은 언론의 노출을 극도로 피하고 조용히 돈만 챙기는 게 불문율이야. 게다가 마사토모 본인과 김나영이 사생활 노출을 꺼렸을 수도 있어. 한국의 미망인이 일본 재벌과 재혼한 것은 양국 언론과 유튜버들이

지지고 볶고 삶고 튀겨 한국과 일본을 들끓게 하고도 남을 가십거리잖아."

"그럴 수도 있겠다. 아니, 그랬겠어."

손 탐정은 정도일의 말을 인정하고는 인공지능에게 질문을 입력했다.

"니폰 타운 스미토모 마사토모의 사망에 대한 정보는?"

- 스미토모 마사토모는 2025년 상하이 5성 호텔 스위트 룸에서 동숙인의 의식불명 신고로 창하이 병원(上海长海医院, Shanghai Changhai Hospital)으로 응급 후송되어 12시간 후 사망했습니다.-

"사망 원인은?"

- 창하이 병원의 공식적인 사망원인 발표는 없습니다.

"그 정도 거물이 타국의 병원에서 비명횡사했는데도 사망원인을 발표하지 않았다니! 회사는 물론 일본 정부 차원에도 가만있지 않았을 텐데."

손 탐정이 고개를 갸웃하며 다시 폰에 타이핑을 했다.

"상해 칭하이 병원에 대한 정보를 알려 달라."

- 상하이 창하이 병원은 중국 인민해방군 해군 군의대학 제1 부속병원으로, 상하이시 양푸구에 위치한 상하이에서 가장 큰 규모의 병원입니다. 흉심외과, 화상외과, 소화기 및 췌장 질환 치료, 전립선 질환 및 복잡한 비뇨기계 결석의 미세 침습 치료, 심뇌혈관 질환의 내외과 치료, 중서의 결합을 통한 종양 치료, 혈액병 조혈모세포 이식 등 다양한 분야에서 뛰어난 임상 역량을 보유하고 있습니다.

"칭하이 병원은 중국이 전 세계에 자부하는 병원으로 최첨단 의료장비와 우수한 의료진을 갖추고 있지만, 인민해방군 부속으로 군이 관리하는 군병원이야. 치료 및 사망 진단 경과의 외부 유출을 당연히 거부하겠지. 최철환의 사망에 대해서도 물어보자."

"꼬레 푸드 그룹의 최철환 회장의 사망에 대한 정보가 있는가?"

- 최철환 회장은 2020년 평양 의학대학병원에서 사망했습니다.

이보연이 실망을 목소리에 담았다.

"에게게. 인공지능이라는 게 이렇게 허술하냐?"

박강진도 실망했다.

"북한이라면 그 어떤 정보도 흘리지 않으려고 하니까 당연하다고 할 수 있지만, 인공지능이라는 것이 손 탐정 말대로 인간이 생성한 정보의 취합, 그 이상은 아니구나."

최철환의 사망 정보를 들은 손 탐정은 지금까지와는 전혀 다른 표정을 지었다. 얼굴이 굳어지면서 눈빛이 레이저처럼 뻗어나와, 보는 이가 겁을 먹을 정도였다.

"청부살인을 정보 추적이 어려운 외국에서 연달아 연출하다니! 도대체 얼마나 돈이 많고 머리가 좋으면 이렇게 대놓고 사람을 죽일 수가 있을까? 아무래도 내 탐정 생활 중 최고의 강적을 만난 것 같아서 투지가 불타오른다. 그래, 우리 이 사건 파헤쳐 보자. 거짓을 한 겹 한 겹 걷어 내다 보면, 제 아무리 천재일지라도 허점을 보이겠지."

이보연이 제안했다.

“우리가 연대해서 그 허점을 파헤쳐, 네 사람의 공동 자금을 만들자. 돈이 생기면 도일이 인생관도 바뀔 거야.”

박 경정은 신중했다.

“너무 앞서 가지 말자. 범죄가 의심되기는 하지만, 경찰 직권으로는 내사 정도밖에 못 해. 충분한 증거를 확보하지 못하면 정식 수사에 착수 할 수 없어. ‘카더라’ 수준의 풍문을 임의로 조사하는 것은 관종 언론 기자나 사건 폭로 유투버들이 하는 짓이잖아? 나도 그렇지만, 손 탐정도 의뢰받지 않는 사건에 자의로 뛰어들면 반드시 뒤탈이 나고 말거야.”

이보연은 물러서지 않았다.

“우리 회사에서 공식적으로 지금 손 탐정에게 조사를 의뢰할게. 내 직위가 그 정도 파워는 있어. 손 탐정, 사무실로 들어가서 수임 서류를 작성하자. 정도일, 천재적인 검색과 지식으로 김나영의 범행을 입증 할 지혜를 짜내

봐. 그래서 그 지혜의 결과를 박 경정에게 제보해서 경찰 수사도 이끌어 내자."

정도일이 두 손을 내 저었다.

"안돼! 선불리 덤비다가는 우리도 최철환과 마사토모처럼 죽임을 당할 수 있어. 최철환과 마사토모 같은 거물들도 벼락 맞은 듯 죽었는데, 우리 따위가 어떻게 방어하겠어? 내 생각에는 이건 보험 사기가 아니야. 한국, 일본, 중국, 3국에 걸친 거대 음모가 숨겨져 있는 것이 분명해. 그렇다면 막무가내로 덤볐다가는 진짜로 죽을 수도 있을 것 같아."

박 경정도 같은 낌새를 눈치 챈 듯,

"나도 그런 느낌야." 하며, 한 걸음 뒤로 물러섰다.

"그럼. 무서우니까 여기에서 멈추자고?"

이보연이 맥풀린 목소리로 물었다.

손 탐정이 고개를 흔들었다.

"절대로 아니지! 죽임이 무서웠다면 탐정이 되리라 마

음먹지도 않았어.”

박 경정도 말했다.

“경찰으로서 어찌 범죄를 인지하고도 묻어 둘 수 있겠어. 다만 신중하자는 거지.”

취흥을 잃어버린 네 사람은 김나영이 보험금 청구서에 남긴 주민등록번호를 토대로 각자 능력껏 정보를 수집해, 박 경정의 참가 편의를 위해 주말에 만나 취합하기로 하고 헤어졌다.

주말이 되자 보연은 약속 시간보다 일찍 손 탐정의 사무실로 갔다. 사무실은 잠겨 있었고, ‘그린 가든’에도 손 탐정은 없었다. 보연은 예상했다는 듯이 손 탐정을 기다리지 않고, 가지고 온 고기와 술이 담긴 보냉 팩, 김치 통 등을 테이블에 올려놓은 다음, 소매를 걷어붙이고, 금화규를 선두로 각종 쌈채와 향신채를 따서 씻어 채반에 가지런히 담았다.

약속 시간이 임박하자 손현우, 정도일, 박강진이 건물 현관에서 만났다며 함께 올라왔다.

손 탐정은,

"강의와 심폐소생술 교육이 연이어서 제시간에 오려고 땀 좀 뺐어." 라고 말했다. 손 탐정은 국제 구명 구급협회 한국 본부장으로, 사람은 물론 반려동물의 심폐소생술 전문가이기도 했다.

박 경정도 말했다.

"토요일이면 각종 시위로 시내가 난장판이야. 좌우가 충돌하지 않도록 하루 종일 바깥에서 경찰차로 차벽 치는 거 지휘하고 현장에서 곧바로 퇴근했어."

이보연도,

"정치권의 난동으로 민생 경제가 무너져 생계가 곤란해서 그런지, 중병 엄살로 입원해 보험금을 타내는 속칭 '나이롱' 환자 뿐 아니라, 의사들의 과잉 진료까지 늘어 보험회사 마다 비상이 걸렸어. 하루 종일 나이롱 환자가 진짜로 병원에 있는지, 의사의 진단대로 환자가 진짜로 아픈 건지 현지 실사하다가 급하게 집으로 뛰어가 어제 양념에 재워 둔 불고기와 술을 가지고 달려와 숯불을 지피는 통에 나도 땀 좀 흘렸어."
하며 이마의 땀을 훔쳤다.

정도일만 멀쩡한 얼굴로 말했다.

"나는 하루 종일 컴퓨터 앞에 있다가 좀 일찍 출발해 천천히 걸어왔어."

이보연은,

"도일이만 빼고 모두들 하루 종일 뛰어 다니며 고생했구나. 오늘은 팔자 편한 도일이 네가 서빙을 해야겠다. 우선 고기부터 구워라."
하며 은근히 도일을 찔렀다.

도일이 발끈했다.

"정신노동을 피하기 위해 인간이 하지 않은 짓은 없다고 에디슨이 말했어. 그 말은, 노동 중에서 가장 극한 노동이 정신노동이라는 말이지. 하루 종일 프랑스 작가 조르주 심농의 작품을 탐독하고 분석해 유튜브에 올리는 틈틈이 마사토모와 최철환, 김나영을 추적했어! 나도 배고프고, 술 고프고 피곤하다고!"

"흥, 나는 노트북 켜 들고 다니며 정신노동하면서 현장을 뛰었어. 정신노동과 육체노동을 함께 했다고."

두 사람의 티격태격을 보고 손 탐정이 미소를 지으며 말했다.

"니들 둘이 사귀려고 그러냐? 진짜로 배고프고 목마르다. 일단 둘이 사이좋게 고기 굽고 술 따라 줘. 사귀는 것도 먹어야 할 수 있지."

이보연은 저번처럼 화기애애한 분위기를 이끌어 내려는 의도가 성공해 기분이 좋은 듯 보온 팩에 담아 온 술을 꺼내 에어 캡으로 감싸 들고 따랐다.

"손 탐정과 내가 즐겨 마시는 러시아 보드카야. 어제 사서 냉동고에 얼려두었다가 가져왔어. 일단 잔을 채우고 건배하자! 인 비노!"

'베리타스!'를 외치고 냉동 보드카를 한 잔 스트레이트로 목에 털어 넣고 삼킨 정도일이 몸서리를 치며 말했다.

"저번에도 느꼈지만, 냉동 독주, 시원하고 부드럽게

목을 넘어 뱃속으로 직행해 위에서 불처럼 퍼지는 느낌이 충격적이야. 친구들 아니었음 평생 이런 술 맛 못보고 죽었을 거야. 고마워.”

“도일이 너 나에게 들이 대려면 술부터 다시 배워라.”

보연이 도일을 다시 한 번 찔렀다.

“무슨 말이야. 나 따위가 어떻게 너에게 들이대. 내 몸 하나 간수할 돈도 없고, 직업도 없고, 변변한 집도 한 칸 없는데.”

“진짜 너 왜 그렇게 숫기가 없냐. 나에게 넓은 아파트도 있고, 현금도 좀 있고, 연봉도 억대야. 너 하나는 얼마든지 먹여 살릴 수 있어. 나는 도일이 네가 싫지 않으니까 들이대 봐. 우울과 비관을 털고 오면 받아 줄게.”

이보연의 말에 정도일의 얼굴빛이 조금 밝아졌다.

“우와. 정도일! 보연이 같은 미인에게 프로포즈를 받다니. 내가 솔로라면 당장!”

박 경정의 장난스런 추임새에 모두가 웃음을 터뜨렸

다. 이보연이 연출한 파티 분위기가 다시 살아났다.

“사건 이야기를 먼저 하면 술맛, 고기맛 다 떨어지니까. 먼저 뭐 좀 먹고 시작하자. 배고픈 동물의 뇌는 모든 일에 우선하여 먹이에 집중하도록 진화되어서, 배가 고프면 현명한 판단을 할 수 없거든. 인간도 동물이고.”

“맞는 말이야. 배고프면 먹이를 얻기 위해 공격적이 되어서 그런지, 실제로 범죄의 상당수가 공복 상태에서 일어났어. 미국 법무부 통계를 보면 수감 중인 죄수들 70% 이상이 아침을 굶은 날 범행을 저질렀다고 해. 그래서 나는 형사 시절, 용의자를 검거하면 일단 밥부터 먹였지. 그러면 자백을 끌어내기가 훨씬 쉽더라고.”

박 경정이 이보연의 말에 고개를 끄덕이며 말을 이었다. 정도일도 한결 밝아진 얼굴로 덧붙였다.

“프랑스 철학자 사르트르도 ‘배고픈 사람은 결코 자유로운 사람이 아니다.’라고 말했고, 공산주의 이론의 개조인 마르크스도 ‘경제적 자유 없이는 진정한 자유는 불가능하다’고 주장했어.”

"자, 이제 시장기를 달랬으니 본격적으로 사건에 집중하자. 나는 일단 김나영의 신상 파악에 집중했어."

박 경정이 윗도리의 안주머니에서 접어 넣은 서류를 꺼내 테이블에 펼쳐 놓으며 말했다.

"이건 김나영의 가족관계증명서와 기본증명서인데, 법적 증거로도 제출 가능한 상세본이야. 여길 보면 김나영은 1990년 목포시 대양로 2155번길 25에서 출생. 2015년 일본인 류지 아사쿠라와 결혼, 2016년 사별. 2017년 최철환과 결혼, 2020년 사별. 2021년 스미토모 마사토모와 결혼, 2025년 사별. 자녀는 없고. 현재 거주지는 서울시 강남구 삼성로 101번 길 22."

"서른다섯에 세 남편과 사별하고 재재혼이라니! 마흔이 넘도록 결혼은커녕 변변찮은 연애 한번 해보지 못한 도일이와 나는 사람 사는 것도 아니네."

이보연의 말에 정도일이 또 무심코 토를 달고 말았다.

"그래서 부럽냐? 난 안 부러워. 사랑하던 아내가 죽으면 그냥 나도 따라 죽을 것 같은데."

그러자 이보연이 다섯 손가락을 갈퀴처럼 구부려 손톱을 세워 들고 말했다.

"도일이 너는 입이 방정이다. 방정. 입이 간지러운 모양인데 이리 대, 긁어줄게."

박 경정은 두 사람의 티격태격에 끼지 않고 수사 결과를 이어갔다.

"김나영의 출입국 기록도 확인해 봤어. 1년에 10개월은 일본에 있고, 서너 번 입국해 15일쯤 한국에 있다가 다시 일본으로 돌아가기를 반복하는데, 한국인이라기보다는 일본인에 더 가깝다고 봐야 할 것 같아."

"류지 아사쿠라... 이름부터가 범상치 않은데?"

보연에게 잃은 점수를 만회하려는 듯 도일이 말을 넣었다.

"일본 이름에 대해 네가 뭘 안다고 그래?"

이보연이 여전히 목소리에 날을 세워 물었다.

"류지 龍司, Ryuuji는 용사, '용의 사내'라는 뜻인데, 아무나에게 쉽게 붙이는 이름이 아니야. 더구나, 아사쿠라 가문은 오 백 년 전 일본 전국시대의 다이묘였어. 비록 도쿠가와 이에야스에게 일본 통일의 길을 열어 준 오다 노부나가에게 패하여 멸문지화를 당했지만, 지금도 일본인들의 심중에 남아있는 강인한 사무라이 가문이야. 그러니까 '류지 아사쿠라' 라는 이름은 용처럼 강한 사무라이라는 뜻이야. 보통 사람의 이름이 아닌 야쿠자이름이 분명해."

"정말 네가 그걸 다 안다고? 일본 역사도 공부했냐?"

한결 부드러워진 이보연의 말투에 힘을 얻은 도일이 대답했다.

"탐정소설만 파는 줄 알았지? 일본 영화나 시대극 좋아해서 계속 보다 보니 일본어랑 역사까지 조금씩 알게 되었어."

"근데, 다이묘가 뭐야?"

"자신만의 영지를 가진 강력한 지방 영주로 자체 군대를 가진 군벌이야."

“류지 아사쿠라. 도일이 말대로라면 거물급 야쿠자 같은데 김나영이 죽였단 말이야?”

이보연의 말에 박강진이 답을 주었다.

“십 년 전의 일이지만, 혹시나 하고 일본 경찰에 류지 아사쿠라에 대해 조회해 달라고 협조 공문을 보냈는데, 답이 왔어. 류지 아사쿠라는 도쿄의 특급 호텔에서 모르핀이 담긴 주사기와 함께 심정지 상태로 발견되었어. 당시 야쿠자 조직 간에 마약 시장을 놓고 왕왕 유혈극이 벌어지곤 해서 일본 언론에서도 보도하고 경찰도 수사에 나섰지만, 외부인의 객실 침입 흔적도 없고, 류지 소속 야쿠자 조직에서 다른 조직에 대한 보복 행위가 없는데다 주사기 옆에 놓여 있는 작은 병 속의 액상 모르핀이 통상 판매, 유통되는 모르핀보다 순도가 훨씬 높아서 조금만 주사해도 치사량을 넘는데, 주사기의 용량과 흔적을 보면 류지는 보통 모르핀으로 알고 평소량을 주사한 것으로 추정되어 류지 사망이 아닌, 고순도 모르핀 유통에 대한 수사로 방향을 전환하고 류지는 모르핀 과다 투여에 의한 심정지로 사인을 발표하고 사건을 종결했다고 해.”

손 탐정이 침통한 목소리를 냈다.

“점입가경이네. 갈수록 놀라움의 연속이다. 남편 둘까지는 천보 만보 양보해서 우연의 일치라고 하더라도, 세 명 모두가 비명횡사라니! 게다가 셋 모두 결코 죽이기 쉽지 않은 사람들이잖아.”

정도일이 무언가 깨달은 듯 입을 열었다.

“류지와 마사토모는 일본인이고 김나영도 거의 일본에 산다면, 서로 만날 수도 있겠지만 최철환은 어떻게 말려들었을까?”

정도일의 말에 이보연이 무릎을 탁 치며 대답했다.

“꼬레 푸드 브랜드 중에서 가장 매출이 높은 게 ‘스시 칸’이야. 각 나라의 선호 식품을 토핑으로 개발한 퓨전 스시인데 젊은 층이 즐겨 찾는 성공한 브랜드야. 최철환 결혼 무렵에 스시 칸이 뜨기 시작했어. 그렇다면 최철환이 일본에서 거의 살다시피 했겠지. 그때 김나영에게 낚였을 수도 있어.”

“그렇다면 세 남편 모두 일본이라는 공통분모가 있는

셈이구나."

정도일의 말에 손 탐정이 칭찬을 보탰다.

"훌륭한 추리야. 우리가 지금 찾아야 하는 것이 바로 세 사람에 대한 공통분모거든. 박 경장. 내가 부탁한 대로 세 남편이 죽었을 때의 김나영의 알리바이는 확인했어?"

"김나영의 알리바이는 따로 수사할 필요도 없었어. 세 남편이 도쿄, 평양, 상하이에 있었을 때 김나영은 한국에 있었거든."

"한국의 어디에서, 누구와 있었을까?"

손 탐정의 중얼거림에 이보연이 대답했다.

"국내 행적은 김나영의 카드 사용 내역, 인터넷 사용 기록, 차량 이동 등을 정밀 추적하면 어렵지 않게 알 수 있을 거야."

"이 팀장이 할 수 있겠어?"

"보험 사기 특별 조사 팀장이 바로 나야. 용의자의 진료 기록, 사고 기록, CCTV, 통신 기록을 수집할 수 있는 권한이 있고, 금융정보 분석원에 요청하면 카드 사용 내역도 법원 영장이 없이 열람 가능한데, 금융정보 분석원에 평소에 쌓아 둔 업적이 있어서 내 요청을 거절하지 못할 거야. 시간이 좀 걸리겠지만 내가 철저하게 캐내 볼게."

이보연의 말에 또다시 정도일이 덧붙였다

"우와! 보연이 파워가 그 정도야? 대단하다."

손 탐정이 보연에게 다른 정보도 부탁했다.

"김나영의 금융 기록에 접근하게 되면 소비 외의 자금 흐름, 예금과 대출 기록도 꼼꼼히 살펴봐. 계좌가 여러 개고 조회할 기간이 길어서 힘들겠지만, 그 안에 이 사건 해결의 열쇠가 있을 거야."

"금융정보분석원에 사기 의심 계좌로 신고하면 입출금 내역을 받을 수 있고, 은행 계좌는 보존 기한이 5년이라서 그 이전 기록은 없을 거야. 많아 봤자 얼마나 되겠어. 꼼꼼히 살펴볼게."

손 탐정이 이어 말했다.

"김나영에 대해 파고들면 들수록 이토록 엄청난 짓은 절대 김나영 혼자 할 수 없다고 생각되거든. 반드시 배후가 있을 거야. 자본주의 사회에서는 돈이 핏줄이니까 그 핏줄을 따라가면 반드시 그 피를 빨아 먹는 빨대가 나올 거야. 나는 이 사건을 파면 팔수록 누군지 천재적인 감독이 스턴트 우먼에게는 위험한 역을 맡기고 얼굴이 노출되는 장면에는 비슷한 얼굴의 대역을 쓰면서 영화를 찍고 있는 것 같아. 전체적인 진행이 이미 정해진 시나리오를 따라가는 것 같지 않아?"

박 경정은 손 탐정의 말에 단호하게 고개를 저었다.

"김나영의 활동이 전 세계를 휘도는 강행군이기는 하지만, 대역이 그렇게 입출국을 반복할 수는 없어. 주민등록증과 지문 위조가 사실이라고 해도 출입국 본인 인증 시스템과 경찰청 신원 및 범죄 조회망인 킥스를 절대로 우회 할 수는 없거든."

박 경정의 말에 손 탐정이 딴지를 걸었다.

"정말? 정말로 우회할 수 없다고? 출입국 심사 시스템과 킥스가 해킹 당할 수도 있잖아."

"말도 아닌 소리 하지마. 출입국 심사 시스템과 킥스는 해커가 접속조차 할 수 없는 폐쇄망이야. 인터넷에 연결되지 않고 암호화된 자체 라인으로 운영되는데 어떻게 해킹을 한다는 거야. 아직까지 정부 데이터베이스가 해킹 당했나는 말 들은 적이 없어."

"킥스가 뭐야?"

이보연이 물었다. 이보연의 말이 끝나기도 전에 박 경정을 대신해 정도일이 설명했다.

"한국 경찰 내부 종합 정보망인, '코리아 인포메이션 앤드 커뮤니케이션 시스템 Korea Information and Communication System'을 줄여서 킥스라고 해. 박 경정 말대로 외부 접속이 차단된 폐쇄망이라 해커의 접근이 불가능해."

박 경정이 정도일의 말을 부연 설명했다.

"경찰도 자체 통신망으로 고유번호와 암호를 입력해

야 들어 갈 수 있어. 들어가는 순간 접근 이력이 자동 저장되고, 불법 이용도 자체 검열해서 걸리면 곧바로 경찰복 벗어야 해. 킥스는 수사 정보, 주민등록조회, 지문 조회, 차량 조회, 범죄 이력이 다 들어 있는 국가적인 일급 기밀 데이터베이스야. 그래서 경찰청장, 대통령일지라도 법원 판결을 받지 않으면 정보의 일부를 지우거나 바꿀 수 없어. 바꾸더라도 그 판결문과 수정 사실을 남겨야 하니까 절대로 킥스를 속일 수는 없어."

"박 경정의 정부 테이터 베이스 신뢰는 가스라이팅 수준이구나. 박 경정! 폐쇄망은 외부 침입 방화벽이지 내부에서 지르는 불은 막을 수 없어."

"내부라니? 경찰이나 담당 공무원? 어림도 없어. 접속하려면 공무원 고유 번호와 암호를 입력해 접속 사실부터 기록된다니까."

"기록을 남기지 않으니까 해커지."

"불법 사용이 적발되는 순간 면직과 함께 형사 처벌되어 실형을 선고 받아 연금을 잃고 파면 구속되는데, 누가 그런 어리석은 짓을 하겠어."

"왜긴 왜야? 돈이지. 도박도 해야 하고, 골프도 치고, 매춘도 하려면 경찰 박봉과 자질구레한 일 눈감아 주고, 받는 푼돈으로는 어림도 없지. 걸려서 파면되더라도 경찰 정년까지 받을 수 있는 봉급과 연금을 일시불로 준다면 아마도 대부분이 마다하지 않을 걸. 박 경정. 정부의 킥스와 경찰청 전과 조회 시스템은 구멍이 숭숭 뚫린 대바구니야. 해킹까지 하지 않더라도 얼마든지 우회할 수 있어."

"설마!"

"설마가 아니야. 사망을 해도 사망 신고를 하지 않으면 킥스는 몰라.
그래서 가족이 건강보험료와 세금, 기타 보험료를 충실히 내면, 연금도 지급되고 은행 이자 소득도 계속 입금되어 살아있는 사람처럼 가족을 부양할 수 있어. 혹시라도, 본인 인증이 필요할 때는 위임장과 사망한 사람의 진짜 주민등록증을 내면 무사통과야.
예전에 공기업의 임원으로 퇴직금을 일시불로 아닌 연금으로 받고, 아파트도 역모기지론에 담보해 연금을 받고, 재직 중 별도로 보험회사에 연금 보험을 들어서 퇴직 후에도 현직 못지않게 노후를 보장해 두었던 사람이 죽었는데도 가족들이 사망 신고를 하지 않고 십 년 넘게 각종 연금을 받아먹은 사건을 의뢰 받은 적이 있어 조사를 해봤는데 그런 일이 적지 않았어.
가족이 살인을 하고 사체를 암매장한 후 사망 신고를 하지 않고, 이사를 간 곳에서는 죽은 가족이 없는 것처럼 살면서 생활반응을 계속해주면 암매장 시체가 발각되거나 누군가가 실종 신고를 하지 않는 한 완전범죄가 될 수도 있어. 그런 사건 조사를 의뢰 받은 적도 있어.
박 경정. 정부의 데이터베이스를 해킹하거나 우회할 수 있다는 사실이 알려지면 국가적 신인도 추락과 함께 사회적 혼란으로 전쟁에 버금가는 난리가 날 터이니까 혹시 적발되어도 극비로 숨겨야겠지."

이보연도 박 경정을 압박했다.

"박 경정, 저번에도 말했지만, 손 탐정 말을 귀담아 듣고 경찰 상부에 보고 해. 박 경정의 수사 급 조사는 나도 잠깐이면 할 수 있거든. 김나영은 물론 대한민국 국민 누구라도 말이야."

"누구라도?"

정도일이 되물었고, 이보연이 대답했다.

"도일이 너, 진짜로 혼인 경력 없는 솔로더라."

"뭐? 뭐라고? 나도 벗긴 거야?"

"마음에 있는 사람에게 속으면 충격이 오래가더라. 그래서 마음을 주기 전에 먼저 사실관계를 알아봤어."

"그, 그래도 그렇지! 그건 사람을 못 믿고 뒤를 캐는 건데 결코 기분 좋은 일은 아니야."

이보연이 웃음소리를 키웠다.

"순진하기는! 나는 손 탐정으로부터 거짓말을 탐지하는 능력을 타고 났다는 칭찬을 받은 사람이야. 처음 만났을 때 네 말이 거짓인지 참인지 다 봤는데 하릴없이 가족관계까지 검색하겠냐?"

손 탐정이 이보연을 두둔했다.

"형사나 탐정이나 하는 일의 전부가 거짓을 벗겨내는

것이야. 그래서 내가 민간 정보 아카데미에서 가장 비중을 두는 강의는 거짓말 탐지법이야. 탐정은 사실이나 진실을 밝혀내는 사람이 아니라 거짓을 벗겨 내는 사람이지. CIA거짓말 수사 베테랑 수사관 네 명이 공동으로 쓴, 책 표지에 '정치가의 능청부터 애인의 변심까지 그들의 거짓말을 콕 집어내는 놀라운 기술, CIA에서 개발하고 전 세계 기관과 기업체에서 검증한 거짓말 탐지법.'이라고 거창하게 장담하는, 본디 제목 'Spy the Lie'를 번역한 『거짓말의 심리학』을 교과서로, 내 경험을 부교재 삼아, 거짓말을 벗겨 내는 법을 강의하는데 이보연이 발군이었어."

손 탐정의 말을 듣고 정도일이 물었다.

"거짓말 탐지기보다 더 뛰어난 거야?"

손 탐정은 정도일이 아닌 박 경정에게 물었다.

"거탐기는 쓰기 나름이야. 똑같은 피아노도 어린아이가 만지면 딩동댕이 고작이지만, 마에스트로가 연주하면 위대한 연주가 되는 거와 같아. 박 경정. 거탐기 사용해 봤어?"

“거탐기? 사용해 봤냐고? 사용뿐이겠어. 결혼해서 함께 살고 있네.”

“겨, 결혼이요?”

정도일의 반사적인 되물음에 박 경정이 자못 진지하게 설명해 주었다.

“거짓말 탐지에는 여자들이 더 뛰어 난 것 같아. 특히 아내들의 남편 거짓말 탐지는 타고 난 거 같아. 신혼 초에는 친구들과 술 마시고 당구치고 놀다가 출장이나 비상 핑계를 대려고 하면, 손으로 입을 막으며, ‘당신 거짓말 하려고 그러지? 그냥 입 다물어. 당신 거짓말하는 죄 짓지 말라고 입을 막는 거야’하더니, 점점 발전을 해서 몇 년 지나서는 내가 용의자들의 말을 들어주고 거짓의 틈을 찾듯, 내 변명과 핑계를 다 듣고 나서 ‘거짓말 하느라고 애썼어.’하며 조목조목 허점을 찾아 반박하는데 정말이지 언변 좋은 사기꾼 취조에 데리고 가고 싶더라니까...”

손 탐정이 웃음어린 말로 박 경정에게 물었다.

"결혼 십 년 차에 들어 선 지금은?"

"지금은 완전 불여우가 돼서 인공지능 뺨치고 있어."

"어떻게?"

"'당신이 나이 들수록, 승진할수록 나와 아이들에게 떳떳하고 당당한 아빠와 남편이 되려고 착하고 바르게, 정직하게, 거짓없이, 숨김없이 사는 거 다 알아. 우리 가족은 당신 말 다 믿어.' 이런 다니까."

손 탐정이 소리내어 껄껄 웃으며 말했다.

"거짓말을 원천차단하다니, 인공지능이 못할 일이네."

박 경정이 도일에게 말을 한 마디 더 던졌다.

"도일아. 조심해라. 보연이가 거탐에 특출나다잖아."

보연이 도일을 놀리듯 말했다.

"정도일. 너는 죄 못 짓겠다. 거짓말 탐지기 들이 대면 겁부터 먹어서 참말도 전부 거짓말 판정 받을 거야."

정도일이 반박했다.

"거짓말 탐지기가 그렇게 허술하겠냐."

"허술하니까 법정에서 증거로 채택하지 않지. 그래도 걱정하지 마라. 니 죄 짓고 거탐 받게 되면 내가 거탐 속이는 법 가르쳐 줄게."

"정말?"

"그래. 손 탐정에게서 거탐기 건너뛰는 거짓말 잡는 법도 배웠는데, 거탐기 속이는 법을 먼저 가르치더라고."

"정말?"

"일단 평소에 단전 호흡과 복식 호흡을 해서 유사시에 호흡 반응이 나오지 않도록 하고. 발끝으로 걷는 연습을 해두었다가, 거탐기 대면 신발 속에서 엄지발가락을 바닥에 세게 누르거나, 손바닥을 손톱으로 찌르면 고통으로 신체 반응을 줄일 수 있어. 또, 알리바이를 캐려고 '그때 너 집에 있었지?'라고 물으면, 있었으면서도 없었다고 거짓말을 해서 참·거짓 반응을 헷갈리게 하는 방법도 있고, 대답의 순서를 바꾸어 알리바이를 만드는 법 외에도 여러 가지가 있어. 그렇게 일반인도 거탐기를 속이는데, 거탐 피하는 법을 전문적으로 연수한 스파이들은 오죽하겠어."

"죄를 짓지 않으면 거탐기 탈 이유가 없고, 거짓말 하지 않으면 마누라 거탐 무서워하지 않아도 되잖아."

도일의 반박에 보연이 되물었다.

"도일아. 만우절 거짓말 중에 으뜸이 뭔지 알아?"

"뭔데?"

"'나는 평생 거짓말 한 번도 하지 않았다!' 가 일 등이야."

박 경정이 껄껄 웃으며 두 사람에게 말을 걸었다.

"니들 둘, 진도가 초고속이다. 아예 둘이 나가 방을 잡지 그러냐."

손 탐정도 큰 소리로 웃었다.

"뭐 돈 쓸일 있냐. 내 캠퍼카 빌려 줄 테니까 둘이서 전

국일주 신혼여행하고 와라.”

정도일은 붉어진 얼굴을 고개를 숙여 숨기려 했지만, 이보연은,

“키 내놔.” 하고 손을 내밀었다.

“니들 둘이 나가 놀아라. 니들 때문에 사건 조사가 장난이 되잖아.”

박 경정의 말에 이보연이 얼굴에서 장난기를 거두었다.

“도일이 놀려 먹는 게 너무 재미있지 않아? 그래, 사건에 집중하자.”

이보연이 말했다.

“반드시 청부살인 증거를 잡아 마사토모의 보상금 100억과 최철환 것 까지 150억을 회수해 주고 회사 관행인 성공 보수금 15%를 요구 할 거야.”

“15%면 22억 5천 만 원!”

정도일의 말에 이보연이 돈을 더 얹었다.

"금융거래위원회의 20억은 별도야. 회사 성공 보수금도 협상만 잘 하면 더 받을 수있으니까, 나는 50억을 넘길 자신이 있어. 도일아! 끝까지 완주해서 우리 넷이서 12억 5천만 원 씩 나눠 가지자."

손 탐정이 앞서 나가는 이보연의 말에 제동을 걸었다.

"떡 줄 사람은 생각도 하지 않는데 김칫국부터 마시지마. 계란 바구니 이고 가면서 부화시켜 양계장 차려 부자 될 생각부터 하다가는 계란 바구니 떨어트려 박살낸다고."

"알고 있어. 도일이에게 힘을 넣어 주려고 오버하는 거야. 이제 손 탐정이 조사 한 것 내놔 봐."

"어차피 이 팀장과 박 경정이 알아낼 정보에 시간을 낭비하지 않고, 곧바로 첫 직감에 따라 도대체 왜 최철환과 마사토모가 죽어야 했는가? 그리고 둘의 죽음으로 이득을 본 사람이나 조직이 누구인가? 에 집중했어. 처음부터 김나영의 단독 범죄가 아니라고 직감했거든. 그런데 내가 조사한 것을 듣기 전에 세 사람이 먼저 알아야 할 게 있어."

"뭔데?"

"지금, 이보연과, 정도일, 그리고 내가 하는 일은 조사일 뿐이야. 수사는 법적권한이 있는 경찰, 검찰, 등에서 할 수 있다고 형사 소송법에 명시되어 있어, 수사라는 말을 쓰는 것 자체도 불법이야. 나는 십 년 이상 대한민국에 탐정이 합법적으로 존재하도록 투쟁해왔어. 그 과정에서 무수한 탐정 매니아와 지망생들을 만났고 그들을 모아 탐정협회까지 조직해 국회에 몇 해에 걸쳐 청원을 거듭해 2020년 '신용정보법 개정'을 상정해 '탐정'이라는 명칭을 사용하게 되었어.
탐정이라는 이름 사용은 가능해졌지만, 여전히 공권력이 없는 사적 조사 활동만 가능 해. 그래서 수사의 권한이 있는 박 경정이 이 사건의 수사를 맡아야 하지만, 지금 상황으로 미루어 보건데 수사를 시작해 이 사건을 공개 하는 것이 자살행위가 될 것 같아. 그래서 은밀하게 수사가 아닌 조사를 해야 해. 그래서 내가 조사하는 방식과 출처에 대해 묻지 마.
우리 탐정 협회 회원 외에도 내게는 또 다른 인적 네트워크가 있는데, 그들은 생계를 위해 탐정 사무소가 아닌 심부름 센터를 열거나 프리랜서 조사원으로 기업이나, 보험 회사, 변호사 사무실, 때로는 형사들에게 사적으로 일건을 맡기도 하지만, 대부분 불륜 증거 수집, 실종자 찾기, 기업 내 횡령 조사, 애인이나 결혼 대상자, 혹은 사위나 며느리 감의 집안 형편과 성장과정, 성품 검증 등의 일을 하는데 정보통신망법, 개인정보보호법 등으로 손발이 묶여 수사를 할 수가 없어.
그들 중에는 나를 능가하는 뛰어난 천재들도 상당하지만, 거의 대부분 생계를 유지할 직업인이 되지 못하고 있어. 그래서 그들에게 내게 의뢰하는 일을 넘겨주기도 하고 나도 종종 그들에게 일감을 주곤 해. 이번 건도 그들의 도움을 많이 받았어. 물론 그에 합당한 보수를 지불했어."

이보연이 바르르 성을 냈다.

"손 탐정! 무슨 헛소리야! 우리 사호회 결성의 서약을 잊었어? 서로 마음 서운하게 정 떨어지는 말 하지마."

박강진이 다소 가라앉은 목소리로 말했다.

"경찰이 아닌 친구로서는 안타까운 일이지만, 탐정 선

진국인 영국, 프랑스, 미국, 일본에서도 탐정에게 수사권은 없어. 하지만 그렇게 손발을 묶이고도 놀라운 추리와 직감으로 경찰이 해결하지 못한 사건의 단서를 찾아내는 탐정들이 많아.
이 모임에서 내가 불법적인 도움을 줄 수도 없고 불법을 눈감아 줄 수도 없지만, 범죄의 혐의가 분명한 사건인 만큼 합법 한도 내에서 돕고 친구들의 조사 방식에 위법 요소가 보이면 지적하고 특히 친구들이 위험하다 싶으면 즉각 공권력으로 신변을 보호해 줄게. 직무상 어쩔 수 없다고 해도 최소한 우리끼리의 대화를 근거로 친구들을 수사하지는 않을 테니까 안심하고 조사한 걸 공유해서 수사를 도와줘."

손 탐정이 듣고 싶은 대답을 들었는지, 밝은 목소리로 보따리를 풀 듯 말을 꺼냈다.

"내가 제일 먼저 추적한 것은 최철환과 마사토모의 사망 후 재산 이동과 회사의 대응이었어. 그걸 조사하면 청부 살인의 목적이 돈인지, 경영권인지 알 수 있지 않겠어? 최철환이 10년 전에 창업한 꼬레 푸드는 한국 고유 식단을 표방하는 케이 푸드와는 달리 현지 적응형 한국 음식을 개발해 불과 5년 만에 세계적인 프렌차이즈로 성장했어. 전 세계 백 여 개국에 천 곳이 넘든 글로벌 브랜드가 된 거야.
한국증권거래소 상장 당시 기업 가치를 1조원으로 인정받아 10%인 천 만주를 주당 3만원에 공모했어. 공모 당일 4만 원 이상으로 주가가 폭등해 코레 푸드는 4천억을 하루 만에 마련했는데, 최철환은 창업주로서 60%의 지분을 가지고 있었고, 상장시 대량 매입으로 경영권을 위협할 주주가 없어서 상장 진입을 아주 성공적으로 이루어 내어. 상장 후 주가도 꾸준히 상승해 2개월 만에 5만원 대에 진입해 꼬레 푸드는 승승 장구했어.
상장으로 마련한 5천억의 신규 자금으로 최철환은 전 세계를 돌면서 꼬레 푸드에 접목시킬 음식을 탐색하고 개발하던 중 평양에서 변을 당했어.
최철환의 사망으로 최철환의 자산은 법적 절차에 따라 사망당시 보유 주식 총액 1조 2천억 원 중 상속세 60%을 제외한 4천 8백억 원이 유가족에게 상속되었는데 유일한 유가족이 배우자인 김나영 혼자였어."

"뭐라고! 김나영에게 4천 8백억 원이 상속되었다고?"

정도일이 외쳤다.

“응, 김나영은 최철환과 결혼 당시에 천억 원을 지참했고 최철환은 그 돈으로 꿈을 펼쳐 꼬레 푸드를 상장기업으로 키웠어. 두 사람의 혼인 계약서가 최철환의 사전 유언장과 함께 공개 되었는데, 최철환은 김나영의 천억 투자 조건으로 유산 전액 상속 각서를 공증했어. 그래서 김나영의 최철환 유산 상속은 적법하게 일사천리로 진행 되었어.”

손 탐정은 놀라서 입을 헤벌리고 있는 친구들의 얼굴을 힐끗 본 다음 말했다.

“놀라기는 아직 일러. 상속세는 현금 납부가 원칙이지만, 부동산과 주식이 50%을 넘어 현금화가 어려울 경우 글로벌 재벌의 후계자도 주식으로 대납하거나, 할부 납부를 신청해 주식을 점차적으로 매각해 현금으로 납부하는데 김나영은 7천 2백억을 현금 납부하고 1조 2천억을 전액 수령했어.”

손 탐정의 말을 듣는 친구들은 숫제 입을 봉하고 멍한 표정으로 손 탐정의 말만 기다렸다.

"김나영이 그렇게 큰 돈을 어떻게 마련했을까? 계속 파고 들었더니 그 돈은 니폰 타운에서 대납한 것이었어."

"그, 그렇다면 김나영이 최철환이 죽기 전에 이미 마사토모와 통정을 하고 있었다는 말이야?"

"나도 그게 의심스러웠어. 남녀 간은 비즈니스라 할지라도 대부분 통정하지 않으면 큰돈을 주고받지 않거든. 그래서 최철환으로부터 상속받은 돈의 행방을 추적했어. 김나영은 최철환으로부터 상속 받은 4천 8백억에 천 2백억을 더하여 6천 억을 한국의 사쿠라 타운 건설에 몽땅 털어 넣어 니폰 타운의 주주가 되었어. 여기서 주목해야 할 것은, '6천억 원' 이라는 금액이야. 왜 김나영은 1천 2백억을 더 끌어당겨 6천억을 채웠을까?"

박강진이 먼저 말했다.

"강력 범죄 통이라서 경제범죄를 다룬 적이 없어서 몰라 그러니까 묻지 말고 그냥 이야기해 줘."

이보연도 마찬가지로 주식이나 회사 경영에는 문외한

인 모양이었다.

"나도 월급과 성과급을 모아서 겨우 아파트 하나 사서 시세 차액 노리고 이리저리 이사 다니는 재태크가 전부라서, 주식에는 깜깜이야. 겨우 모은 재산 순식간에 다 털려 다시 가난해 질까봐 주식투자는 꿈도 꾸지 않았어."

정도일은 아예 겁을 먹은 얼굴이었다.

"단돈 5백만 원도 손에 쥐어 본 적이 없어서 10억, 20억도 입에 올리기 버거운데, 1천억에 조까지 나오니 이건 숫제 현실 아닌 소설 같아 겁이 난다."

손 탐정은 말했다.

"주식 사기를 조사한 적도 있어서 나는 단박 눈치했어."

"뭘?"

"니폰 타운은 주가 총액이 20조에 달하는 글로벌 대기업인데, 6천억 원이면 3%의 지분이야. 3%."

이보연이 바로 물었다.

"3%? 왜? 3%를 강조하냐? 3%에 특별한 의미가 있는 거야?"

"그래, 특별한 의미가 있고말고. 상장 주식회사의 주식을 3%이상 보유하면 소주주 주권을 행사할 수 있어. 즉, 회사 운영에 간섭을 할 수 있는 권리가 있다는 말이야. 주주총회 소집 청구권도 있고 회사 장부와 서류 열람권도 있고 대표나 대주주의 비리가 의심되면 소송을 제기 할 수도 있어.
그러니까 김나영이 니폰 타운 운영진에 합류한 것이고 마사토모와 결혼으로 김나영의 주식이 우호주가 되어 마사토모는 보유 지분율이 더 높아져 회사 경영에 더 큰 힘을 쥐게 됨은 물론 적대적 인수 합병에 대항할 여력도 늘어난 거지."

이보연이 더 참지 못하고 손 탐정을 채근했다.

"에고! 손 탐정도 도일이처럼 주식회사 하나 상장한 후에 결론을 이야기 할거야?"

"알았어. 결론적으로 김나영은 마사토모의 주식, 자택, 별장, 현금, 귀금속, 미술품 등 통산 약 3조를 상속받았어. 일본은 상속세가 55%로 높은 편이지만 자산 평가를 실거래가의 80% 수준인 이른 바 노선가로 낮게 계산하고 배우자 공제도 있어서 김 나영은 1조 5천억, 현재 환율 환산 10억 달러 쯤 수령할 거야."

"10억 달러! 억만장자, 글로벌 슈퍼리치!"

이보연의 목소리가 갈라졌다.

박강진도 놀란 목소리를 내었다.

"세계적인 재벌도 주식과 부동산에 묻어 두어 현금으로 10억 달러를 가지고 있지는 않을 거야."

정도일은 신음처럼 겨우 말을 내놓았다.

"그럼. 이번에도 김나영이 상속세를 현금 납부했다는 말이야?"

"천하의 김나영도 거기까지는 아니었어. 그래서 일본 최대의 상속 전문 로펌에 상속 절차를 의뢰해서, 일부

주식 대납과 점진적으로 주식을 매각해 현금 할부 납부하는 수순을 밟고 있어.
니폰 타운은 마사토모의 건강에 이상을 발견한 후로 회장의 사망에 대비하고 있어서 김나영이 마사토모의 주식과 재산을 상속 받도록 최대한 배려하고 있어. 김나영 지분을 재투자 받아 경영권을 이사회가 방어하려고 말이야. 그렇게 해서 김나영은 1조 5천억 외에 니폰 타운의 주식 3%의 명의를 계속 갖게되어 매년 수 백 억의 배당금을 별도로 받에 되었어."

박 경정이 손 탐정에게 물었다.

"내부자 만이 알 수 있는 이런 고급 정보를 어떻게 수집했어?"

"일본 탐정 중에서 김나영이 의뢰한 로펌의 프리랜서 정보원이 있었어. 그래서 내부자 정보를 얻을 수 있었지."

"그 일본 탐정에게 돈을 주고 정보를 산거야? 그랬다면 그 탐정은 더블 에이전시, 이중 첩자잖아."

"그런 거 묻거나 따지지 않기로 했잖아."

손 탐정의 전에 없는 차가운 핀잔에 머쓱해진 이보연이 손으로 입을 막았다.

"나는 아직까지는 겁이 나지는 않는데, 앞으로의 일은 좀 무서울 거 같아. 왜냐면, 남편 한 사람을 죽일 때 마다 재산이 몇 배로 뛰는데 어떻게 그 짓을 멈추겠어. 과연 김나영의 다음 범행 대상자는 누구일까? 친구들아, 나는 김나영의 존재 자체가 인류의 지성과 전 세계 탐정과 수사관에 대한 모독이라고 생각해 그래서 김나영을 잡아 죄를 더 이상 짓지 못하게 하고 지난 죄값을 치르게 하고 싶어."

정도일이 맥이 풀린 목소리로 손 탐정에게 말했다.

"어떻게 잡을 건데? 김나영의 재산 형성 과정이 합법적으로 진행되고 있기 때문에, 그 사실로는 살인 청부로 몰아갈 수 없잖아.
나는 가끔씩 살기 싫을 때가 있는데, 번연히 눈 뜨고 악을 지켜볼 수 없는 밖에 없다는 인간적인 무력감이 들 때 야. 러시아의 푸틴과 북한의 김정은, 사우디의 빈 살만이 청부 살인과 강탈로 권력과 금력을 쥐고 있는 것을 보면, 젤린스키를 필두로 아프리카와 중남미의 어리석은 지도자들이 국민들을 죽음의 구렁텅이 밀어 넣는 것을 보면, 인간으로 태어 난 것에 회의감이 들어서 지구를 떠나고 싶을 때가 많아.
지금 우리가 보고 있는 김나영도 분명히 첫 남편을 살해한 씨돈으로 불과 십 년 사이에 조 단위에 이르렀는데, 이건 정말 인류의 양심과 지성을 조롱하는 악의 승리잖아. 이런 거대 악을 보고도 내가 할 수 있는 일이 아무것도 없다고 생각하니 또 다시 무력한 우울증에 빠질 것 같아. 더구나 친구들이 조사한 것을 보니까 더더욱 내 능력 따위는 보탬이 되지 않을 것아."

"'네 능력 따위'라니! 정도일 너 진짜로 나 실망 시킬 거야?"

정도일은 이보연의 화난 호통을 귓전으로 흘리며 엉뚱한 질문을 던졌다.

"샹그릴라가 무슨 말인지 알지?"

보연이 바로 대답했다.

"이상향. 사후의 천국이 아닌 지상에 존재하는 낙원이라는 말 아냐?"

정도일이 자못 친절하게 설명을 해주었다.

"샹그릴라는 영국 소설가 제임스 힐튼이 만들어서 『잃어버린 지평선』 이란 작품 속에서 쓴 단어야. 티벳 전설 속의 신비로운 낙원과 불교의 이상향인 쉬발라를 녹여 만든 '전쟁과 질병의 고통이 없는 히말라야 산속에 숨겨진 이상향'이란 뜻으로 말이야."

"아, 그랬구나. 소설가들이 만든 아름다운 말들이 많이 있더라. 그런데 왜 갑자기 그걸 묻는 거야? 도일이 너는 눈앞의 현실 보다는 가상의 생각이 앞서 가는 괴짜가 틀림 없어."

"나는 내 인생이 허무하게 느껴질 때마다. 『잃어버린 지평선』 을 소설과 영화로 되풀이 해 보곤 해.
극 중의 주인공이며 이야기를 이끌어 가는 나레이터는 영국의 외무장관 후보로 거론 될 만큼 뛰어난 외교관인 휴 콘웨이야. 콘웨이는 샹그릴라를 창시한 페롯 신부와 신비로운 여인 마리아의 뜻으로 샹그릴라도 납치되었지만 샹그릴라의 환경과 주민의 성품, 페롯 신부의 이상, 마리아의 사랑에 감화되었어.
콘웨이의 인품과 지도자로서의 능력을 검증한 페롯 신부는 '사람이 이백년 이상 질병 없이 살며, 황금이 자갈로 깔려 굶주리지 않고, 그림과 소설, 조각과 같은 전 세계의 문화 유산을 수집해 보존하는 샹그릴라의 차기 지도자가 되어 달라'고 부탁했어. 그때 콘웨이가 한 질문이 나의 심장에 박혀 있어."

이보연이 한숨을 푹 내쉬며 말했다.

"아는 것이 힘인지, 아는 것이 병인지 도일이 너를 보면 한숨이 나온다. 뭘 물어보면, 몇 대 조상부터 들먹이는 지식이 폭발하니, 결론을 들으려면 잠을 한 숨 자야 할 지경이야. 제발 좀 요약해서 단도직입적으로 말해라."

"알았어. 그럴게. 페롯 신부가 콘웨이에게 샹그릴라에 머물면 이 백 년 이상 살게 된다고 말하자 콘웨이가 물었어. '삶의 무의미함을 느낄 때도 많은데, 오래 살려면 오래 살아야 할 이유가 있어야 한다.'고 말이야."

이보연이 가슴을 치는 시늉을 했다.

"아이고 이 답답아. 도대체 뭔 말을 하려고 이렇게 거창하게 티벳까지 말을 돌려서 가져 오냐고."

"돈이 내가 오래 살아야 할 이유가 된다고는 생각하지 않아. 그래서 내가 이 사건의 해결에 보탬이 되지 않는 무의미한 존재라면, 더 이상 미안해서 술과 밥을 축내고 싶지 않아서 이쯤에서 빠질란다."

이보연이 정도일을 째려보며 말했다.

"나도 너처럼 엉뚱한 걸 물어볼게. 세 사람이 비밀을 지키려면 어떻게 해야 할까?"

도일이 바로 대답했다.

"두 사람이 죽어야지."

"그럼, 우리 네 사람이 비밀을 지키려면 어떻게 해야 할까?"

도일이 억지웃음을 지으며 대답했다.

“어차피 살기 싫은데, 이보연 네가 죽여준다면 고맙지.”

손 탐정이 황급히 둘을 말렸다.

“그만해. 정도일. 여기서 빠지고 싶으면 빠져.”

하지만, 이보연은 정도일을 놔주지 않았다.

“손 탐정, 일본 탐정도 이중 스파이가 되어 정보를 팔았어. 우리가 계속해서 김나영에 대한 정보를 수집하면, 머지않아 김나영의 배후 세력이 눈치 채고 우리를 추적하겠지. 그때 돈에 궁한...”

여기까지 말한 이보연이 황급히 말을 삼킨 뒤, 고쳐 말했다.

“그때 마음이 약한 정도일이 김나영의 협박을 이겨 낼 수 있을까?”

하지만, 이미 ‘돈에 궁한 정도일이 돈을 받고 우리를 팔지 않을까?’라는 말을 집어 삼켰다는 것을 세 사람 모두 눈치 챈 후 였다.

정도일이 눈에 눈물을 담으며 떨리는 목소리로 말했다.

“이보연, 어떻게 나의 인격을 이렇게 모독할 수 있어? 어떻게 사람을 면전에서 이렇게 비참하게 만들 수 있냐고!”

이보연이 자리에서 벌떡 일어나 정도일을 덥석 안았다.

“미안해. 네 인격을 무시할 생각은 손톱만큼도 없어. 나는 아직까지 너처럼 순수한 사람을 만난 적이 없어서 네가 첫눈에 들었어. 그래서 너랑 함께 끝까지 가서 보상금을 받아 네 인생을 역전 시켜 주고 싶어.”

네 사람 사이에 잠시 흐르는 침묵을 손 탐정이 깼다.

“도일아. 사건에 뛰어 들면, 우리는 당장 눈앞의 정보를 따라갈 수밖에 없어서 숲 속에 뛰어든 사람처럼 눈앞의 나무 만 보고 숲을 볼 수 없어. 그러니까 너는 한 걸음 물러서 드론처럼 하늘에서 숲 전체를 봐줘야 해. 너는 우리가 수집한 정보를 취합해서, 너의 천재적인 두뇌로 인공지능이 하지 못하는 지혜를 보태 줘. 그러면, 네가 이 사건을 해결하는 거야.”

정도일이 이보연의 품에서 얼굴을 들고 눈에 고인 눈물을 손등으로 닦으며 말했다.

“정말로 이 사건에 내가 뭔가를 기여할 수 있다면... 내가 살아있다는 느낌을 가질 수 있을까?”

이보연이 정도일을 다정하게 달랬다.

“도일이 너는 그냥 우리들이 물어오는 벽돌 조각을 조립해서 집을 지으면 돼.”

“내게 그럴 능력이 있을까? 너희들 같은 고수들에 비하면 초라한 책벌레에 불과한 내가.”

“도일아. 입신지경이라는 바둑 9단들이 대국하는데, 3단이나, 4단 정도가 내려다보며, ‘실착을 했느니, 패착을 했느니’ 하며 해설하는 바둑 중계방송 본적 있지?”

“대국자가 아닌 국외자의 눈이라서 전체의 흐름을 보는 거지.”

"그래, 그처럼 너는 드론이나 새가 보는 것처럼 위에서 넓게 보고 큰 그림을 그려주라고."

박강진이 무거워진 분위기를 깨트리려는 듯 피식 웃으며 말했다.

"어차피 한 배를 탄 거 같다. 아직은 경찰 차원에서 공식적으로 수사에 들어갈 수는 없지만. 최철환과 마사토모의 사망 경위와 원인을 '조사'가 아닌 '수사' 차원으로 접근해 볼게. 킥스 말고도 뒤져볼 경찰 정보 창고가 여러 군데 있거든. 일본 경찰에 공조를 요청 할 수도 있고."

이보연도 말했다.

"아무래도 김나영의 첫 남편, 류지 아사쿠라부터 첫 단추가 꿰어진 것 같으니까 그쪽으로 집중해서 파볼게."

손 탐정도 조사가 중복되어 서로의 정력이 낭비되지 않도록 업무를 분담하듯 말했다.

"나는 김나영이 받은 유산의 사용처와 이동 경로를 더 자세하게 조사해볼게. 거기에 이 사건의 몸통이 있을 거야."

정도일도 용기를 냈는지 약하지만 힘이 실린 목소리를 냈다.

"나는 요즘 프랑스의 추리작가 조르주 심농이 창조한 메그레 경감을 분석하고 있는데, 메그레 경감은 뭔가 이상한 느낌, 어긋나는 점을 직관적으로 잡아내, 용의선 그은 후, 추리나 복잡한 논리보다는 용의자들의 심리와 행동을 깊이 탐구한 다음 끈질긴 발품과 탐문을 통해 범인을 특정하여 대화를 통해 범행에 접근해 자백을 받아내곤 해. 그러니까 인간의 심리를 꿰뚫어 보는 능력과 직감, 공감력을 가진 캐릭터가 메그레 경감이야. 그래서 나는 메그레 경감의 눈으로 친구들의 정보를 취합해 볼게."

이보연이 활짝 웃었다.

"그래! 맞아! 인간 심리 탐구, 직감, 공감력 모두 인공지능이 할 수 없는 일이잖아. 그러니까 도일 네가 이번 사건의 스모킹 건이 될 거야."

네 사람은 김나영 측이 감지할 수 없도록 천천히 조심스럽게 접근하기로 합의하고 다음 주말에 만나기로 했다.

일주일 후, 겨우 약속시간에 맞추어 그린 가든으로 올라간 이보연은 깜짝 놀랐다. 정도일이 먼저 와서 가든파티 준비를 해 놓았던 것이다.

접시에 겹겹이 올려 진 고기와 에어캡으로 감싸 놓은 술병을 보고 이보연은 가슴이 뭉클해 바로 입을 열지 못했다.

정도일의 돈은 이보연의 돈보다 열배는 귀한 것이 아닌가. 어쩌면 이 파티 비용 때문에 한 달은 라면이나 국수를 먹고, 버스를 타지 못하고 걸어 다닐 지도 몰랐다.

곧이어 올라온 손 탐정이 이보연에게 말했다.

"오늘도 이 팀장이 쏘는 거야?"

이보연이 정도일을 가리켰다.

"도일이가 먼저 와서 다 차려 놓고 기다리고 있었어."

손 탐정과 박 경정도 가슴이 뭉클한 듯 새삼스런 눈으로 정도일을 보았다.

도일은 세 사람의 시선을 외면하고 석쇠 위에 올려진 고기를 집게로 뒤집고 술병 마개를 땄다. 이보연이 집게를 빼앗았다.

“너는 앉아서 술 만 따라.”

구워진 고기를 안주로 네 사람은 잔을 비웠다.

이보연이 보드카 한 잔을 한 모금으로 꼴깍 삼키고 말했다.

“내 평생 마셔 본 술 중에서 제일 맛있다.”

고기쌈을 한 손 탐정도 화답했다.

“지금까지 그린 가든에서 구운 고기 중 오늘 고기가 최고다.”

박 경정도 말을 아끼지 않았다.

“모일 때마다 이렇게 행복하니, 다른 사람들과 술 마

시기 싫을 정도야. 다음 번에는 내가 낼게."

다시 화기애애한 분위기 속에서 술과 밥으로 몸과 마음이 넉넉해진 네 사람이 일주일 간의 성과를 내놓았다.

손 탐정이 시작했다.

"일주일 동안 좀 바쁘게 뛰어 최철환과 마사토모의 죽음을 추적했어. 먼저 최철환부터 시작했는데... 7년이나 지난 일이고, 북한은 접근이 불가능 할 정도로 폐쇄된 사회라서 어떻게 뚫어야 할지 막막해서 뇌에 쥐가 날만큼 추리를 했더니 뭔가 번쩍 하더라고, 그래서 박 경정에게 탈북자 중에 최철환 사망 당시 남한의 경찰격인 사회 안전성 공안으로 근무했던 사람이 있는지 조사해 달라고 부탁하고 나는 6년 전 쯤, 옥류관 출신 탈북자라며 냉면 전문점을 차려 성업 중인 셰프를 찾아갔어. 나도 밥보다는 면을 더 좋아하거든.
그래서 셰프를 만나 인플루언서급 푸드 블로거인데, 내 블로그에 올라서 대박 난 가게 많다고 당신 냉면을 취재하고 싶다고 해더니. 대번에 낚여서 '영업 마감시간이 다 되었으니 문을 닫고 냉면에 대한 이야기를 나누며 선주후면하자.'고 덤벼들더라. 가게 문을 서둘러 닫고 셰프가 정성을 다해 뽑은 냉면과 평양 소주를 차려 놓고, 냉면을 사진 찍고 시식을 했는데, 정말로 맛이 출중해서 칭찬을 했더니 평양 소주를 연신 따라 주더라고.
셰프는 호주가이며 미식가였어. 특히 평양 소주와 옥류관 냉면에 대한 자부심이 김정은 못지않아서 연신 술을 따라주며 셰프의 말을 모두 들어 주었어. 신바람이 난 셰프가 잔을 거듭해서 이내 취하기에 은근 슬쩍 '왜 옥류관을 그만두고 탈북했냐'고 물었지. 그랬더니 세상에나 최철환 때문이라는 거야!"

"대박! 손 탐정! 그 셰프에게서 뭔가 정보가 있을 거라고 추리하다니, 대단하다."

"정보 정도가 아니라 로또를 맞아도 그렇게 황홀하지는 않을 거야. 그 셰프의 말에 따르면, 최철환은 김정은과 옥류관에서 마주 앉아 냉면을 먹고 유경 호텔로 돌아가는 차안에서 복통을 호소하며 기절했고, 평양 의과대학으로 직행했지만 의식불명으로 응급실에 도착해 열두 시간 후 사망했다는 거야."

"김정은과 독대를 하다니, 최철환도 보통 인물이 아니구나."

박 경정도 감탄했다.

"아마도 김정은 측근에게 거액의 뇌물을 줬겠지만, 셰프의 이야기를 들어 보니, 김정은이 만나 줄만했어. 옥류관 브랜드 식당을 전 세계 주요 도시에 여는 조건으로 옥류관 상표 사용 권리금 몇 푼이 아니라, 냉면 한 그릇 판매가의 10%를 떼어 준다는 파격적인 제안이었어. 지금까지 수 백명의 셰프와 글로벌 프랜차이즈 음식점들이 옥류관 냉면을 팔아 보려고 온갖 제의했지만, 아무도 김정은이 마음을 움직이지 않았는데 최철환의 제안에는 움직인 거야."

"전 세계 수 백 곳의 식당에서 하루에 수 만 그릇이 팔릴 텐데! 이건 무기 수출 보다 더 큰, 끊김 없이 지속이 가능한, 게다가 평화적인 엄청난 수입원 창출이잖아. 외화 벌이에 혈안인 김정은이 마다할 수 없는 유혹! 최철환, 천재네. 천재."

이보연이 감탄사를 연발했다.

박 경정이 손 탐정의 최철환 사인 조사에 정보를 더 얹었다.

"최철환의 사인 조사는 운이 좋았어. 나도 손 탐정처럼 대박을 터트렸거든. 내가 만난 탈북 사회안정성 공안도 최철환 사건으로 쫓겨 났다는 거야. 최철환의 운전기사로, 공개적으로 감시를 하던 보위성 직원의 보고로 최철환의 사망을 접수한 북한의 대표 정보기관인 국가 보위성이 발칵 뒤집혀 즉시 옥류관을 폐쇄하고, 모든 직원을 감금하고 오류관을 철저히 수색했대.
최철환이 병원 응급실에 실려 온 후 12시간이 지나 사망해서, 이미 전날 저녁 청소가 끝났고, 쓰레기도 소각장으로 보내져 아무것도 남지 않았지만, 옥류관 폐쇄와 직원 감금은 극비로 이틀 간 더 진행되었다고 해.
겉으로는 '옥류관 냉면을 먹고 사망했다는 사실이 알려지면, 북한 음식 전반의 위생과 안전이 의심받아 국가 이미지 실추로 이어질 수 있다'는 이유를 내세웠지만, 사실은 김정은 암살 시도일 수도 있다는 내부 의심이 있었던 거야.
그래서 옥류관 직원은 물론, 식자재 유통과정과 경비와

치안을 위해 동원되어 옥류관에 접근 할 수 있었던 사회 안전성 공안들까지 모조리 체포 구금하여, 가혹한 고문과 함께 최철환의 죽음을 빌미로 억지 누명을 씌운 숙청의 피바람이 불었다고 해. 그 통에 그 공안도 쫓겨나 탈북했다고 하더라고.”

박 경정의 말에 손 탐정이 덧붙였다.

“최철환과 김정은의 냉면 회동 당시, 최철환이 냉면을 극찬하면서 셰프를 보고 싶다고 해서 식탁으로 불려갔는데, 김정은에게 그토록 가까이 간 사실은 북한에서는 엄청난 영광이며 경력이라서 최철환이 너무 고마웠는데 웬걸. 최철환이 죽자 ‘냉면에 무슨 짓을 했는지’, ‘김정은에게 가까이 다가갔을 때 식탁에서 다른 점은 없었는지’를 진술하라고 윽박질렀다는 거야.
그 셰프는 ‘냉면은 면 뽑는 기계 한 틀에 2인분을 뽑아 두 그릇에 나누어 담고, 육수도 2인분을 떠서 반 반 나누어 부어 김정은과 최철환에게 똑같은 냉면을 내놨다.
최철환이 불러서 갔을 때는 김정은 가까이라는 사실에 긴장되어 식탁을 유심히 살펴볼 겨를이 없었지만, 언 듯 본 기억을 되새겨 보니 날마다 수 백 상 차리는 상차림과 다른 점은 최철환과 김정은이 옥류관 젓가락을 비켜 놓고 다른 젓가락을 사용하는 것 뿐이었다.
본디 김정은은 수행원들이 식기와 젓가락, 숟가락을 가지고 다니고 냉면 골수들 특히 최근 들어 환경 보호와 위생, 식감을 위해 '마이 젓가락'을 가지고 다는 사람들이 많아서 특이하게 생각하지 않았다. 그점 외는 다른 상과 틀린 점을 보지 못했다.' 하고 사실대로 말을 했지만, 결국 쫓겨 나고 말았다고 했어."

이보연이 말했다.

"운이 좋았다기 보다, 공안과 셰프의 존재를 유추한 손 탐정의 추리가 빛을 발한 조사였구만. 박 경정! 도대체 최철환은 어떻게 죽은 거야. 북한 측도 사인을 조사했겠지 않아? 평양의학대학병원도 서방의 어느 병원에 뒤지지 않는 수준이라던데."

"당연히 해부하여 위 내용물을 분석하고, 독살 혹은 타살 의혹이 있는지 철저하게 검시한다며 무려 세 달이나 지난 후에야 사체를 남한으로 보내주어 KCSI, 한국 과학 수사대가 다시 감식을 했는데, 부패가 상당히 진행

되었고 거친 해부로 사체가 난도질되었을 뿐 아니라, 특히, 위 내용물을 비롯한 사망 당시의 사체 검출 물은 아주 부패하여 폐기 했다며 보내지 않아서 사인 감식에 실패했어.
결국 북한의 강력한 요청에 의해 식중독이나 독살이 아닌 소화불량과 유사 증세인 심장 마비로 발표하고 사체는 아내인 김나영이 인수해 화장을 해 안치했어."

손 탐정이 박 경정에게 말했다.

"최철환이 북한에 가지고 갔던 가방 속의 물건들은 돌아오지 않았어? 사자의 유품이잖아."

"보내주기는 했는데 형체를 알아 볼 수 없을 정도 조각조각 분해해서 온갖 시약을 발라 놓아서 사인 추정에 전혀 보탬이 되지 않았어. "

"유품은 어떻게 되었어? 국과수가 미제 사건의 증거물로 보관하고 있는 거야?"

"아니. 김나영이 강력히 요청해 가져갔어. 아마 사체와 함께 화장했을 거야."

손 탐정의 실망한 표정을 보고 박 경정이 덧붙였다.

"그래도 국과수가 유품들의 조각을 맞추어 사진을 찍고, 목록을 작성해둔 게 있어서 다운받았어."

손 탐정이 표정을 밝게 바꾸며 말했다.

"내 폰으로 전송해줘."

"잠시 멈추고, 술 한 잔 하면서 한 숨 돌리고 마사토모로 넘어가자."

이보연이 술을 돌렸다. 정도일이 술을 넘기지 않고 잔에 입만 대고 내려놓는 것을 본 보연이 도일의 잔에 잔을 부딪쳤다.

"우리 둘이 건배하자. 도일이 너, 술 부족할 까봐 못 마시는 거 다 보인다. 술 걱정 마라. 손 탐정 냉장고에 술 떨어지는 것 못 봤다. 냉동실에도 독주 대여섯 병은 들어 있을 거야."

술 두어 순배로 잠시 숨고르기를 한 네 사람은 정보 취합을 계속했다.

“마사토모는 사망한지 얼마 되지 않았기 때문에 현장에 가보면 아직은 건질게 있을 것 같아서 중국 인맥을 동원해 마사토모가 쓰러진 당일 그 호텔에 근무했던 청원 경찰을 찾아 내 미팅 약속을 한 후 스마트폰에 중국어에 특화된 통역 어플을 깔고 새벽 일찍 상하이 푸둥공항으로 날아갔어.
그 청원경찰을 만나 인사 정도는 통역 어플이 아닌 육성으로 해야 진정성이 보일 것 같아서, ‘워 스 즈첸 뎬화 위유에 더 쑨 시앤위. 헌 가오싱 지엔 다오 닌.’ 즉, ‘내가 전화로 약속한 손현우입니다. 만나서 반갑습니다.’라고 했더니 청원 경찰이 빙그레 웃으며, ‘조선족입니다. 남한에서 몇 년 간 일 하다 오기도 했어요. 한국어로 말하세요.’하더라.
머쓱하기보다는 정말로 반가워서 손을 덥석 잡으며 손바닥에 접어 쥐고 있던 백 달러 지폐를 건네주었어. 그리고 법을 어기는 것도 아니고, 오히려 살인 사건 해결에 도움을 주는 좋은 일이며 정보의 질에 따라서 돈을 더 줄 수도 있다고 꼬드겼지.
중국의 사회주의적 시장 경제는 자본주의 보다 더 물질만능으로 왜곡되면서 부패가 만연하고 있어서 달러 현금은 도깨비 방망이와 다름없었어. 청원 경찰은 마사토모 사고 당시에 자신이 근무했다면서, 쓰러진 현장부터 병원까지 동행해서 처음부터 끝까지 다 알고 있다고 장담하며 뜸을 들이기에 백 달러를 한 장 더 주니 입을 열었어.
마사토모는 스위트 룸에 전날 투숙했는데, 아침에 담배를 피우는 도중 심한 기침 끝에 피를 토하고 쓰러졌다고 함께 잠을 잔 왕리나가 프런트에 신고했대."

정도일이 끼어 들었다.

"왕리나? 여자 이름인데? 왕씨는 중국에서 가장 흔한 성씨고 이름은 예쁠 리자와 우아한 나자가 분명해. 이름으로 보면 매춘여성 같은데."

이보연이 정도일을 칭찬했다.

"도일이 너, 정말 아는 것도 많구나."

하지만, 정도일이,

"이름을 보아하니 매춘부 중에서도 에이스였나 봐. 하긴 마사토모 정도 거물이면 거액을 지불하고 최고로 예쁜 아가씨를 불렀겠지.”하고 말을 덧붙이자, 이보연이 도끼눈을 뜨고 째려보았다.

“왜! 부럽냐? 흥! 수컷들은 다 똑같이 오로지 그 생각뿐이냐! 마사토모 이 인간도 매춘하러 중국까지 가다니 전범 후손답다.”

“아이고! 너희들 둘이 나가든지, 아니면 사건에 집중하자. 집중.”

박 경정이 정도일과 이보연의 입을 막았다.

손 탐정이 청원 경찰의 말을 중계했다.

“프런트의 지시로 지배인과 객실로 올라가보니 마사토모가 황금색으로 빛나는 화려한 나이트가운을 입고 침대에 엎드려 있었고, 팬티와 브래지어만 걸친 왕리나는 겁에 질려 소파에 벌벌 떨며 앉아 있었대.
이런 경우에 대비해 훈련받은 호텔 측의 매뉴얼대로, 120 구급대 보다 먼저 경찰에 신고하고 일단 방안을 사진 찍었어. 만약 호텔에서 변사하거나 살인이라면 호텔이 문을 닫을 수도 있는 사건으로 비화될 수도 있으니까, 언론에 유출되기 전에 최대한 신속하게 정기적으로 상납을 해 우호적인 경찰을 불러 사건을 떠넘기고, 현장을 흔적 없이 정리해 시치미 딱 떼고 다음 예약 손님을 받는 것이 호텔 경영의 불문율이거든."

"그러니까 사람의 목숨보다도 호텔의 이익이 우선이라는 말이네."

이보연의 무의식적인 반응에도 아랑곳하지 않고 손 탐정은 계속 전했다.

"경찰과 동시에 도착한 응급 구조대가 마사토모의 기도를 확보해 인공호흡기를 부착하고, 심장 제세동기로 충격을 가하자 마사토모의 맥박이 돌아왔어. 그 사이에 경찰의 지시에 따라 왕리나가 옷을 입고 경찰이 마사토모의 캐리어에 마사토모의 소지품을 모조리 쓸어 담았지. 얼마나 신속하게 일을 처리했는지, 응급 대원들이 마사토모를 들것에 올려 복도로 나가니 새 침대 시트와 청소기를 든 여직원 둘이 이미 대기하고 있더라는 거야. 마사토모는 구급차를 타고, 왕리나는 경찰차를 타고 병원으로 함께 갔고, 병원에 도착하자, 왕리나에게 의료진들의 진단에 결정적인 참고가 됨은 물론, 살인 누명을 쓰지 않으려면 마사토모가 쓰러진 당시 상황을 자세하게 말하라고 '나는 네 편이야'라는 뜻을 담아 따뜻하게 말했대.
사실, 그 청원경찰은 왕리나를 몇 번 본 적이 있다고 했어. 왕리나는 연예인 보다 더 예쁜 얼굴에, 가슴은 크고 허리는 잘록하고 엉덩이는 큰 미인 중의 미인으로, 자신 같은 가난뱅이는 쳐다도 못 볼 콜걸 중의 에이스였다고. 왕리나는 마사토모를 전날 저녁 호텔 앞에서 만나 함께 투숙했고, 아침에 퇴실하려던 중, 담배를 피우던 마사토모가 기침을 몇 분 간 숨이 끊어질 듯 쉴 새 없이하더니 각혈과 함께 쓰러졌다고 진술했어."

박 경정이 의아한 표정으로 물었다.

"5성급 호텔이면 전체가 금연일 터인데 객실에서 담배를 피웠다고?"

"마사토모 같은 거물이 끽연 벌금 몇 푼 무서워 담배를 못 피우겠어?"

"마사토모 같은 거물이 비서진도 없이 혼자 투숙하여

매춘을 했다고?"

"나도 그 점을 지적하려 했는데, 청원 경찰의 말 속에 답이 들어 있었어. 계속해서 들은 대로 말해 줄게."

"마사토모의 수행 비서진은 다른 호텔에 묵고 있었어. 마사토모가 매춘을 위해 소지품 캐리어만 가지고 몰래 빠져 나온 것 같더라고. 마사토모가 체크 인할 때 적어 놓은 비상연락처로 전화를 걸었더니, 같은 블록에 있는 다른 호텔에 묵고 있던 수행원들이 전화를 받았어. 얼마 지나지 않아 수행원 네 명이 허둥지둥 달려왔지.
그들의 말에 의하면, 마사토모는 중국 입국 후부터 기침을 심하게 했지만, 중국 남부 해안의 니폰 타운을 건설 허가를 받아 내기 위한 중국 고위층과 로비 활동을 미루지 않았다고 해. 또한, 마사토모는 청소년기부터 시작한 과도한 흡연으로 벌써부터 폐 섬유증 치료를 받고 있었다고 했어.
수행원 중 여비서로 보이는 중년 여성은, '그렇게나 담배를 끊으라고 수 천 번 말했는데 결국은 이지경이 되었어!'하고 한탄하더라고. 의료진이 마사토모의 손가락과 치아를 관찰하고 체취를 맡아 보더니 곧바로 초정밀시

티촬영실로 마사토모를 데리고 갔어.
몇분 지나지 않아 의사가 와서 폐 섬유증이 50%나 진행되었고 A형 독감 감염으로 폐에 물이 차는 폐부종도 합병되어 중환자실로 입원 시켜야 한다고 했어. 비서진은 당장 일본으로 후송하는 것은 위험할 뿐 아니라, 칭하이 병원도 세계적인 수준의 최첨단 시설과 우수한 의료진을 보유한 중국의 자부심인 만큼, 일단 입원을 시키고 니폰 타운 이사진과 가족의 의견을 따르자고 현장에서 합의를 했어.
왕리나는 마사토모에게 어떠한 행위도 하지 않았다는 사실이 증명되어 풀어 줘야 하지만, 그 통에도 경찰은 매춘 혐의로 고발해 벌금을 물리겠다고 협박해 돈을 뜯어내더라고. 나도 거기에 더 있다가는 무슨 일을 당할지도 모르고 마사토모의 신병을 완전하게 비서진에게 인도하여 호텔 측의 책임을 털어 버렸기에 서둘러 호텔로 돌아 와 경과 보고를 하고 업무에 복귀했어.
며칠 후, 칭하이 병원에 함께 갔던 경찰이 상납금 받으러 호텔에 왔기에 물어봤더니, 마사토모는 각혈하고 쓰러져 정지된 심장이 제세동기 충격으로 다시 뛰기는 했지만, 대뇌의 혈류 정지 시간이 길어 뇌사가 진행 되어

회복 불능의 식물인간으로 판정 받았고, 니폰 타운의 자가용 제트기로 이사진과 함께 날아 온 김나영의 손에 의해 인공호흡기가 제거 되어 사망해고, 일본으로 운구되지 않고 상하이에서 화장돼 납골함에 담겨 도쿄로 돌아갔다더라고."

정도일이 말했다.

"아직까지는 심증이지만, 김나영이 청부 살인한 흔적을 제 손으로 지워서 완전 범죄를 꾀한 거 같아."

"그러게 말이야. 그런데 말이야. 그 청원경찰이 보기보다 더 대단한 사람이었어. 들을 말을 다 들었다 생각하고 작별인사를 하려는데, 마사토모가 쓰러진 상태에서 찍은 객실 내부 사진이 있다며 백 달러에 팔겠다는 거야."

"날강도가 따로 없네."

"진짜 칼만 안 들었지 강도네. 강도. 그래서 샀어?"

"거절할 수 없는 제안이잖아."

"돈 주고 산 사진 좀 보자."

"폰 말고, 보연이 노트북으로 크게 보면서 함께 분석해 보자. USB에 원본 해상도 그대로 담아 왔거든."

노트북 화면에 사진을 띄운 손 탐정은 노트북의 터치스크린에 손을 올려 놓고 화면을 부분 부분 확대해 보여 주며 혼잣말처럼 중얼거렸다.

"마사토모가 입고 있는 나이트 가운을 먼저 살펴보자. 앞섭을 허리띠로 여미는 로브 디자인 긴팔 황금색 실크라... 이거 정말 누가 입어도 부티가 쫘악~ 나겠는걸. 목 뒤에 상표을 확대해 보자. '올드 할리우드'... 들어 본 적이 없는 걸 보니, 우리 같은 가난뱅이들은 꿈도 못꾸는 명품인가 봐."

스마트 폰을 노트북 앞에 놓고 손 탐정의 말을 인공지능으로 검색하는 정도일이 말했다.

"이거 봐봐. '올드 할리우드', 5백 만 원 짜리다."

손 탐정은 방구석에 열려 있는 작은 캐리어를 사진에서 끌어당겨 확대해 내용물을 살폈다.

"팬티와 런닝셔츠가 가지런히 들어 있는데, 두 장은 입고 벗었는지 작은 지퍼 백에 담겨 있고, 세 벌은 패키지가 뜯기지 않았으니까, 본인이 입고 있는 것까지 여섯 벌이겠지. 팬티와 런닝 셔츠의 상표는 '라 페를라'야."

"라 페를라? 한 장에 50만 원 짜리 팬티야. 런닝 셔츠도 비슷한 가격이겠지. 아무리 갑부라지만 1백만 원짜리 속옷을 매일 갈아입다니."

"속옷이야 여러 번 빨아 입을 수 있으니까 그럴 수도 있겠지. 어디보자, 이건 화장품 같은데... 뭔 이름이 이렇게 기냐. '라 프레리 플래티넘 레어 나이트 엘릭시르'."

"2백만 원 짜리 로션."

"전기 면도기는 브라운 시리즈 9"

"70만 원."

"전동 칫솔은 필립스 다이아몬드 클린 소닉케어."

"50만 원."

"치약은 '더 마블 화이트닝'."

"70만 원. 짜서 쓰면 소모되는 치약이 70만 원이라니... 보도 듣도 못한 사치구나."

"치아 보존에 효과가 있다면 그럴 수도 있겠지."

그 즈음에서 터치 스크린에서 손을 뗀 손 탐정이 친구들에게 숙제를 내는 교사처럼 말했다.

"지금까지 본 것으로 추리해봐."

이보연이 먼저 말했다.

"부자네, 부자. 50만 원 짜리 팬티와 런닝 셔츠를 매일 갈아입고, 2백만 원 짜리 로션을 바르고, 70만 원 짜리 치약으로 이를 닦다니."

"보연이 너도 명품이라면 사족을 못 쓰는구나. 실망이다."

뒷감당을 어찌하려고 겁도 없이 정도일이 이보연을 찔렀다. 단박에 되찌르듯 말했다.

"너한테 사달라고 하지 않을 테니까 걱정 마라."

손 탐정이 손날을 세워 도일과 보연 사이를 가르듯 내리치며 말했다.

"추리를 하라니까. 추리를!"

보연과 도일이 눈빛을 돋우어 화면을 보며 말했다.

"팬티를 보니까 6일 예정 출장 중 3일 째네."

"치약은 반쯤 눌려 있는 걸 보니, 3일 이상 사용한 것으로 보여. 이번 출장에 새로 담은 것이 아닌, 출장 때마다 가지고 다니는 치약인가 봐."

"자기 몸을 아주 아끼는 사람이야. 호텔 용품을 쓰지 않는 걸 보니 결벽증도 있는 것 같고."

각자 한 가지 씩 말을 한 후, 박강진이 손 탐정에게,

"손 탐정 눈에는 뭐가 보여?" 하고 물었다.

"여자의 손길과 사랑이 느껴지지 않아? 아무리 꼼꼼한 성격의 남자일지라도 이렇게 명품을 골라 담고 다니기는 쉽지 않아. 마사토모의 사업 스타일을 보면, 누가 챙겨주지 않으면 양말도 못 찾아 신을 것 같은데 말이야.

면도기며, 칫솔, 치약, 로션 모두 손때가 묻은 걸 보니 마사토모가 즐겨 사용하고 있어. 마사토모의 취향을 저격한 거야. 그렇게 마사토모에 대해서 잘 알고 꼼꼼히 챙겨 줄 사람은 아내인 김나영이겠지. 이걸 보면, 김나영이 마사토모를 살해 대상으로만 보지 않은 것 같아. 최철환도 그랬던 것 같고."

손 탐정은 스마트 폰을 열어, 박 경정이 조금 전에 전송한 최철환의 유품 목록을 친구들에게 보여 주었다.

"최철환의 가방에도 거의 똑같은 물건들이 담겨 있었어. 이걸로 봐도 두 사람을 김나영이 아내의 마음으로 대한 것 같지 않아? 이제 가장 중요한 것을 살펴보자."

"그게 뭔데?"

손 탐정이 화면을 움직여 침대 머리맡의 나이트 테이블을 끌어당겨 확대했다.

"자기 전에 시계나 스마트폰, 목걸이 등을 풀어 놓는 베드사이드 테이블인데, 마사토모는 애연가답게 재떨이와 담배를 올려놓았어. 이런 특급 호텔은 전 층이 금연이고 흡연하면 벌금을 낸다고 체크인 할 때 사인을 하는데 마사토모는 싹 무시하고 담배를 피우다 각혈을 했어."

"저게 담배야? 아닌 거 같은데."

"여러 종류의 담배 잎을 잘게 잘라 섞어 종이에 말아 필터를 붙이여 한 갑에 이십 개씩 담아 열 갑 한 보루로 파는 시가레트, 궐련이 아니고, 담배 잎을 한 장 통째로 말아 만든 시가, 엽연초야. 담배 감식은 탐정들이 공부해야 할 필수 과목 중의 하나지. 뛰어난 감식안으로 담배꽁초, 심지어는 재와 냄새로 무슨 담배인지 알아내는 고수들도 있어"

사진 속의 시가를 확대해 보며 손 탐정이 말을 계속했다.

"예상했던 대로 코히바 베히케 시가구나. 피델 카스트로가 애용한 것으로 유명한 쿠바산 명품 중의 명품이야. 한 개비 씩 알루미늄 통에 담아 열 개비를 럭셔리한 나무 상자에 담아 파는데, 이 시가는 한 개비를 다 피우는데 두 시간 가까이 걸리는 코히바 중에서도 가장 큰

BHK 56이야. 시가는 천천히 피워야 맛과 향을 제대로 느낄 수 있는데. 빨지 않고 놔두면 스스로 꺼져서 꺼진 부분을 칼로 깎아 내고 다시 불을 붙여 하루 한, 두 개비를 피우는데. 대부분 연기를 폐로 들이 쉬지 않고 입 안에서 굴렸다가 뱉어 내는, 부의 과시야."

스마트폰으로 베히케를 검색한 정도일이 화들짝 놀라 말했다.

"코히바 베히케! 한 개비에 50만 원! 하루 한 개비만 피워도 한달에 1천 5백만 원! 세상에 아무리 갑부라도 이건 너무 한거 아니야?"

"마사토모에게는 그 돈이 말보로 시가레트 한 갑 값과 같을 거야. 여기 열려있는 케이스를 보면 열 개중에 일곱 개가 남아있고, 반 쯤 탄 꽁초가 재떨이에 남아 있는 걸 보니 여행 3일 째가 맞고, 피우던 꽁초는 어제 저녁부터 피우던 나머지 일거야."

그 즈음, 정도일이 사 온 보드카가 떨어지자 이보연이 사무실 냉동고에서 보드카를 한 병 더 꺼내 왔다. 술을 한 차례 돌려 목을 축인 사호회원들이 회의를 이어갔다.

손 탐정이 밝지 않은 목소리로 말했다.

"세 남편의 사망 당시 상황은 알아냈지만, 살인에 대한 단서를 찾지 못해 조사가 난관에 부딪쳤어. 그간의 정보를 종합해 보면 김나영은 세 남편을 청부 살해 한 것이 아니라 원격 살해 한 것 같아. 이 팀장, 김나영의 카드 사용 내역과 계좌 입출금 내역 조사는 어떻게 되었어?"

"김나영은 총 여덟 개의 계좌를 가지고 있어. 은행별로 여수신 내역 보관 기간이 3년에서 5년이라 전체 누적 건수가 많지는 않았고, 다운로드받는 데는 어려움이 없었어. 대충 훑어봤는데, 8개 계좌 모두 사용 목적별로 정확하게 구분돼 있어서 정리할 것도 거의 없더라. 일단 가장 큰 돈이 오간 계좌부터 보자."

이보연이 노트북 모니터 화면을 모두가 볼 수 있도록 테이블 가운데로 밀어 놓았다. 그리고 책을 읽듯 계좌 내용을 설명했다.

"5년 전, 그러니까 최철환의 죽음 이전부터 천억이 깔려있는 통장에 니폰 타운이 최철환 사망 기점으로 6천 8

백억을 입금했고, 바로 다음날 7천 8백억이 출금 됐어. 이후 최철환 상속 마무리 시점에서 1조 2천억이 입금되어 다시 6천 2백억이 니폰 타운으로 되돌아가 출금되었어.
그래서 남은 돈이 6천 2백억인데 그중 6천억 원이 다시 니폰 타운 주식 매각 대금 출금 되었어. 그래서 남은 돈 2백억 원도 마저 출금되어 현재는 빈 깡통이야. 조 단위 돈이 이렇게 손바닥 뒤집듯 오가다니…"

"현재는 니폰 타운에 몰빵한 상태고, 상속분이 입금될 때까지 김나영은 빈손이란 말이야?"

"그건 아니야. 최철환과 마사토미 사망 보험 보상금 150억 원은 별도의 독립된 계좌에 입금 당시 그대로 남아 있어. 이제 개설 된지 20년이 다 된 가장 오래된 계좌를 보자. 김나영이 16세 고1 때 본적지 인근 우체국에서 개설했어. 아마도 첫 은행 거래였겠지만, 남아있는 기록이 5년 분이라서 개설 이후 30살이 될 때까지의 여수신 내역은 알수 없지만, 5년 전부터 지금까지, 수 천 건이 체크카드로 결제되어 가장 바쁜 계좌야."

"그만큼 손에 쥐고 썼다는 말이잖아. 그럼 여기서 뭔가 나오겠는데."

"거의 매일 서너 번 씩 소액 위주로 결제 되었는데. 사용처를 보니 커피 숍, 식당, 편의점, 등의 자질구레한 생활 편의 자금 카드인가 봐. 5년 동안 그리 썼으니, 그 이전의 15년 동안에도 용돈 계좌로 사용해 왔다고 볼 수도 있겠어."

손 탐정이 눈을 번쩍이며 말했다.

"이걸 분석하면 김나영의 지난 5년간 국내 행선지와 생활 반경을 파악할 수 있고, 그로 미루어 20년 전까지 유추해 볼 수 있겠다. 이 계좌에서 아주 중요한 단서를 잡을 수 있도 있겠어. 이 팀장. 이 계좌의 입금 내역을 분리해봐."

이보연이 마우스를 클릭하자, 입금 내역이 떴는데, 아주 간략했다.

"이거 봐라. 딱 한 군데서 매달 1천 만 원이 입금되고 있는데, 그걸 다 못 써서 1억 남짓 잔고로 남아있어."

"매월 동일한 날자에 월급처럼 또박또박 입금되었어. 월급이 아니면 부동산 월세일까? 아니면 다른 수익금 계좌에서 용돈으로 매달 떼어 넣은 걸까? 누가 입금했는지 추적해봐."

"뭔 추적씩이나. 여기 입금자란에 '박산구'라고 적혀 있잖아."

"박산구? 얼핏 들으면 상구처럼 흔한 이름 같지만, 동명이인이 많지 않을 거 같은 이름인데."

이름에 민감한 정도일이 말에 이보연이 말을 이었다.

"듣고 보니 그러네. 박산구가 김나영에게 생활비를 주고 있는 것 같아. 김나영의 실질적 남편일까?"

"나머지 계좌를 계속 살펴보자."

손 탐정의 주문에 이보연이 신속히 다음 계좌를 열었다.

"이건 해외 출금이 가능한 외환 계좌인데, 한국 내 출금은 없고, 모조리 일본에서 상당한 거액이 출금되었는데. 거의 대부분 명품 매장이다. 입금자는 마사토모. 입금된 즉시 명품을 구입해 잔고가 없어. 마사토모가 김나영을 명품으로 홀렸을까? 마지막 하나는... 항공권 구매 계좌인가 봐. KAL과 JAL 항공권 구매 내역이 수 백 건 인데."

"잠깐만. 한꺼번에 출금된 액수를 보면 단체로 발급한 것도 많다. 나도 일본을 자주 오가는데 칼과 잘은 항공료 덤핑을 하지 않으니까, 인천 공항에서 도쿄 하네다 공항까지 항공료로 나누어 보면 4, 5명이 함께 움직인 것 같아."

"이 계좌도 박산구가 입금해 결제했어. 이제 하나 남은 계좌를 열어보자. 이건, 제세공과금 납부 자동이체 계좌 인가봐. 전기요금, 수도요금, 가스 요금, 등이 정확한 날짜에 3건 씩 납부되고 있어."

"그럼 김나영이 관리하는 부동산이 3건 있다는 말이 잖아. 하나하나 들여다 보자."

손 탐정의 말대로 이보연이 세 건을 나누어 한 건씩 모았다. 손 탐정이 그걸 보며 모두가 듣도록 약간 큰 소리로 중얼거렸다.

“한 건은 매달 거의 일정한 요금이 빠져 나가는데 액수를 보니 일반 가정집은 아니야. 왜냐면 수도 요금과 전기 요금이 많고 가스 요금은 아주 적어. 살림을 하지 않는 회사 패턴이야.
또 한 건은 매달 수도, 가스, 전기 납부액이 일반 가정집과 비슷한데... 일 년에 한두 번 약간 씩 늘어났다 다시 적어지는 걸 보니 평시에는 한 두 명이 근무하다가 가끔씩 손님이 와서 머무나 봐. 그럼 김나영과 박산구가 한국 방문때 가끔씩 사용하는 세컨드 하우스일까?
세 번째는... 수도와 전기 요금이 뭐야? 어지간한 공장만큼 사용하고 있잖아. 상대적으로 적게 보이는 가스 요금도 일반 가정 수준은 훨씬 넘어. 그리고... 일 년에 서너 번 가스도 한두 달 두세 배 더 사용하는 데... 전기, 수도, 가스 요금 청구서나 영수증에는 사용이 발생한 계량기의 위치가 명시되어 있으니까 세 곳의 주소를 바로 추적해 보자.”

“바로 이번 달 납입 영수 문자를 따라 가볼게.”

이보연이 세 곳의 주소를 손쉽게 다운받았다.

"공장 수준으로 사용하는 곳은 김나영의 본적지인 지방이고, 가정집 소비 패턴의 위치는 서울 강남에 있는 대형 오피스텔이고, 회사처럼 사용하는 곳은 대구의 번화가에 있는 빌딩의 10층 사무실이야. 주소가 정확하니까 인터넷 등기소로 들어가 아무나 다운 받을 수 있는 등기부등본을 떼어 보면 소유주나 임차인이 나올 거야."

모두들 개인정보 분석사 이보연의 실력에 혀를 내두르며 지켜보았다.

"이게 뭐야? 세 군데 모두 소유주가 박산구이고, 매달 자동 납부되는 세 군데의 공과금 총액이 천 만 원 남짓인데, 입금자도 박산구야. 그렇다면 박산구도 함께 움직였을 가능성이 있다. 박 경정, 항공료 결제일을 중심으로 박산구의 출입국 기록을 조회해줘. 흔치 않은 이름이니까 바로 뜰 거야."

박 경정이 경찰망 무전기로 조회하자 곧바로 박산구의 출입국 사실이 떴다.

"우와. 이 사람 좀 봐라. 일본, 중국, 미국, 독일 등등 전 세계를 이웃집 드나들듯 하고 있어. 베이징에서 평양도 갔다 왔어."

"박 경정, 킥스에 박산구 조회해줘."

박 경정이 스포츠 경기를 중계하는 아나운서처럼 킥스가 말하는 정보를 중계했다.

"박산구.1988년생. 올해 서른일곱이구나. 본적지는 전라남도 목포시 대양로 2155번길. 여긴 공장처럼 전기를 쓰는 곳이잖아. 현 주소는 서울시 강남구 삼성로 101번길. 오피스텔 주소야. 전과는 없고, 교통 위반 범칙금 미납 한 건도 없이 완전히 깨끗한데... 차근차근 뒤져가자. 여기 특이 사항이 있다. 박산구는 두 개 법인의 대표야. 하나는 비영리 공익법인 '리클레임'. 사무실은 대구에 있고, 또 하나 개인 출연 장학재단 '리베리타스'. 강남에 사무실이 있어."

"그러니까 목포의 부동산은 상속받는 것일 가능성이 크고, 대구는 '리클레임'의 사무실, 강남의 오피스텔은 '리베리타스'의 사무실이란 말이지."

이보연의 말을 정도일이 해석했다.

"'리클레임 Reclaim', '되찾다'. '리베리타스 ReVeritas', '진리로 돌아가다'. 이름만 봐도 두 재단이 한 묶음인 것 같아."

"역시 도일이는 인공지능보다 더 똑똑해. 도대체 뭐하는 재단인지 알아보자. 법인이라면 국내 포털에도 정보가 있을 거야. "

말을 따라 이보연의 손가락이 키보드 위를 날아다녔다.

"두 재단 모두 홈페이지가 있다. '리클레임' 재단은 본 명칭이 '리클레임 레거시'인데, 편의를 위해 '리클레임'으로 등록하고 그렇게 부르나 봐."

도일이 곧바로 설명했다.

"'레거시 Legacy', '유산'. '리클레임 레거시', '과거의 유산을 되찾자'. 보연아, 정관을 열어 봐."

"'리클레임 레거시'는 한일 화해와 우호 협력을 추구

하는 비영리 공익재단이다. 1945년 8월 15일 이후 태어난 한일 3세대의 인재 발굴에 설립 목적이 있다. 그리고 그다음은 대표이사와 이사, 감사의 선임과 이취임 절차, 연구원의 자격요건. 운영비 조달 방법 등등, 다른 재단 정관 복사판이야. '리베리타스'도 '리베리타스 스콜라스'가 본래 이름이야."

"'스콜라스 Scholars', 장학생들. '리베리타스 스콜라스', 의역하면 '잃어버린 진리를 되찾는 장학생들'이라는 거창한 말이다. 설립 목적이 뭐야?"

"한일 제3세대의 인재를 발굴하여 학비와 생활금을 지급하고, 성공적인 사회 정착을 도모한다. 그뿐이야. 나머지는 '리클레임'처럼 요식적인 정관이야."

정도일이 다시 자신의 생각을 밝혔다.

"'리클레임 레거시'. 한일 제3세대의 우호 증진? 어떤 3세대인지 모르겠지만, 상당히 사려 깊고 미래지향적인 양국 간 역사적 갈등 해소를 위해 좋은 대안인거 같다. '리베리타스 스콜라스'는 '리클레임'에서 발굴한 인재들에게 실질적으로 장학금을 지급하는 재단인가 보다."

잠자코 정도일과 이보연의 말을 듣고 있던 손 탐정이 고개를 갸웃하며 말했다.

“박산구가 김나영의 상속금에 빨대를 꽂아서 좋은 일을 하는 것처럼 보이지만... 계좌 추적 결과로 보면 김나영은 바지 사장이야. 회사 돈은 십 원 한 장도 건드리지 못하고, 쥐꼬리 월급에 목매는 꼭두각시, 재주 부리는 곰 말이야. 무늬만 수천억을 주무르는 슈퍼리치일 뿐, 강남의 졸부 마누라보다 더 못한 생활을 하고 있는 거 같아.”

노트북 모니터에 혹사당하던 눈을 잠시 식히려는 듯, 네 사람은 조명이 비추는 그린 가든의 식물들로 시선을 돌렸다. 손 탐정이 조명을 넉넉히 설치 해두어 밤이 이슥함에도 불구하고 그린 가든의 식물들은 초록으로 빛났다.

술과 음료로 잠시 브레이크 타임을 가진 후, 정도일이 약간 큰 목소리로 제안했다.

“이제 지금까지 조사한 모든 것을 인공지능에 입력해 중복되거나 유사한 패턴을 찾아보자.”

"그거 정말 좋은 아이디어야."

약간 과장된 손 탐정의 칭찬에 이보연도 가세했다.

"역시 도일이야. 기대를 저버리지 않네. 우리가 원하는 게 바로 너의 그 지혜야."

이보연이 노트북을 앞으로 당기며 말을 이었다.

"내 워드 스피드가 빠르니까 나한테 다 넘겨. 정보의 대부분이 숫자인데, 천하의 손 탐정도 숫자에는 독수리고, 박 경정은 문자도 버벅이고. 도일이는 좀 찍지만, 정보를 분석해야 하니까, 특정 숫자나 단어에 현혹되지 않도록 뒤에서 지켜 봐."

이보연은 손가락이 보이지 않을 정도로 빠른 타이핑을 선보이며, 불과 몇 분 만에 데이터를 모두 입력하고 인공지능에게 명령을 내렸다.

"각기 입력한 네 사람의 정보를 비교 분석하여 공통점을 도출해 줘."

인공지능이 노트북의 화면에, '조금만 기다려 주세요, 분석을 완료하고 있어요.'라고 한 줄 올려놓고 몇 초간 뜸을 들이더니 도표를 그려 올리고 아래에 분석 결과를 덧붙였다.

- 세 사람 모두 사망 당시 김나영과 혼인 상태였습니다.

- 세 사람 모두 총격이나 교통사고 등의 외부 충격으로 시신이 훼손되지 않았습니다.

- 모르핀(혈액 주입), 니코틴(폐 흡입), 냉면(위장 취식) 등, 모두 독극물 함유가 의심되는 물질의 체내 침투 후 사망에 이르렀습니다.

- 최철환과 마사토미 두 사람은 사망 7일 전에 김나영과 함께 인천 공항을 통하여 입국해 4일 후 에 인천 공항에서 출국해 3일 후 의식 불명되어 병원 응급실로 이송되었습니다.

- 카드 사용 내역과 스마트폰과 인터넷 접속 위치, 온라인 물품 구매 배송지를 종합 분석한 결과 최철환. 마사토미는 김나영과 함께 한국 입국 후 출국까지 4일 동안 김나영의 본적지에서 머문 것으로 추정됩니다.

- 김나영과 박산구는 본적지가 같고 김나영의 생활 자금을 박산구가 지원하고 박산구도 김나영과 함께 본적지에 머물기를 반복하고 있지만, 김나영과 박산구는 서로 다른 부모 태생으로 출

생 신고되어 둘 사이는 혈연관계가 아닌 것으로 보입니다. 또한 남편이었던 최철환과 마사토미와 함께 본적지에 머문 정황으로 보아 김나영과 박산구는 애정관계도 아닌 것으로 보입니다.

-류지, 최철환, 마사토미의 사망에 대한 박산구의 연루 의혹은 인공지능이 판단 할 수 없습니다. 인공지능은 범죄에 대한 패턴과 유사성을 분석할 뿐 사법적 판단을 할 수 없습니다.

네 사람은 인공지능의 분석을 보고 한참 동안 말없이 눈만 깜빡이다가, 손 탐정이 침묵을 깼다.

“김나영은 남편들을 살해하지 않고도 유복하게 살 수 있었어. 굳이 남편들을 살해할 동기가 없어. 김나영은 남편들의 사망으로 이득은커녕 손해만 봤지. 범죄로 이득을 본 사람이 용의자라는 만고의 진리에 따라 김나영을 용의선상에서 내려놓아야 할 것 같아.”

박강진이 말을 보탰다.

“김나영을 내려놓고 박산구를 올려야 할 것 같아.”

손 탐정의 생각은 조금 달랐다.

“아직은 아니야. 박산구가 세 사람의 죽음으로 돈이든

사회적 지위든 이득을 보았다는 정보를 입수하기 전까지는 박산구를 용의자로 지목할 수 없어."

'흐흠!' 헛기침으로 주목을 끌며 정도일이 말했다.

"지금까지 조사한 사실을 분석해 보면, 류지, 최철환, 마사토미, 박산구의 교집합점이 두 개인데, 하나는 김나영이고, 다른 하나는 목포에 있는 김나영의 본적지야. 그래서 본적지의 위성사진을 내려 받았어. 무료로 사용할 수 있는 위성사진은 카카오맵, 구글 어스, 미국의 랜드샛 2 정도인데 해상도가 낮아서 지상 물체의 윤곽 정도만 파악할 수 있지. 그래도 전체적인 모습이나 주변 환경, 도로 정도는 식별 가능해. 폰에 다운받은 거 노트북으로 보낼게."

노트북에 펼쳐진 김나영과 박산구의 본적지는 바닷가로 반도처럼 내밀어진 제법 넓은 땅의 육지 쪽 구석에 있는 가옥이었다.

"해상도가 낮아서 정확한 판독이 어렵지만, 상당히 큰 집이 울타리로 네모 반듯하게 구획 지어진 토지 안에 있어. 토지와 도로의 경계에는 작은 집이 한 채 더 있는데 아마도 울타리 안으로 들어가는 문간채 같아.”

“이걸로는 뭐가 뭔지 알 수가 없다. 정도일. 무료 말고 유료 버전의 해상도는 더 높겠지?”

“응. 자동차, 사람, 가구 배치, 선박 식별까지 가능한 30센티 해상도인 ‘에어부스 디펜스’는 컬러도 확실하고 공간 정밀도도 높아. 그 외 50센티 해상도로 실시간대로 광학과 레이더 이미지를 보여주는 위성도 있는데 한 장에 백 만 원을 내야 해. 말 그대로 그림의 떡이야.”

이보연이 대뜸 덤벼들었다.

“비싼 떡 좀 구경해 보자. 지금 당장 내 노트북 계정으로 가입해서 보자.”

한결 선명한 조감도가 화면에 펼쳐졌다.

손 탐정은 눈빛을 돋우며 분석에 들어갔다.

“바닷가로 내밀어져 육지 쪽만 막으면 삼면이 바다로 봉쇄되는 천혜의 요새같은 만 평 정도로 큰 땅인데, 전체적인 외형은 들쭉날쭉 불규칙하지만, 해안선을 따라

심은 울타리 나무 안쪽은 높낮이가 일정한 것을 보니 오래전에 땅을 고르고 정원을 조성한 것 같다. 오른 쪽 중앙쯤에 건평이 백 평은 되어 보이는 큰 집이 있어. 집 앞에 넓은 잔디밭과 테이블, 커다란 바비큐 그릴, 캠프 파이어 피트가 있는 걸 보니 미국식 정원이다.
규모는 작지만, 영화에서 보는 미국 부호의 장원 저택을 벤치마킹한 느낌이야. 바닷가 쪽의 검은 공간은 태양광 발전 패널인데, 거의 천 평이야. 그리고 태양광 패널이 있는 구역과 저택이 있는 구역 사이에 자로 그은 듯 반듯하게 식물이 심어져 있어. 태양광 패널 쪽으로 사람이 갈 수 없도록 식물로 담을 쌓은 것 같아. 저택과 문간채 사이는 방치된 것처럼 어수선한데도 뭔가 부자연스러운 느낌이야.
아! 이거 오래된 일본식 정원이다! 관리가 소홀하여 흐트러져 보이기는 하지만, 자연스럽게 보이도록 억지를 부린 일본식 정원이 틀림없어. 문간채 부근은 열 평쯤 크기로 대여섯 조각으로 나뉘어 알록달록 여러 가지 식물이 심어진 것을 봐서 텃밭으로 보이네."

보연이 물었다.

"정원도 나라마다 다른 거야?"

딱히 보연의 질문에 대한 답이라기보다는, 손 탐정은 정원 사진을 여기저기 확대해 보며 말을 계속했다.

"나라마다 다르고말고! 정원은 시간과 노동, 경험, 철학의 결과물이야. 따라서 그 나라의 기후 풍토와 민족성, 정원사의 인간성까지 담길 수밖에 없어. 이 사진으로는 심겨진 나무와 화초의 품종까지 식별 할 수 없어서 더 많은 추리를 할 수 없지만, 그래도 꽤 많은 게 보여. 자, 친구들이 먼저 본 걸 이야기해 봐."

보연이 곧바로 백기를 들었다.

"나는 정원이나 식물에 대해서는 진짜 아무것도 몰라. 어린 시절부터 마당이 있는 집에 살아 본 적도 없고, 어머니는 병석에 누워 있는 아버지를 대신해 삼대를 부양하느라 꽃 한 송이, 화분 하나 집에 들여 놓을 돈도 마음의 여유도 없으셨거든."

박강진은 나름대로 본 것이 있는 모양이었다.

"내가 보기에는, 이 커다란 정원이 식물의 담으로 둘

러 싼 폐쇄 공간 같아. 삼면이 바다로 막혀 있고. 오로지 대문간을 통해서 주인의 허락을 받아야만 드나 들 수 있는 커다란 밀실 같지 않아? 시가지에서도 외따로 떨어져 있으니 이 정원 속에서는 살인을 하고 파 묻으면 아무도 모를 거야. 형사들 말대로, 사람 죽이고도 살인 사건이 나지 않는 밀실 같아."

"사람을 죽였는데도 살인 사건이 나지 않는다니, 그런 말이 어디 있어?"

이보연의 질문에 박강진이 답했다.

"사람을 죽였지만, 내부에서 시신까지 처리해버리면 살인 사건으로 신고되지 않는, 말 그대로 완전 범죄 공간이 될 수도 있다는 뜻이야."

"도일이 너는 뭘 보았어?"

보연의 재촉에 도일이 말문을 열었다.

"저해상도 위성에 찍힌 전체 조감도를 본 순간, 나도 모르게 오싹한… 귀신을 본 듯한 느낌이 들었어. 뭐랄까, 정원이 아닌 공동묘지 같은 그런 느낌 말이야. 고해상도로 전체를 한 번 내려다 봐봐. 정원의 전체적인 느낌이 어두워. 잎의 색이 진하고 넓은 활엽수가 주 수종이라서 그런가? 그리고 울타리 밖과 진입로 주변이 아주 어지러운 걸 보니, 정원 구획과 저택만 어렵사리 유지하고 있는 것 같아."

손 탐정이 고개를 끄덕였다.

"도일이 추리도 맞는 것 같다."

이보연이 말했다.

"우리가 지금 있는 그린 가든은 손바닥만큼 작아도 밝고 아름다운 느낌인데, 이 정원은 넓고, 크고 바닷가 햇볕아래 있지만, 분위기가 우울하고 어두워. 그린 가든과 대비하면 다크 가든이야. 어두운 정원. 다크 가든."

손 탐정도 이보연의 말에 동의했다.

"다크 가든. 딱 어울리는 이름이다. 다크 가든은 박산구, 김나영, 류지, 최철환, 마사토미. 다섯 사람을 잇는 교집합 점으로 여기서 모든 일이 꾸며진 것 같아. 이제는 그린 가든에서 다크 가든으로 수사 본부를 옮길 때가 된 것 같다."

정도일이 손 탐정의 말을 받았다.

"나도 그럴 때가 된 것 같아 위성사진을 펼쳐 본거야. 그럼, 이제 우리 목포로 내려가는 거야?"

"쉽게 즉흥적으로 결정할 일이 아니야. 세 건의 살인 사건이 기획된 무서운 곳이 다크 가든일 수도 있으니까. 그린 가든처럼 안전하지 않을 거야. 그렇다면 다크 가든에 가까이 가는 것은 목숨을 건 모험이 될 게 분명해. 그니까 신중히 결정해야 해."

손 탐정이 말을 마치자, 정도일이 손 탐정이 민망할 정도로 손 탐정의 얼굴을 빤히 쳐다보다가 말을 꺼냈다.

"그간 내가 지켜 본 손 탐정은 메그레 경감 스타일이 아니라, 미국 작가 레이먼드 챈들러의 탐정 소설 주인공인 필립 말로 스타일이었어."

이보연이 동의했다.

"필립 말로가 주인공인 영화가 재미있어 찾아보다가

말로 팬이 되었어. 사무실에 앉아 있지 않고 현장을 발로 뛰며 끈질기게 탐문과 조사를 하면서 거칠게 사건에 부딪치는 야성미! 부유층이나 권력층 뿐 아니라 범죄자, 노숙인 등 모든 계층에 친구를 가지고 있는 광대한 인맥! 부패한 고위층과 조직 폭력의 협박에도 굴하지 않고 자신이 옳다고 믿는 길을 포기 하지 않는 강인함! 그리고... 때로는 법의 테두리를 넘어서서 자신의 방식대로 정의를 실현하는 필립 말로! 얼마나 멋있는지 몰라. 손탐정을 보면 꼭 필립 말로를 보는 것 같아"

정도일이 동지를 만난 것처럼 이보연에게 손을 내밀어 악수를 청하며 말했다.

"드디어 우리 둘이 공동 관심사를 찾았구나. 필립 말로 영화를 보면 꼭 치명적인 팜프파탈 여인이 등장하는데 이번 사건에서 김나영일까? 아님 혹시... 이보연 너?"

"정도일 너는 정말 입으로 매를 번다. 벌어! 너 내 손에 정말로 죽어 볼래?"

이번에도 박강진이 둘을 말렸다.

"나도, '경찰이 두들겨 패면 심문이고, 내가 한 대 때리면 폭행이 된다.', '법과 정의는 항상 일치 하는 것은 아니다.'라고 싸가지 없는 대사를 쏘는 필립 말로 영화를 본 적이 있어."

"챈들러 작품은 거의 모든 작품이 여러 번 씩 영화로 찍혔어. 나는 논리와 추리인 홈즈를 좋아하지만, 논리적 추리보다는 경험과 감각을 통한 현실적 탐정, 법의 경계를 넘나들며 진실을 쫓는 고독한 해결사인 말로도 홈즈 못지않은 캐릭터라고 인정해."

이보연이 정도일을 흘겨보며 말했다.

"왜 갑자기 필립 말로 이야기를 떠드는 거야?"

"뭔 말인지 모르겠어? 손 탐정이 우리 떼어 놓고 혼자 다크 가든으로 가서 다 때려 부수고 올 것 같지 않아? 하지만 상대는 세 사람의 거물을 타국에서 원격 살인한 고도의 지능범에 10억 달러라는 천문학적인 돈으로 어떤 짓이든 다 할 수 있는 재벌이야. 절대로 손 탐정 혼자가게 둘 수는 없어."

정도일의 말에 이보연의 얼굴이 삽시간에 어두워졌다.

"그걸 생각 못했구나. 손 탐정은 충분히 그럴 사람이야. 우리가 위험할까봐. 아니면 우리가 걸리적거려 일을 그르칠까봐서."

정도일과 이보연의 말을 손 탐정도 부인하지 않았다.

"이 팀장. 해마다 여름이면 다크 가든에 사람들이 모이는 것 같은데, 날짜를 잘 맞추어 가면 김나영과 박산구를 직접 맞닥뜨릴 수도 있어. 그러니까 사전 조사를 철저히 해야 해. 다크 가든 반경 10킬로미터 이상 주변의 지형지물을 모두 조사하고 숙지해서, 설혹 도망을 가야 할 상황이 되면 지름길과 숨을 곳을 찾아둬야 해.
그뿐만 아니야. 경우에 따라서는 그 동네 사람 행세를 할 수 있도록 학교와 극장, 식당, 교차로 등의 위치도 파악해 두면 여러모로 활용할 수 있어. 좌우지간 범행 현장에 갈 때는 맞닥뜨릴 수 있는 모든 상황을 다각도로 추리해 마음의 준비를 해야 해.
현지인과 비슷한 복장도 준비하고 현지 사투리도 연습해 탐문을 할 때 의심을 사지 않아야 해. 그렇게 나름 철저하게 준비를 했어도 현장에서는 항상 위험했어. 그러니까 죽기 살기로 몸을 던지려는 각오가 서지 않으면 가지 않아야 해."

이보연이 노트 북 화면을 넘겨 보고 나서 말했다.

"심장이 벌떡 일어서는 재미난 모험을 혼자 하려고? 목숨? 목숨을 걸지 않으면 모험이 아니지. 해마다 7월 15일 전후로 다크 가든 주변에서 김나영의 체크 카드 사용이 급증했어. 오늘이 10일이니까 서둘러 가면 손 탐정 말처럼 그 사람들을 만날 수 있도 있겠지만, 이번 사건은 워낙 커서 손 탐정 혼자서는 무리야. 함께 가자. 그리고..."

잠시 말을 멈추어 뜸을 들인 이보연이 말을 이었다.

"그리고... 손 탐정을 혼자 보내어 무슨 일이라도 생기면 우리는 평생 마음에 바위를 담고 살아야 할 거야. 함께 가자."

"내가 내 몸 하나 간수 못할 거 같아? 거꾸로 내가 친구들 데리고 가서 변을 당하면 나는 어떻게 살라고?"

"맨손이면 열 명, 무기를 들면 백 명도 가소로운 손 탐정 실력을 번히 아는데, 그런 어설픈 핑계로 우리를 떼어 놓으려고? 손 탐정이 데리고 가지 않으면 나 혼자서라도 갈 거야."

이보연의 배수진을 손 탐정도 어찌하지 못했다.

"회사는 어떻게 하고?"

"출장 조사가 내 일이야. 이렇게 큰 건이라면 한 달 결근해도 트집 잡을 사람없어."

정도일도 나섰다.

"나도 함께 가고 싶어. 평생 모험이라고는 해 본적이 없어서 나도 설레는 가슴이 있는지, 살아 있다는 느낌을 찾을 수 있는지 알고 싶으니까 나도 데리고 가라."

박 경정은 함께 갈 수 없었다.

"나는 자리를 비울 수가 없으니까 함께 갈 수는 없지만, 다크 가든 인근의 지구대에 지원을 요청하고 여차하면 연월차를 써서 도우러 갈게."

2. 다크 가든 Dark garden

손 탐정이 지방 출장 때 쓰는 자는 승합차를 개조한 캠퍼밴이었다. 화장실과 침실, 간이 주방을 갖춘, 잠복에 특화된 차량이었다. 운전석 뒤편 좌석을 눕히면 2인용 침대가 되고, 루프탑을 올리면 두 사람이 더 잘 수 있는 침실이 생겨 4인이 침식을 할 수 있었다. 가장 흔하게 팔리는 검은색 승합차를 캠퍼카 티가 나지 않도록 개조해, 일반 승용차처럼 여느 주차장에도 무리 없이 주차할 수 있어 매우 유용했다.

정오쯤, 사무실에서 출발했지만, 서울 시내 교통이 혼잡하여 서해안고속도로 진입하기까지 한 시간이 걸렸다. 중간에 휴게소에서 점심까지 해결하느라, 목적지인 다크 가든 인근까지 도착하는 데는 총 다섯 시간이 소요되었다.

다크 가든이 멀찍이 보이는 곳에 차량을 주차한 손 탐

정 일행은 주변을 둘러보았다.

다크 가든은 위성사진에서 본 대로 육지 쪽 정면을 제외한 삼면이 바다로 둘러싸여 있었고, 정면 양쪽으로는 방파제가 길게 뻗어 있었다.

시가지 쪽 방파제 앞은 한때 공업단지였었던 듯, 공장 형태의 파손된 커다란 건축물이 버려져 있고, 그 앞 마당에는 산업 폐기물이 불법 투기된 채 쌓여 있었다. 공장 주변 공터에는, 중장비들이 이리저리 무질서하게 세워져 있어, 마치 폐허를 방불케 했다.

반대편 방파제 앞은 시내버스 종점으로 보였고, 넓은 주차장과 함께 버스회사 사무실, 정비공장이 자리 잡고 있었다. 그 건너편 도로 너머, 시가지 끝자락에는 편의점과 술집, 식당, 낚시용품점 등이 모여 있어, 그나마 사람 사는 동네 분위기를 풍겼다.

손 탐정은 여름 해 질 녘, 정면에서 빤히 비쳐드는 햇빛을 피하고 다크 가든에서 보이지 않도록, 아무렇게나 삐딱하게 주차된 대형 윙바디 트럭의 그늘에 차를 댔다. 손 탐정은 운전석 옆 센터 콘솔을 열어 스마트폰 크기의 물건을 꺼내더니 몇 번 조작했다. 이내 네 귀퉁이에서 작은 프로펠러가 튀어나왔다.

"빛을 반사하지 않도록 무광 처리가 되어 있고, 작아서 눈에 잘 띄지 않고, 프로펠러 소리가 거의 나지 않는 스텔스 드론이야. 속도는 느리고 바람엔 약한 게 단점이지만, 고해상도 카메라를 탑재해서 군사용으로도 납품되는데, 전용 컨트롤러랑 스마트폰 연결 케이블까지 포함된 풀옵션을 사면 4K 고화질 영상을 바로 스마트폰으로 보고 녹화할 수 있어. 그래서 비싼 값에도 쓰는 사람이 많아."

"드론 촬영, 불법 아니야?"

정도일이 묻자, 손 탐정이 웃으며 답했다.

"걱정 마. 25킬로그램 이상의 산업용 드론까지 조종할 수 있는 1종 자격을 가지고 있고, 드론 활용과 보안을 연구하는 한국드론시큐리티연구학회 임원이야."

이보연이 툭 끼어들었다.

"도일아, 손 탐정은 드론 자격증 교육도 하는 드론 박사야. 사무실에 몇 대의 드론이 있는지 모를 정도인데, 불법과 합법을 모르겠어?"

"공항이나 군부대, 교도소, 대통령 관저처럼 드론 비행 금지 구역 외에서는, 사생활을 침해하지 않고 150미터까지만 띄우면 원칙적으로 드론 비행과 촬영은 국민의 자유권이야. 이 팀장, 답답하게 스마트폰으로 보지 말고 네 노트북으로 보자."

손 탐정이 드론 전용 조종기의 영상 출력 케이블을 이보연의 노트북에 연결하고 드론을 이륙시켰다. 조용히, 다크 가든 쪽으로 비행시키며 말했다.

"사람들은 소리가 나지 않는 한 하늘을 쳐다보지 않아. 이런 소형 드론은 50미터만 상승해도 거의 안 보이거든. 지금까지 들킨 적은 한 번도 없어. 물론 사람들이 많은 해수욕장이나 러시아워 지하철역 같은 곳을 무작위 촬영하여 개인 얼굴을 식별하는 것과, 창문이나 담 너머 촬영을 불법으로 규정하고 있지만, 드론의 성능과 카메라 해상도의 비약적 발전으로, 사실상 법은 유명무실해졌어."

"드론이 조종기에서 멀어지면 와이파이가 끊겨서 추락하잖아."

정도일이 지적했다.

"일반적으로 와이파이는 150미터가 한계지만, 내 거에는 고성능 안테나랑 증폭기를 달아서 장애물이 없다면 거의 1킬로미터까지 조종이 가능해. 근데 문제는 와이파이가 아니라 배터리지. 이것저것 달다 보면 드론 무게가 증가해 배터리 소모가 많아 10분 이상 비행이 어렵거든."

"그럼 빨리 훑어봐야겠네."

"화면 분석할 틈이 없으니까, 가능한 가까이 접근해서 스치듯 지나가며 영상만 찍는 게 좋아. 다크 가든 앞 도로에 사람이 없으니, 눈높이로 낮춰서 울타리랑 대문 쪽을 따라가며 촬영한 다음, 위로 띄워서 울타리 너머로 넘어가자."

손 탐정은 말한 대로 조종기를 다루었고, 드론 화면은 그의 설명 그대로 펼쳐졌다.

"일단 좀 올려서 전체를 잡은 다음, 낮춰서 앞에서 뒤까지 지그재그로, 공백 없이 찍어 나중에 앱으로 이어 붙이자. …어? 저기 사람들 보인다."

반백의 머리카락을 한 남자가 앞서며 예초기로 풀을 베면, 몸빼 바지를 입은 할머니 네 사람이 뒤를 따르며 예초기가 들어가지 못해 벨 수 없는 나무 사이의 풀을 호미로 캐내고 있었다. 드론이 들킬까 봐 손 탐정이 복귀 버튼을 누르려던 순간, 예초기 소리가 갑자기 멈췄다. 시계를 보니 오후 6시였다.

예초기 소리가 멎자, 할머니들도 일제히 호미질을 멈추고 일어섰다. 고요한 정적 속에, 중년 남자의 목소리가 들려왔다.

"먼저 천석군 식당으로 가서 기다리세요. 제가 마무리하고 뒤따라가서 일당이랑 전화기 드릴게요. 내일 또 오실 분은 백반 시켜서 드시고, 못 오실 분은 일당만 받아 가셔요."

그 말을 들은 이보연이 손 탐정에게 말했다.

“천석군? 가까운데 있는 식당인가 봐. 현지인이 가는 곳이 맛 집이니까, 우리도 거기 가서 저녁 먹으면서, 내부자를 좀 가까이서 살펴보자.”

“좋은 생각이야. 드론을 회수 하고, 내부자가 오기 전에 할머니들 따라가자.”

‘천석군’은 식탁이 열두어 개쯤 있는, 작고 아담한 식당이었다. 작지만 주방도 개방되어 있었고, 객장도 깔끔하고 밝았다.

입구 쪽 계산대에 앉아 책을 읽고 있던 백발의 노파는, 할머니들이 들어올 땐 눈도 떼지 않았지만 손 탐정 일행이 들어서자 책을 내려놓고 자리에서 일어섰다. 노파가 읽고 있던 책은 헤밍웨이가 쓴 『노인과 바다』 였다.

노파가 “어서 오세요.”하고, 손 탐정 일행를 반갑게 맞이하는 목소리에 무게감이 실려 있었다. 그 목소리에 촉을 세운 손 탐정이 노파를 살폈다.

하얀색을 넘어서 은색으로 빛나는 머리카락을 뒤로 모아 쪽을 지어 묶은 그녀는, 피부가 곱고 얼굴이 환한 할머니였다. 입은 옷과 신은 신발도 고급스러웠다. 얼굴과 손이 검게 탄 채 허름한 작업복을 입고 풀을 메던 할머니들과 대비 되어 더욱 깔끔하게 보였다. 한눈에 보아도 종업원이 아닌, 주인의 여유로움이 느껴지는 할머니였다.

손 탐정 일행은 일부러 풀 메는 할머니들 테이블 곁에 자리를 잡았다.

계산대 앞에 앉아 있던 노파가 메뉴판을 들고, 먼저 자리 잡은 할머니들 테이블로 다가갔다.

할머니 중 한 사람 말했다.

"정희야. 홀 일하는 애는 어디 가고 쥔장이 주문을 받냐?"

"어머니가 병원에 입원했는데 암이래. 그래서 엄마 대신 동생들과 아버지 밥해 주고 살림해야 한다면서 그만두었어. 형편이 딱해서 따로 좀 담아줬지. 니들, 춘보가 저녁 먹으래?"

"응. 내일 또 올 사람만 저녁 먹으라고 했어."

그러자 다른 할머니가,

"나는 내일 병원 가는 날이니까 일 못나와. 내 건 빼."

하고 말하자 정희가 혀를 끌끌 차며 말했다.

"이 춘보, 이 짜잔한 놈. 하루 종일 같이 일했는데 내일 못 온다고 밥을 안 사? 그냥 앉아 있어. 반찬 넉넉히 가져 오고, 밥 한 공기 더 얹어줄게. 다 함께 먹어."

쥔장 정희가 손 탐정 일행 쪽으로 몸을 돌려 메뉴 판을 주었다.

'천석군'이라는 상호가 남다르기는 했지만, 남도의 흔한 백반 식당으로 백반 외에 해장국과 김치찌개, 돼지고기 볶음, 생생선구이 같은 익숙한 메뉴가 적혀 있었다.

이보연이 메뉴 판을 훑어보고 말했다.

"그래도 바닷가에 왔으니까 생선구이를 추가 해 소주 한 잔 하자."

손 탐정도 찬성했다.

"오늘은 캠퍼카에서 잘 계획이니까, 나도 술 한 잔하고 푹 자야겠다."

주문을 받은 할머니가 주방으로 가 큰 소리로 말했다.

"미숙아! 5번 테이블 3인분인데, 반찬 4인분 담고 밥공기 하나 더 줘라. 6번은 4인분에 생선구이 추가다!"

오분도 채 되지 않아, 주방에서 젊은 여자가 반찬이 들어있는 접시가 가득한 커다란 쟁반을 들고 와 할머니들 테이블에 내려놓았다.

할머니들이 입을 모아 칭찬했다.

"어쩜 미숙이는 이렇게도 음식을 잘 만드냐! 정희가 사십에 너 임신했다고 흉봤었는데, 안 낳았으면 어쩔 뻔했냐~. 잘 먹을게."

"다 엄마한테 배운 거죠. 아직도 된장이나 젓갈은 엄마 따라가려면 한참 멀었어요."

"에고, 네 아버지가 일찍 돌아가시지만 않았어도 네가 주방 일을 하겠냐!"

“무슨 말씀을요. 저는 엄마와 함께 살면서 요리하는 것이 정말 행복해요.”

할머니들의 테이블에 반찬을 다 차려준 미숙은 다시 주방으로 갔다가, 곧 손 탐정 일행의 테이블로 쟁반을 들고 나타났다. 쟁반 위엔 스무 가지는 되어 보이는 반찬 접시가 가득했다.

이보연이 쟁반에서 테이블로 접시를 내려놓는 미숙을 보며 말했다.

“기사식당처럼 곧바로 나와서 좋지만, 설마 재활용 반찬은 아니죠?”

그 순간, 할머니들에게 그렇게 싹싹하던 미숙이 표정을 돌변하여 불친절하게 대답했다.

“우리 식당은 50년 동안 김치 한쪽도 다시 낸 적이 없어요. 많은 분들이 제가 태어나기도 전부터 어머니 단골인데, 상에 놨던 반찬을 다시 내온다면 그분들이 지금까지 오시겠어요? ‘재활용’이란 말 들어 본 적이 없는데, 듣는 찬모로서 정말 기분 나쁘네요. 처음 온 뜨내기 손님이라서 용서하겠습니다만, 반찬 하나하나 살펴보시고 재활용이 발견 된다면 제 손목을 자르겠어요."

뜨끔한 이보연이 꼬리를 사리고 뒤로 물러났다.

"죄송합니다. 이 반찬을 다 손수 요리하셨어요?"

"네. 전부 저와 어머니 둘이서 장만했네요. 밑반찬 중에는 몇 년 묵은 것은 남은 양이 많지 않아서, 남기지 않도록 사람 수에 따라 조금씩 담아내니까 더 드시고 싶으면 주저 말고 더 달라고 하세요."

손 탐정은 조용히 찬모를 관찰했다. 키가 크고 허리도 두툼한 당당한 체격 각진 얼굴에 눈에 총기가 들어있는 범상치 않은 상호였다. 식당에서 쟁반을 들지 않고 잘 차려입고 나선다면 그 어느 자리에서도 뒤서지 않을 기상이 있었다.

식당 문이 열리자 다크 가든에서 온 중늙은이가 들어섰다. 그는 말없이 할머니들 테이블로 다가가, 오만 원권 두 장씩을 건넸다. 이윽고 휴대폰 네 대를 테이블 위에 내려놓자, 할머니들이 저마다 자신의 전화기를 집어

들어 전원을 켰다.

단박, 한 할머니의 폰에서 부재중 통화 알림음이 울렸다.

"아이고, 큰 손자가 전화를 다섯 통이나 했네."

할머니가 손자에게 전화를 걸면서 스피커를 켰다.

"귀가 어두워 그냥은 잘 안 들려."

신호음이 두 번도 채 울리기 전에 손자의 목소리가 튀어 나왔다.

"할머니! 왜 전화를 안 받아! 엄마 아빠까지 걱정했잖아! 폰 놔두고 어디 간 거야!"

"사쿠라 농장으로 풀 메러 갔지. 거기서 일하려면 전화기 맡겨야 한다고 했잖아."

"왜 그런데 일을 하러가! 아빠가 용돈 드리잖아."

"할미도 벌어야 우리 손자 오면 맛있는 거 사주지! 그래도 나같이 늙은 사람 불러 일주는 사쿠라 농장이 고맙지 뭐야. 뭔 일로 전화했냐.”

“내일 할머니 보러 갈라고요.”

“오냐, 오냐. 할미가 마당에 불 피워 삼겹살이랑 고등어 구워줄게. 조심히 오너라.”

전화를 끊은 할머니가 춘보에게 말했다.

“나도 내일 못 나오겠어. 밥은 내 몫이 나왔는데, 어쩌지?”

춘보가 바로 대답하지 못하고, 우물쭈물하자 정희가 소리쳤다.

“내가 알아서 할 테니까 그냥 먹어. 춘보, 이 찌질한 놈이 계산 안 해도 괜찮아. 내가 친구에게 밥 한 그릇 못주겠냐!”

춘보가 정희를 향해 볼멘 소리를 냈다.

“내 돈이 아니라서 함부로 쓰지 못한다는 거 아시면서 왜 또 이러셔요. 본래 일당 주는 인부들한테 저녁밥 안 사잖아요. 사람이 하도 귀해서, 다시 또 오시라고 아침저녁까지 사는 겁니다. 아침 저녁은커녕 예전에는 점심도 도시락을 싸가지고 다녔잖아요. 내일 오실 분들은 아침 여섯시까지 오셔서 아침 밥 드시고 농장으로 오셔요."

정희가 소주를 한 병 들고 와 친구들 테이블에 놓으며 말했다.

"뙤약볕 아래서 풀 메느라 고생했어. 반주 한 잔씩 하고 일찍 들어가 푹 쉬어. 춘보, 너도 밥은 먹어야지?"

"백반 말고, 해장국에 소주 한 병 주셔요."

"그래, 그래. 그나마 사쿠라 농장 아니면 이 동네에서 팔십이 낼 모레인 할매들 일당 주겠냐. 특으로 말아 줄게."

"이모님도 맥주 한 잔 드셔요. 제가 낼게요."

"누가 니 이모냐?"

"어머님 생전에 정희 언니, 정희 언니 하며 따르고 이모님도 아사꼬 동생, 아사꼬 동생. 하셨잖아요."

"니 에미가 불쌍해서 그렇게 부르라고 했다마는 쯧 쯧... 내 술 걱정 말고, 농장 머슴일 이겨 내려면 너나 어서 먹고 들어가거라. 밥이 부족하면 더 퍼다 먹고, 술은 그것만 마시거라."

그때, 찬모 미숙이 생선구이 접시를 쟁반에 담아 손 탐정 앞에 내려놓으며 말했다.

"조금 전에 발끈한 거 죄송해서 생선 한 마리 더 구웠네요. 맛있게 드셔요."

미숙이 쟁반에 함께 가지고 온 해장국을 춘보의 식탁에 놓고 가려는데. 춘보가 미숙을 붙잡았다.

"미숙아. 어제 내가 부탁한 거 생각해 봤냐?"

미숙이 쟁반을 옆 테이블에 놓고 춘보 앞에 마주 앉아 물었다.

"이번에도 나영이가 오나요?"

'나영이'라는 이름이 튀어나온 순간, 손 탐정은 술잔을 놓칠 뻔 했고, 이보연의 손가락에서 젓가락이 빠져 나갔고, 정도일은 집어 들던 생선 도막을 떨어뜨렸다. 그 와중에도 손 탐정은 보연과 도일에게 티를 내지 말라는 무언의 눈빛을 쏘았다.

춘보가 깊은 한숨을 내쉬며 중얼거렸다.

"해마다 왔는데 올해도 오겠지. 어쩌면 이번에는 산구도 올지 몰라."

'산구'까지! 손 탐정은 만세를 부르고 싶은 심정을 내색을 하지 않으려고 숨을 멈추어야 했다.

그때, 찬모 미숙의 얼굴이 험상궂게 일그러졌다. 그녀는 거의 이를 악문 채 말했다.

"나한테... 김나영과 박산구 밥을 해주라고요? 춘보 아재 벌써 노망나셨네."

"오죽하면 너한테 이런 부탁을 하겠냐. 작년까지 매년 손님들이 올 때 마다 안채에 들어와 밥을 해주던 요리사가 서울로 이사 가버려서 다른 사람을 백방으로 찾았지만, 일당 며칠 받겠다고 자기들 식당 문 닫고 올 요리사가 없어. 미숙아, 제발 이번 한 번만 부탁하자. 일당도 후하게 줄게. 응?"

"배달 시켜 주세요. 요즘 세상에 배달 안 되는 음식 없잖아요.

"나영이, 산구… 그리고 니폰 가든에 오는 사람들은 배달 음식 안 먹어."

"그럼 식당으로 나가서 먹고 오라죠!"

"그 사람들, 얼굴 팔리는 거 질색인거 잘 알면서 그러냐. 오죽하면 천석군 음식도 내가 나와서 가져가잖아."

"지난 10년 동안 나영이고 산구고, 같이 오는 왜놈들이고 코앞인 우리 가게 한번 나오지 않는 걸 보면, 니들 그 안에서 사람 잡아먹고 있는 거 아니에요?"

춘보가 기가 막혔는지 백지장이 된 얼굴로 숨을 몰아쉬며 대꾸 했다.

"세상에! 할 말이 따로 있지, 그런 무서운 말을 하냐!"

"왜요? 왜놈들이 못할 짓은 아니잖아요. 펄쩍 뛰는 걸 보니 진짜로 수상하네요."

그 대화를 듣고 있던 정희도 끼어들었다.

"나영이, 산구. 둘 다 그러고도 남을, 천하에 배은망덕한 인종지말자 왜놈 씨알이 틀림없어. 고등학교 졸업 하도록 미우나 고우나 내 음식 퍽이나 먹여 키웠는데, 십 년 동안 매년 서너번씩 오가면서도 나한테 인사는커녕 코빼기도 안 비추는 고것들이 사람이냐."

춘보가 정희의 말을 반박했다.

"솔직히 말해서, 이모님이 산구와 나영이를 거둔 것은 미숙이 때문이었잖아요! 미숙이가 산구와 나영이를 좀 괴롭혔어야지요! 날마다 두들겨 패고, 친구도 사귀지 못하게 왕따 시켜서 산구와 나영이가 미숙이에게 독심 품고 복수라도 할까 봐 다둑거린 거잖아요!"

미숙이가 발끈하며 쏘아붙였다.

"제까짓 것들이 독심 품어봤자지!"

"너, 남녀공학 고등학교 나영이랑 산구랑 함께 다닐 때 일학년 여학생인 네가 삼학년 남학생인 산구를 전교생이 보는 앞에서 마구 구타해서 피떡을 만들었잖아."

"산구 그 새끼가 나한테 007 카지노 로얄 보여준다고 들이대기에 보란 듯이 다른 동네 오빠들과 보러 갔더니 고자질쟁이 왜놈 앞잡이 손자 아니랄 까봐 학생 주임에게 일러 바쳐서 불려갔어요! 학주에게 15세 이상 관람가 영화를 16세가 어머니 허락받고 봤는데 무슨 잘못이냐고 따졌지만 여고생의 야간 극장 관람은 처벌 대상이라며 한나절을 복도에 앉혀 놓아서 오고가는 선생들과 애들이 죄다 낄낄대고... 산구 그 새끼가 맞을 짓을 했으니 때린 거죠."

"산구가 몸집이 작고 힘이 없어서 너한테 어렸을 때부터 무척이나 맞고 컸지만, 마음은 무서운 아이였어. 그러니까 날 새워 공부해서 전체 일등을 한 번도 놓치지 않았지. 너한테 맞고 온 날, 할아버지 유품인 니혼토를 가져와서는, 짓센 켄도를 가르쳐 달라고 했어.
그날부터 켄도를 가르쳐 보니 산구, 타고난 사무라이더라. 그뿐만 아냐. 날마다 갈아서 날을 세운 와키자시를 정강이에 차고 다녀서, 내가 이모님에게 미숙이 너 조심시키라고 당부도 했다고!"

"흥! 그때나 지금이나 제 까짓 게 나한테 칼을 들이 댈

용기가 있었으면 내가 두들겨 팼겠어요? 이번에 산구 보거든 말하세요. 나한테 와 칼질하면 내가 손모가지 잘라 놓고 남자로 대우 해주겠고요."

오고가는 말이 더 거칠어지기 전에 막으려는 듯 정희가 춘보에게 말했다.

"씨알도 안 먹히는 소리로 미숙이 속 뒤집어 놓지 말고 어서 밥이나 먹고 가."

"다 지난 일이니까... 이번 기회에 미숙이와 산구, 나영이 화해하도록 이모님이 좀 설득해 주셔요. 손님 접대 준비도 큰일이지만, 농장 관리는커녕 풀도 다 못 매서 내 눈 앞도 캄캄합니다. 니폰 농장 아니면, 저 굶어 죽어요."

"굶어 죽어? 감히 누구 앞에서 그런 개소리를 해! 주인이 일 년에 며칠 왔다가는 별장의 진짜 주인은 일 년 열두 달 맘대로 별장을 쓸 수 있는 별장지기가 아니냐!
춘보, 너! 문간채에서 살지 않고 안채에서 부자처럼 뒹굴면서 일당 싼 할매들 부려 뺀 돈으로 몸 파는 여자 불러다 개짓 하는 거, 내가 모를 줄 알아?"

"다른 손님들도 있는데, 왜 그런 모함을 하세요!"

"모함?! 너 오늘 내손에 죽을래? 엊그제 새벽에도 니 놈과 자고 나온 몸 파는 아가씨가 여기서 해장국 먹고 갔다!"

춘보가 입을 꾹 다물고, 소주를 물 컵에 따라 벌컥 벌컥 마셨다.

춘보와 대각선으로 앉아 있는 손 탐정이 춘보를 자세히 살펴보았다.

춘보는 반쯤 벗어진 대머리에, 그나마 남은 반 쯤 센 머리카락조차도 제멋대로 엉크러져 있고, 윗니와 아랫니가 삐뚤게 맞물린 납작한 얼굴엔, 쥐 뜯어 먹은 것 같은 수염이 덕지덕지 나 있었다. 작은 키에 하체마저 짧고 아랫배가 나와 참으로 볼품이 없는 사람이었다. 딱히 한국인이라고 보기 어려운, 어딘지 일본인을 닮은 생김새였다.

우거지상이 되어 술을 한 컵으로 다 마시고, 스스로 냉장고에서 술을 한 병 더 꺼내오는 춘보의 모습을 보고 정희도 너무 했나 싶었는지 목소리를 누그러 뜨려 말했다.

"그냥 주는 술, 밥 먹고 조용히 들어갈 일이지. 왜 미숙이랑 나를 건드려서 욕바지를 뒤집어 쓰냐. 나도 미우나 고우나 평생을 보고 산 니 사정이 딱해서, 너 도와서 예초기 돌릴 인부를 수소문은 해봤는데. 이 동네에 젊은이는커녕 늙은이도 씨가 마른데다가 이 뙤약볕 아래서 불덩이 같은 예초기 짊어지고, 풀을 벨 사람이 어디 있겠어. 너 사는 것도 참 불쌍타. 내가 술 한 잔 따라주마."

춘보가 눈물이 글썽이는 얼굴로 잔을 받아, 한 모금에 잔을 비우자 정희가 다시 잔을 채워 주었다.

그 순간, 손 탐정이 이보연에게 눈짓으로 자신과 같은 생각인지 물었다. 이보연도 같은 생각이라는 뜻으로 소리를 내지 않고 입술만 동그랗게 만들었다.

손 탐정이 의자를 춘보의 테이블 쪽으로 돌려 앉으며 말을 붙였다.

"세 분, 말씀 중에 죄송합니다만, 뜻하지 않게 말씀을

엿듣게 됐네요. 사실 제가 서울에서 다니던 조경 회사가 망하는 바람에 실직자가 되어, 같이 직장을 잃은 친구 부부와 벌어먹고 살길을 찾아서 고향으로 내려오는 길입니다."

정희가 경계심이 어린 눈으로 손 탐정을 보며 물었다.

"여기가 고향이라고요?"

"네. 저 시내 안쪽 영진초등학교 출신입니다. 저희 집도 그 쪽이었구요."

"영진초등학교 출신이라고? 우리 애들, 손자들 전부 그 학교 졸업했는데, 미숙이도 그 학교 다녔어요. 그런데 내가 여기서 나고 자라 75년을 살아서 어지간한 애들은 다 아는데 손님은 낯이 설어요. 실례지만 손님, 올해 몇이시우?"

"마흔 둘입니다. 저희 집은 시내 쪽, 영진동이었고요."

그 말을 듣고 미숙이 손 탐정을 훑어보더니, 마음에 들었는지 말을 붙였다.

"마흔 둘이면... 제 7년 선배시니까. 내가 입학할 때 손님은 중학생이라서 얼굴 볼 기회가 없었겠네요. 그리고 그때는 전교생이 천 명이 넘어서, 시내에서 살았다면 얼굴 모르는 게 당연하지요."

손 탐정의 출장지 부근 사전 조사가 또 다시 빛을 발하고, 같은 학교를 다녔다는 동향, 동창이라는 말이 미숙과 정희의 경계심을 대번에 무너뜨렸다.

손 탐정이 의심이 끼어 들 여지를 주지 않고, 곧바로 들이대었다.

"세 분 대화 중에 일당을 많이 받을 수 있는 일거리가 있다는 말이 귀를 쑤셔서 이렇게 무례를 무릅쓰고 말을 붙였습니다. 사실 저희들 여비가 넉넉지 않아서 일자리를 찾을 때까지 차에서 잠을 자는 처지거든요. 일당만 받을 수 있다면, 어떤 일이든 하겠습니다."

그 말을 들은 춘보의 눈이 반짝 빛났다.

"조경 회사에 다녔다고? 그럼 예초기 다뤄봤겠네?"

"그럼요. 저희 회사 조경사 열 명 중에 예초기는 제가 도사였습니다."

"예초기 도사? 그건 예초기 시동 거는 것만 봐도 알 수 있어. 당신 말대로 도사 급이면 일당 두 배로 주고, 그저 그러면 잡부 일당 주지. 내일부터 당장 일 할 수 있어?"

칠순 쥔장 정희도 손 탐정에게 아직은 말을 놓지 않는데, 춘보는 처음부터 반말로 툭툭 던졌다.

"그럼요! 당장 차에 기름부터 넣어야 할 판인데, 더운 밥 찬밥 가리겠습니까."

"알았어. 내일 보면 알겠지. 아침 여섯시 까지 여기로 와서 아침 먹고 기다려. 일당은 일하는 거 봐서 줄게."

이번에는 이보연이 나섰다.

"세 분 말씀 중에 요리사도 찾는 다 하셨는데, 저도 서울에서 제법 이름난 맛집의 주방 찬모였어요."

춘보가 보연을 미심쩍은 눈으로 보다가, 미숙에게 부탁했다.

"주방에 무 있지? 칼하고 도마랑 가져와. 무 값 줄게."

미숙이 도마와 무를 가져오자, 춘보는 무를 도마에 올려놓고 보연에게 칼을 건넸다.

"채 썰어봐."

보연이 옷소매를 걷어 부치고, 손가락을 두어 번 쥐락펴락해 마디를 푼 다음 현란한 칼질로 무를 편으로 썰어 가지런히 눕힌 다음에 채를 썰었다. '다다다다다.' 도마 울리는 소리와 함께 기계로 썬 것처럼 일정한 두께의 무채가 순식간에 도마 위에 쌓였다.

미숙과 정희, 춘보는 물론 손 탐정과 도일까지 입을 떡 벌리고 지켜봤다.

정희가 말했다.

"살다 살다... 나보다 더 채를 빨리 써는 손은 미숙이밖에 없을 줄 알았는데. 채 써는 걸보니 찬모는 찬모인가 본데, 손이 빠르다고 다 찬모가 되는 게 아니지요. 손맛이 있어야 찬모지요. 김치는 담을 줄 알아요?"

"그럼요. 제가 전라도 젓갈 김치로 서울의 남도 사람 입맛을 휘어잡았다는 거 아닙니까. 제 외가 집도 여기

목포인데, 김치 잘 담기로 소문난 어머니에게 초등학교 때부터 남도 김치 담는 법을 배웠죠.”

정희가 춘보에게 말했다.

“춘보 너 올해까지는 죽지 마라는 팔자인가 보다.”

“그러나 보네요. 나영이와 산구가 어렸을 때 먹고 자란 이모님 김치의 맛을 물려받은 미숙이 김치라면 눈에 불을 켜고 나에게 구해오라고 등을 떠밀어 올때마다 죽을 맛이었는데, 걔네들 오려면 며칠 남았으니까 그 사이에 이 여자 김치가 그 맛이 나도록 이모님이 가르쳐 주세요. 일당 드릴게요.”

“너는 입만 벌리면 일당이냐? 하긴 네 할애비부터 왜놈 돈으로 이 동네 사람들 일당 주어 부렸으니, 그 피가 어디로 가겠냐. 너, 돈이면 못 부릴 사람이 없다는 왜놈 짓, 평생 못 버리고 죽겠구나. 네 돈 필요 없다. 그렇지 않아도 홀 뛰던 애가 그만 두어 미숙이와 둘이서 힘 들었는데, 나영이와 산구 올 때까지 이 사람에게 내 가게 일 줄란다.”

이보연이 춘장에게 허리를 숙여 배꼽인사를 하고 말했다.

“고맙습니다. 이보연입니다. 보연이라고 편히 불러 주세요. 저는 어머님 보다 아무래도 젊게 들리는 ‘이모님’이라고 부르고 싶은데, 괜찮으시죠?”

“그래, 전에 홀 일 하던 막내 손자 같은 애도 할머니라고 부르려는 걸 내가 이모로 고쳤다. 그러니 너도 그렇게 불러라, 보연아.”

손 탐정도 예를 갖춰 인사했다.

“손현우입니다. 그냥 ‘손씨’라고 불러주시면 됩니다.”

춘보가 여전히 심드렁한 얼굴로 대꾸했다.

“나는 이춘보야. 농장장이라고 불러.”

손 탐정이 정도일을 앞으로 내세우며 소개했다.

“이 친구는 보연씨 남편인데, 함께 조경회사를 다니다 직장을 잃었습니다. 저 같은 조경사가 아니라 사무장 출신이라 막일은 서툴지만, 제가 예초기로 베어 낸 풀을 갈퀴질로 모아 내다 버리는 일만 해도 잡부 한 몫은 할 겁니다."

춘보의 입꼬리가 살짝 올라갔다.

"열 명이 와도 마다 하지 못할 처지인데, 인부가 한 사람 더 생겨서 좋지."

도일도 인사를 하며 통성명을 했다.

"저는 정도일입니다. 정씨라고 편히 불러주시면 됩니다."

"정씨도 내일 일하는 거 봐서 일당 줄게."

"그럼 내일 아침 뵙겠습니다."

손 탐정이 의자를 테이블 앞으로 돌려 앉자 정도일과 이보연도 제자리로 돌아왔다.

보연이 도일에게 조용히 물었다.

"농장장이 말한 그 니혼토, 짓센 켄도, 와키자시가 뭐야?"

도일이 바로 가르쳐 주었다.

"니혼토는 일본도, 긴 칼. 짓센 켄도는 일본 검도인데, 목검으로 하는 체조 같은 검도가 아니라, 진짜 사람 죽이는 진검으로 하는 실전 검도로 한국에서는 도장에서는 물론 개인 교습까지 금지된, 진짜 사무라이들이 하던 검술이야. 와키자시는 30센티 정도 크기의 단도인데, 사무라이들이 니혼토와 함께 꼭 가지고 다니다가 실내 칼부림이나, 할복 자살 하는데 썼어."

그때, 춘보가 자리에서 일어나 계산대로 향했다. 손 탐정은 입을 다문 채, 조용히 그의 뒷모습을 지켜봤다. 춘보는 술과 식사 값을 현금으로 계산하곤 문을 나섰다.

그가 자리를 완전히 벗어나자 손 탐정이 낮은 목소리로 말했다.

"춘보의 걸음걸이와 몸놀림을 보니, 유도와 검도 유단자야. 겉보기보다 훨씬 조심해야 할 인물이야."

도일이 손 탐정에게 걱정스레 말했다.

"나... 내일 생전 처음 육체노동을 하는데, 어떻게 해야 할지 겁이나…”

“걱정하지 마. 내가 다 할 터이니 도일이 너는 내가 시키는 대로 갈퀴로 풀을 긁어모으는 시늉만 해.”

“쥔장과 농장장 말 들어 보니까, 할아버지 때부터 3대째 동네 사람들을 고용해 다크 가든을 관리하고 있는 것 같아. 손 탐정, 내가 정원에 대해 아는 거라곤, 헤르만 헤세가 만년에 거의 정원에 살면서 문학과 철학에 대한 사유를 했다는 것을 읽은 것이 전부야. 정원 관리가 그렇게 대단한 거야?”

“우리 그린 가든 정도면 그렇게 어려울 게 없지. 근데 다크 가든 크기면 이야기가 달라.”

“왜?”

“도일이 너 백상, 흰 코끼리 알지?”

“흰 코끼리? 흰 뱀이든 흰 호랑이든 모두 알비노, 멜라닌 결핍증으로 태어나는 희귀종 아냐?

“인도인들이 신처럼 숭배하는 백상은 반드시 알비노

라고 할 수는 없지만, 아주 매우 희귀해서 백상이 태어나면 국가적 경사로 여기고 왕에게 헌정했어."

보연이 끼어들었다.

"근데, 정원 이야기 하다가 갑자기 흰 코끼리가 나와?"

"응. 다크 가든은 백상과 같다는 이야기를 하려고."

"설마 사쿠라 농장을 일본인들이 백상처럼 숭배한다는 말이야?"

"아니! 진짜 요점은 이거야. 옛날 인도에서는 왕권을 넘볼 정도로 세력이 커지는 귀족이 있으면 왕이 백상을 하사했어."

"뭐? 왕과 같은 권위를 주어 왕권을 넘겨주려고?"

"아니. 백상은 왕이 아니면 감당하지 못할 신이거든. 백상이라는 신을 관리하려면 신전 같은 우리를 짓고, 매일 씻기고 산책시키고, 재우고 먹여야 하고 똥을 치워야 하는데 수 십 명이 매달려야 해.
코끼리는 하루에 200킬로그램을 먹는 엄청난 대식가야.

잠자는 시간외에는 하루 종일 먹기만 하는데 백상에게는 최상의 풀과 나뭇잎, 나무줄기를 먹여야 하니까 그 비용이 어마어마하게 들 뿐 아니라, 혹시라도 병 들거나 다치거나. 죽으면, 왕에게 처벌당할 빌미를 주고, 국민들은 신을 잘 돌보지 못한 귀족에게 등을 돌려.
결국 백상을 하사받는 귀족은 백상을 돌보는 일 외에는 할 수가 없어 반역을 꾀할 수 있는 여력이 사라지는 거야."

"그러니까," 이보연이 눈썹을 찌푸리며 물었다, "왜 다크 가든이 백상이냐고?"

"왜냐면, 다크 가든 정도의 정원을 관리하려면 재벌도 벅찰 정도야. 마치 커다란 요트를 사면 엄청난 유지비 때문에 선주가 요트를 타는 것이 아니라 요트가 선주를 타서 망하는 것처럼 말이야.
다크 가든을 제대로 관리하려면, 봄과 가을에는 전문 조경사 서너 명은 불러 정원 전체 나무의 가지치기를 해 수형을 잡야 줘야 하고, 메고 난 자리 돌아 보면 다시 풀이 무성하게 자라는 여름 철에는 풀 메는 인부 열 명이 매일 풀을 매도 감당이 안 돼.

거기다 이틀 걸러 살충제, 살균제 뿌리고 퇴비 묻고...병든 나무 뽑고 새 나무도 심어야해. 그래서 농장장 일족이 삼대를 이어 일당을 주고, 동네 사람들을 먹여 살리고 있는데... 도대체 누가 이런 미친 짓을 삼대에 걸쳐 하고 있는지 모르겠어."

"그 돈을 산구가 다 대는 거 아냐?"

"오늘 들은 바로는, 산구도 매우 가난한 어린 시절을 보낸 거 같은데... 그래서 다크 가든에 꼭 들어가서 직접 봐야 해."

도일이 말없이 고개를 끄덕이다가, 불안한 얼굴로 말했다.

"내일... 생전 처음 육체노동을 하게 생겼는데, 무슨 일을 하게 될지 감도 안 잡혀. 드론 영상 다시 한 번 보면 안 될까?"

"그거 좋은 생각이다. 지금 같이 보자."

손 탐정이 스마트 폰을 켜서 테이블 가운데 놓고 세 사람이 머리를 맞대고 보았다.

"우선 울타리부터 봐봐. 이런! 피라칸사스로 울타리를 만들었어."

"피라칸사스? 그게 뭐야?" 보연이 물었다.

"잎이 넓은 활엽수인데, 여름에는 시원하게 보이고, 겨울철에는 붉은 열매가 '화염 관목'으로 불릴 만큼 아름답게 달려 조경목으로도 많이 쓰는데, 줄기는 물론 잎사귀가 온통 가시투성이야. 더구나, 가시가 아주 가늘어서 찔리면 살속에서 가시 끝이 부러져 몹시 고통스러워 가죽옷을 입고 장갑을 몇 겹 끼어도 다루기 힘들어 정원사들이 기피하는 나무야.
키가 4미터 이상으로 자라서 울타리로 만들면 끼어 들어 갈 수도, 넘어 갈 수도 없는 가시 방벽이야. 확대해 보니까 가지치기를 하지 않아, 가지가 길가까지 솟아 나와 행인들까지 다치겠어. 그렇다면, 안쪽은 더 심각하겠지."

"손 탐정이 두려워 할 정도로 무서운 나무도 있나봐."

"정말 가까이 가기 싫은 나무 중 하나지. 이제 다크 가든 안쪽으로 들어가 보자."

다크 가든은 위성 사진으로 본 것과는 전혀 달랐다.

가까이서 본 모습은 엉망진창이었다. 잔디밭에는 잡초가 비쭉비쭉 솟아 잔디가 보이지 않을 지경이었고, 나무들도 정지가 되지 않아 잡목처럼 우거져 있었다. 겨우 잔디밭과 문간채 앞 쪽의 일본식 정원의 잡초를 정리해 나가고 있는데, 며칠 일을 했는지는 모르겠지만 진도가 형편이 없었다.

손 탐정이 말했다.

"영상만 봐도 무슨 식물인지 다 알겠어. 하지만, 이거 생각보다 일이 많겠는걸."

지레 겁먹은 도일이 푸념처럼 말했다.

"그럼 우리 둘이서 어떻게 감당하냐..."

손 탐정은 화면을 잠깐 멈춰가며 도일에게 설명했다.

"나쁘게 풀어 가면 힘들겠지만, 좋게 풀어 가면 기회일 수도 있어. 도일아 여기 봐봐. 내가 내일 문간채 앞에서 바닷가 쪽으로 난 회양목 경계선을 따라 우선 풀을 베고 나갈게.
넌 내가 베어낸 풀을 갈퀴로 끌어모아서, 여기 보이는 외발 리어카에 실어 저쪽 구석에 있는 퇴비장으로 끌고 가 버리는 일을 해.
외발 리어카는 보기보다 다루기가 힘들어. 자칫하면 뒤집어 지거든. 그러니까 리어카 가운데로 풀을 모아 균형을 잡고 자신이 생길 때 까지는 풀을 조금 실어. 자주 오가면 이내 요령이 생길거야. 위성 사진에서는 감별하지 못해 대충 뭉쳐 보이던 텃밭에도 예상보다 여러 가지 식물이 심어져 있어. 어, 이걸 봐라."

손 탐정이 정지 화면 속 식물 무더기를 확대하자. 잎사귀가 잎자루까지 길게 갈라져 열 손가락을 활짝 벌려 놓은 듯한 잎을 가진 식물이 있었다.

"이걸 봐라. 삼베를 짜는 섬유를 벗겨 내는 삼나무잖아."

보연이 물었다.

"삼나무? 춘보가 삼베를 짜려고 심었을까?"

"순진하기는. 이게 바로 대마초야. 춘보 영감이 할머니들 폰을 압수한 이유가 이거 하나 때문만은 아닐 거야. 아마 내일 우리 것도 다 압수 할거야. 다른 식물도 살펴보자. 로즈마리, 라벤더도 경계식물로 길게 심어져 있어. 남부지방이니까 노지 월동이 가능해서 심었겠지만, 일본식 정원 보다는 미국식 정원에 어울리는 허브야. 일반적으로 조경보다는 정원 주인의 선호에 따라 심는데 김나영이든 박산구든 허브를 좋아하나 봐. 이거 봐라! 페퍼민트, 박하, 배초향. 카모마일. 오레가노까지 허브 백화점을 차려 놨구나. 와우. 그린 가든에 있는 금화규도 심어져 있어."

손 탐정이 금화규 뿌리 쪽을 확대하며 말했다.

"어, 이거 봐. 금화규 밑에 시든 꽃이 하나도 없어. 금화규는 무궁화처럼 오후에는 꽃을 떨어트리기 때문에 주변에 시든 꽃이 흩어져 있거든. 근데 지금 하나도 없다는 건... 꽃이 지기 전에 땄다는 얘기야. 아마도 금화규 꽃을 모아 냉동해 두었다가 김나영 일행에게 내놓으며 지식과 노고를 과시하려는 거겠지.
춘보 이 영감. 보기보다 식물학 지식이 장난 아니야. 우습게 보면 큰일 나겠어. 이 사건에서 지나가는 행인이 아닌 부주인공 급은 될 거 같다. 춘보 농장장이 매춘을 할 돈을 훔치느라 인건비를 줄여서 정원 관리가 이 모양인 모양인데, 할 일은 많고, 시간은 부족하고, 돈도 다 써서 막다른 골목에 몰렸는데 어떻게 해쳐갈지 난감해 똥줄이 타들어가겠어."

세 사람은 시간 가는 줄 모르고 영상을 분석하고 있었다. 그때, 정희가 소주 한 병과 맥주 한 병을 들고 와 합석하며 말했다.

"나도 한 잔 하고 가게 문 닫을 거니까 잔들 비워. 우리 가게는 새벽하고 점심 장사야. 새벽 일 나가는 노동자들하고 첫 버스 운전하는 기사들이 우리 가게 없으면 굶어. 그리고 보기에는 다 망한 동네 같지만 부서진 공장 틈틈이 일하는 사람들이 있어. 그 사람들도 점심을 먹어야 하니까. 돈 벌기는커녕 까먹고 있어도, 가게는 열어둬야지. 새벽 장사로 겨우 쌀하고 반찬 사며, 버티니까 저녁에 일찍 문을 닫는다. 보연이라고 했지? 싹싹해서 맘에 든다. 술 잔 받아 내가 한 잔 줄게."

잔을 받은 보연이 말했다.

"아니에요. 이모님께 제가 먼저 잔을 올려야죠. 소주랑 맥주 같이 들고 오신 걸 보니... 소맥을 드시나 봐요."

"어쩌다 보니 요즘은 맥주만 마셔선 잠이 안 와. 소맥 말수 있으면 말아봐."

보연은 자리에서 일어나 주방을 향해 외쳤다.

"미숙씨! 이리 와서 함께 한 잔해요."

기다렸다는 듯 미숙이 잔을 들고 합석했다.

보연은 맥주잔 다섯 개를 틈이 없도록 나란히 잇대어 놓고, 소주병을 병째 기울여 '주르륵' 잔 위를 따라 한 줄로 붓기 시작했다. 단숨에 소주병에 한 방울도 남지 않고 맥주잔에 고루 나뉘어 담겼다. 그리고는 맥주병을 따고, 입구를 엄지손가락으로 막아 흔들다가 손가락을 떼었다 막았다 하면서, 맥주가 소주 위에 거품처럼 쏘아졌다. 눈 깜짝할 사이, 다섯 잔의 소맥이 완성됐다.

보연의 묘기에 모두들 조금 전의 무채 썰 때보다 더 놀란 표정을 지었다.

“와… 이게 웬일 이래요! 티비에서 보고 꼭 배워 보고 싶었는데! 저보다 일곱 살 더 드셨으니 언니라고 부를게요. 보연 언니, 진짜 멋져요!”

미숙이 감탄사를 연발하며 보연에게 착 달라붙었다.

소맥 잔을 비우고, 손 탐정 일행은 천석군에서 나섰다.

캠퍼카로 돌아가는 길, 손 탐정이 말했다.

“정희 권장도, 미숙 찬모도, 춘보 농장장도… 보통은 넘는 사람들이야. 머리 좋은 사람일수록 의심도 많지. 그러니까 너희 둘도 들키지 않도록 부부연기 잘해. 춘보 농장장 눈치를 보니까 나랑 도일이는 안채 안으로 못 들어갈 가능성이 커. 그러면, 안채로 들어갈 수 있는 사람은 보연이 너뿐이야. 분명히 폰이나 카메라는 가지고 들어가지 못하게 할 테니까. 최대한 오감에 육감을 더해 많은 것을 흡수해 와. 어쩌면, 손님들 접대로 김나영과 박산구가 머무는 동안에도 안채에 들어갈 수도 있으니까 마음 단단히 먹고 침착하고, 자연스럽게 정보를 수집해. 매일 밤, 그날 본 걸 분석해서 다음 날 중점적으로 볼 걸 정해줄게."

손 탐정과 정도일은 소파를 펴 만든 바닥 침대에서, 보연은 루프탑을 올려 만든 이층 침실에서 잠을 자고 새벽 일찍 일났다.

손 탐정이 캠퍼카 수납함을 뒤져 군용 워커처럼 목이 길게 올라오고 발가락이 들어가는 앞코에 철판이 들어 있는 안전화를 꺼내 도일에게 건넸다.

"예초기는 농기계 사고의 주범이야. 절대 가까이 오지 마. 트레이닝복은 작업복으로 갈아입고, 이거 신어. 안경이 예초기 날에서 튀어 오르는 돌조각이나 흙이 눈에 들어가는 것을 막아주겠지만, 혹시 모르니까, 끈으로 안경테 뒤를 묶어 흘러내리지 않도록 해. 오늘 땀 좀 흘릴 거니까, 수건도 한 장씩 목에 걸고 가자."

"정작 예초기는 네가 돌리는데, 나한테 안전화를 주면 어떡해,"

"난 장화랑 선글라스를 챙길 거야. 걱정 하지 마."

세 사람은 여유롭게 30분 일찍 천석군에 도착했지만, 이미 가게는 열려 있었다. 시내버스 기사 복장을 한 남자들과, 밤새 일하고 퇴근하는 듯 지쳐 보이는 아주머니들로 가게 안은 붐볐다.

새벽임에도 불구하고 빈틈없이 몸단장을 한 정희가 앞치마를 두르고 커다란 가마솥에서 펄펄 끓고 있는 국밥을 뜨고 있었다. 보연이 재빨리 다가가 국자를 빼앗았다.

"아침은 해장국 한 가지야. 넉넉히 떠 줘. 모두 단골 들이라 밥은 따로 주지 않아도 알아서 먹을 만큼 퍼가니까, 넌 뜨거운 뚝배기에 데이지 않도록 조심만 해."

"미숙이는요?"

"미숙이는 오늘 쓸 식자재 새벽 장보러 갔다. 모두 단골들이라 계산대는 굳이 안 지켜도 돼. 스스로 카드 긁거나, 현금 내고 거스름 집어 가니까, 지금까지 나 혼자서 했다."

"그래도 연세가 있으신데, 얼른 계산대 소파에 앉아

쉬셔요. 제가 다 할 게요."

보연이 손 탐정과 도일에게는 솥을 휘저어 고깃점을 국자 가득 담아 뚝배기 가득 담아 주었다.

여섯 시가 되기 전에 춘보와 할머니 두 사람도 가게에 들어와 국밥을 먹었다.

춘보를 따라 식당 밖으로 나오니, 여름 이른 해가 떠 대낮처럼 환했다.

트랙터가 받아도 끄덕이 없을 만큼 육중한 철 대문 곁의 한 사람이나 드나들 정도로 작은 쪽문으로 춘보가 일행을 데리고 갔다.

뒤 사람이 넘겨 볼 수 없도록 쪽문으로 바싹 다가서, 도어록을 몸으로 가리고 비밀번호을 찍어 열고, 일행을 먼저 들어가도록 한 후 들어와 문을 닫았는데, 쪽문 안쪽에도 도어록이 따로 붙어 있었다. 통상 안에서 밖으로 나갈때는 버튼을 열리기 되어 있지만, 다크 가든의 쪽문은 안에서도 비밀번호를 눌러야만 나갈 수 있게 되어 있었다. 즉, 밖에서는 물론 안에서도 비번을 모르면 밖으로 나갈 수 없었다.

다크 가든으로 막 들어선 순간, 춘보가 할머니들에게 손을 내밀었다. 익숙한 듯 할머니들은 아무 말 없이 휴대폰을 꺼내 그에게 건넸다. 할머니들의 폰을 받은 춘보가 손 탐정과 도일에게도 말없이 손을 내밀었다. 손 탐정은 들고 온 장화를 내려놓고, 주머니에서 선글라스와 폰을 꺼내 선글라스는 이마에 걸쳐 쓰고 폰은 도일과 함께 춘보에게 건네주었다. 춘보는 폰을 건네받고, 작은 나뭇가지를 주워 손 탐정과 도일의 트레이닝복의 위아래 주머니들을 툭툭 때려 뭐가 들어있는지 검색했다. 아주 기분 나쁜 짓이었다. 누군가가 손 탐정에게 그런 짓을 했다면 즉각 돌려차기나 내려찍기로 현장에서 응징을 했을 것이다. 하지만, 손 탐정은 가소로운 미소로 참아 넘겼다.

할머니들은 가지고 온 에코 백에서 손에 익은 호미를 꺼내 어제 풀을 메던 곳으로 갔고, 춘보는 문간채 한쪽에 미리 내놓은 예초기와 외발 손수레, 갈퀴가 있는 곳으로 손 탐정과 도일을 데리고 갔다.

손 탐정은 예초기를 살펴보고, 단박 춘보의 간계를 눈치 챘다.

휘발유에 엔진 오일을 섞어 연료로 사용하는 2행정 엔진 예초기인데, 전혀 정비가 되지 않은 낡고 더러운 물건이었다. 길가에 내 던져도 주워가지 않을 고물이었다. 그대로는 풀을 베기는커녕 시동도 걸리지 않을 터였다. 공구함을 곁에 가져다 놓은 것을 보면 일을 시키기 전에 손 탐정의 간을 보려는 수작이 분명했다.

손 탐정은 조용히 렌치, 드라이버, 망치를 꺼냈다. 소총을 분해 결합하듯 예초기 본체를 분해해, 덕지덕지 낀 먼지를 벗겨 내고, 곳곳에 윤활유를 발라 재조립한 다음 회전 날을 분해해 얼키고 설킨 로프와 끼인 돌을 제거하고. 날을 핸드 그라인더로 칼날처럼 날카롭게 갈아 조립했다. 그리고 연료통에 휘발유를 마개에 조금 못 미치게 넣고 엔진 오일을 섞으려고 계량컵을 찾았다. 본디 2행정 예초기에는 엔진 오일을 계량하는 작은 컵이 딸려 있기 마련인데 춘보가 떼어 낸 것이 분명했다.

손 탐정은 눈대중으로 엔진 오일을 부어 넣고 마개를

닫았다. 휘발유와 엔진 오일의 배합 비율은 허용 범위가 커서 정밀하지 않아도 엔진 가동에는 문제가 없다는 것을 잘 알고 있었기 때문이었다.

그는 전원 스위치를 올리고, 연료 공급 밸브를 서너 번 눌러 카브레터에 연료를 보냈다. 초크 레버를 닫고, 예초기를 고정시킨 후 리코일 줄을 가볍게 몇 번 당겼다. 그리고 마지막에 힘을 주어 단숨에 잡아당기자, 예초기가 포효하듯 시동이 걸렸다. 시동이 걸리자 초크 레버를 열고 공회전을 시켰다.

시동이 걸리지 않으면 트집을 잡아 손 탐정의 기를 죽이거나 일당을 깎으려던 흉계가 좌절 된 춘보가 찡그린 얼굴로 어제 자신이 베어 나가던 곳을 가리켰다.

손 탐정이 알았다는 듯 고개를 끄덕이자, 춘보는 두 손으로 자루를 잡고 써야 하는 커다란 정지 가위로 거칠게 자라 경계를 짓지 못하고 오히려 경계를 허물고 있는 회양목의 윗부분을 자르기 시작했다.

웃자랐다고는 해도 키가 작은 나무라서 허리를 굽혀서 잘라야 했고, 가지런하지 않으면 하나마나한 짓이기에 춘보는 한 걸음 톡톡 자른 후 고개를 돌려 자른 면이 일정한지 보고 또 한 걸음 잘라가기를 반복했다. 회양목 경계선은 정원을 가로 질러 바닷가 쪽 피라칸사스 방벽까지 이어져 있었다. 춘보가 하루 종일 수 만 번 가위질을 해도 다 못할 작업이었다.

손 탐정은 예초기를 등에 메기 전에 신발을 벗고 장화 속 발가락 쪽에 밀어 넣어 둔, 폴더 폰처럼 반으로 접어져 손바닥에 쏙 들어가는 작은 스마트 폰을 꺼내고, 장화를 신었다. 테에 붙여 둔 초소형 디카 까지 켜고 선글라스를 낀 손탐정이 예초기를 짊어지고, 정도일이 수레 위에 갈퀴를 얹어 뒤를 따랐다.

손 탐정은 춘보가 가리켰던 곳으로 가지 않고, 몇 미터 나아가지도 못하고, 허리를 펴 두드리는 춘보에게 다가가 예초기 날을 춘보 앞으로 들이밀고 손잡이에 달려 있는 스로틀 레버를 당겼다. 예초기 날이 굉음을 내며 고속 회전을 하자 깜짝 놀란 춘보가 뒤로 펄쩍 튀어 물러나며 손 탐정에 욕설을 퍼부었지만, 예초기 소음에 들지 않았다.

손 탐정은 춘보가 물러나자 뚜벅 뚜벅 걸어가며 예초기로 회양목의 윗부분을 베어 나갔다. 예초기가 지나간 자리는 마치 종이에 자를 대고 커터 칼로 자른 듯 매끄럽고 반듯했다. 예초기 날이 칼날처럼 날카로워야 하고, 들고 있는 어깨의 근력이 아주 강해야 하고, 눈대중이 정확해야 시전 할 수 있는 모두가 한데 어우러진 고수의 손놀림이었다.

춘보가 입을 떡 벌리고 지켜보는 가운데 불과 몇 분 만에 회양목의 윗부분을 면도질 한 손 탐정은 예초기 날을 수직으로 들고 옆면을 돌아 자르기 시작하자, 회양목의 옆선도 '칼로 깎은 듯' 깔끔하게 정리됐다. 잡초 더미로 보이던 회양목이 두부를 잘라 놓은 듯 각이 잡혀 누가 보아도 감탄 할 정도로 경계가 살아났다.

불과 몇분 만에 춘보가 하루가 걸려도 다 못할 일을 더 정교하게 해치운 손탐정이 돌아와 예초기를 껐다.

춘보가 얼굴에 화색을 띠며 잔디밭을 손가락으로 가리켰다.

"저기 잔디밭부터 먼저 깎아줘."

손 탐정이 물었다.

"손님들은 언제쯤 오나요?"

춘보가 순간에 경계의 눈빛으로 되물었다. "그걸 왜 물어?"

"지금 같은 한여름에 풀을 캐지 않고 그냥 자른다면, 가지를 쳐 사흘이면 한 뼘은 자라 잔디가 보이지 않을 만큼 완전히 풀밭이 될 건데 그래도 좋아요?"

"그, 그럼 어떻게 해야 하지?"

순간적으로 춘보가 손 탐정에게 물었다.

"스프링쿨러로 잔디밭에 물을 아주 충분히, 발이 질퍽거릴 정도로 주고 깊이 스며 들도록 한 나 절 두었다가 손으로 잡아당기면 풀만 쑥쑥 뽑히죠. 그렇게 풀을 뿌리까지 뽑고 잔디밭을 말려 예초기로 치면 잔디만 자라서 풀이 나지 못할 겁니다."

"정말?"

"이제 보니 농장장님... 무자격 정원사시네. 잔디밭 망치려면 맘대로 하세요. 지금 바로 잔디밭 깎을 까요?"

하며 손 탐정이 예초기에 시동을 걸려 하자, 춘보가 황급히 손 탐정의 손을 잡았다.

"기, 기다려. 잔디밭… 너 책임 질 수 있어?"

"오늘 일당 주는 거 봐서요."

"알았어. 농장은 손 씨에게 맡길게. 나는 따로 할 일이 태산이야."

춘보는 뒤도 돌아보지 않고, 바닷가 쪽으로 정원을 가로 질러가 태양광 패널 있는 쪽의 피라칸사스 방벽에 난 쪽문을 열고 사라졌다.

도일이 감탄을 숨기지 못하고 말했다.

"손 탐정 대…"

그 순간, 손 탐정이 도일의 입을 거칠게 막고 주변을 살폈다. 다행히 할머니들은 저만치 있었다. 자신의 실수를 자각한 도일이 낮은 목소리로 사과했다.

"미안해. 소... 손씨. 그나저나 대단하다. 손 씨. 명령질 하는 농장장을 예초기로 되치기 해 거꾸로 손 씨 맘대로 농장장을 부리다니."

드물게 자기를 과시하지 않는 손 탐정이지만, 도일의 칭찬에는 장단을 맞추어 주었다.

"저런 조무래기쯤은 장기 판에서 차로 졸치기지. 하지만, 내가 농장장을 참교육 시킨 이유는 따로 있어. 그나저나 도일이 너는 서 있기만 해도 그렇게 땀을 줄줄 흘리냐? 벌써 트레이닝 복이 비 맞은 것처럼 젖었다. 농장장 없으니까 그늘에 앉아서 좀 땀 좀 식히자."

"그래도 괜찮겠어?"

"그러려고 농장장을 쫓아 버린 거야."

"알았어. 조금만 쉬고 내가 풀을 모아 버릴게. 나도 기필코 한 사람 몫을 할거야."

손 탐정은 예초기로 풀을 베면서도, 자른 풀을 장화로 밀어 모아뒀다. 도일이 작업하기 쉽게 무더기를 만들어 준 것이다.

또, 할머니들보다 앞서 큰 풀을 자르면서도 최대한 나무 가까이 풀을 베어 할머니들의 일도 덜어 주었다.

정오가 되자 농장장이 다시 정원에 나타났다. 다섯 사람은 천석군으로 가서 점심을 먹고 돌아와, 문간채 앞의 비치파라솔 아래 그늘에서 한 시간 쯤 쉬었다가 오후 일을 시작 했다.

손 탐정을 농장장이 다시 태양 전지판 구역으로 간 틈을 타 예초기로 페퍼민트를 뭉텅 베었다. 점심 먹고 돌아 올 때, 천석군에서 몰래 주머니에 담고 온 비닐봉지에 잘 담아 문간채 앞 구석, 눈에 잘 띄지 않는 그늘 아래 슬쩍 숨겨두었다.

오후에는 손 탐정의 조언대로, 춘보가 물을 뿌려 놓은 잔디밭의 풀을 뽑았다. 손 탐정의 말처럼 키가 커 뿌리를 무성히 달고 있는 풀도 큰힘을 들이지 않아도 쑥쑥 뽑혔다. 뽑은 풀은 도일이 밀고 온 손수레에 바로 담아서 도일은 그저 손수레를 끌고가 풀을 버리기만 했지만, 매번 손수레의 중심을 잡지 못해 넘어트리거나 함께 넘어지곤 했다.

오후 여섯 시.

춘보가 문간채 쪽으로 돌아오기 전에, 손 탐정은 일손을 멈추고 장화를 벗고 운동화로 갈아 신었다. 장화 속엔 페퍼민트 봉지와 소형 폰을 감춰 두었다.

온 몸이 땀과 먼지로 범벅이 되어, 일을 마치고 다크가든 밖으로 나온 손 탐정은, "우린 씻고 옷을 갈아입고 갈 테니까, 천석군에 가서 할머니들과 먼저 식사하세요."하고 춘보와 할머니들을 앞서 보냈다.

도일은 흐느적거리며 캠퍼카로 돌아가면서 넋두리를 늘어놨다.

"내 평생 오늘처럼 하루가 길게 느껴진 적은 없었어. 한 일도 없는데 이렇게 죽을 지경인데, 손 탐정 너는 철인인 가봐."

"일은 힘보다는 요령과 순서로 하는 거야. 모처럼 옷에 땀 소금이 피도록 일을 해서 나도 힘들고 피곤하다. 어서 씻고 가서 밥 먹고 술 한 잔 하고 일찍 쉬자. 내일부터는 오늘 두 배로 힘들 거야."

캠퍼카의 세면실에서 샤워를 하고 옷을 갈아입은 손 탐정과 도일은 페퍼민트 봉지를 들고 천석군으로 향했다.

천석군에는 식사를 마친 할머니들은 돌아가고, 춘보 혼자 소주를 마시고 있다가 손 탐정과 도일이 오자, 주머니에서 지폐를 꺼내 주었다.

손 탐정은 30만 원, 도일은 15만 원 이었다.

옆에서 보고 있던 정희가, "와우! 손 씨와 정 씨가 제대로 일을 했나봐."

하자, 춘보가 선심을 쓴 듯 말했다.

"사람이 없어서 더 주는 겁니다. 손 씨, 정 씨. 오늘은 첫날이니까 봐 주는데, 내일부터는 더 열심히 해야 그 일당 계속 받을 수 있어."

그 말을 들은 도일이 쓰러지듯 의자에 앉았고, 손 탐정은 피식 가소로운 웃음을 지으며 춘보에게 말했다.

"오늘보다 더 일을 하라고요? 제가 50만 원 값어치 일을 했는데 겨우 30십만 원 주면 더 열심히 하라고요? 농장장님 참 나쁜 사람이네요. 이런 식으로 사람 부리면, 오늘로 사쿠라 농장 일 접겠습니다."

춘보는 깜짝 놀라 손사래를 쳤다.

"아, 아냐! 시간이 급해서 그랬지. 그냥 오늘처럼만 일해 줘."

손 탐정은 단도직입적으로 말했다.

"그럼, 언제까지 끝내야 하나요?"

"5일, 5일 밖에 시간이 없어."

"5일요? 저 같은 선수 둘에, 잡부 둘, 할머니 열 명까지 동원해도 빠듯하겠네요."

정희가 쌤통이라는 듯 춘보를 놀렸다.

"손 씨 같은 선수와 정 씨 같은 잡부는커녕, 할매 한 명도 더 대기 어려운데, 춘보 너 일 났다. 춘보 사쿠라 농장에서 쫓겨 나면 불쌍해서 어쩔끄나."

사색이 된 춘보의 낙망한 얼굴을 보던 손 탐정이 제안했다.

"5일 안에 일을 끝내려면, 차라리 저한테 도급 주세요."

"도급? 얼마에?"

"5백 주면, 제가 밤을 새든, 인부를 더 사든, 무슨 짓을 해서라도 사쿠라 농장을 입장료를 받은 관광지 농장으로 바꾸어 주죠."

"오, 오백?"

"선금 300, 잔금은 일이 끝난 다음에 줘요."

"자신 있어? 다 못 끝내면 잔금 없어!"

"당연하죠. 그 대신에 농장장님도 내가 시키는 대로 해야 합니다. 내일부터 나와 정 씨는 새벽에 손이 보일 정도만 날이 밝아도 일을 시작하고, 저녁에도 손이 안 보일 때까지 일을 할 거니까. 농장장님도 거기에 맞추어 문을 열어 주시고, 대신, 낮 한 시부터 세 시까지는 더워서 작업이 비효율적이고, 자칫 일사병으로 쓰러지기라도 하면 만사 도루묵이 되니까. 그 시간 동안은 제 차 안에서 에어컨 틀어 놓고 쉬다 갈 겁니다. 이틀 그렇게 일을 줄여봐서 안되겠다 싶으면, 서울이든 부산이든 일당 30~50 줘서라도 사람 데려와 마치겠습니다."

"알았어. 계약하자. 여기 정희 이모가 증인이다."

"그럼, 계약금을 주시면 계약서를 써드리겠습니다."

"좋아. 지금 써. 이모가 증인 사인 하면, 바로 계좌로 300 바로 쏴줄게."

정희가 독후감 쓰는 노트를 가져와 세 장 찢어, 내 도급 계약서를 썼다.

도급인: 이춘보, 수급인: 손현우, 증인: 김정희. 각자 이름을 자필하고 서명해 한 장 씩 나누고, 300만 원이 입금되자 손 탐정이 영수증을 써주었다.

흔쾌히 증인을 선 정희가 말했다.

"손 씨와 정 씨가 정말로 일을 잘하나 보다. 춘보, 이놈이 이렇게 남이 하자는 대로 할 놈이 절대 아니거든.”

손 탐정이 춘보에게 말했다.

“내일 새벽, 눈만 뜨면 갈테니까 문 열어 주세요.”

“몇 시에 올 건데?”

“손이 보이면 갈테이까 시간 대중 없어요.”

“문간채에서 자니까 길 쪽으로 난 창문 두드려.”

“피라칸사스가 가로막아서 못 갈 수도 있어요. 그럼 돌멩이 던질 텐데 유리창 깨질지도 몰라요.”

“방충망 있으니까 깨지진 않을 거야.”

마치 지고 있던 폭탄을 손 탐정에게 넘겨준 춘보는 살겠다 싶었는지 제법 미소까지 지으며 돼지고기 볶음과 소주를 더 시켜 술자리를 잡았다.

그 모습을 주방 앞에서 객장 안을 지켜보고 있던 이보연이 손 탐정에게 다가왔다. 손 탐정이 슬그머니 넘겨준 페퍼민트를 받아 든 보연이 말했다.

"시장하더라도 좀 참아."

잠시 후, 주방에서 술잔과 조리 도구를 쟁반에 챙겨 나와 계산대 앞 테이블에 내려놓은 보연이 목소리를 높였다.

"제가 천석군 신고주 한잔 쏘겠습니다. 이모님, 농장장님, 미숙이, 손 부장님, 서방님, 모두 앞자리로 모여 주세요."

정희와 미숙은 미리 귀띔을 들은 듯 자리에 앉았다. 농장장도 '공술'이라는 말을 듣고 재빨리 앞 자리로 옮겨 앉았다.

다섯 사람을 앞에 앉혀 놓은 보연은 테이블에 보드카와 위스키를 올려놓았다.

"오늘 오후 쉬는 시간에 시내에 나가, 세계 주류 백화점에서 술하고 칵테일을 만드는 바 툴을 몇 가지 사왔어요. 제가 여러분께 칵테일을 한 잔씩, 빚어 드릴게요."

이미 이보연의 퍼포먼스를 본지라, 모두들 입을 다물고 보연을 지켜보았다.

보연은 병과 셰이커, 바 툴을 공중으로 던지고 돌리는 화려한 플레어 바텐딩으로 다섯 사람의 혼을 쏙 빼놓았다.

이내 보연은 칵테일 여섯 잔을 조주하고, 한 잔씩 돌리며 말했다.

"정희 이모와 제 남편은 모히토! 헤밍웨이가 쿠바 '보데기타 델 메디오'에서 마시던 방식 그대로, 럼과 라임에 페퍼민트를 열 장! 헤밍웨이가 마시던 그 맛 그대로라고 자신합니다. 터프 걸 미숙이와 손현우씨는 제임스 본드가 마시는 보드카 마티니! 젓지 말고 흔들어! 춘보 농장장님과 저는 일본 국민 칵테일, 하이볼!"

신나게 말을 풀어 놓는 보연과는 달리 칵테일을 받아 놓은 다섯 사람은 제사상의 제주를 보듯 칵테일 잔을 보며 잠시 동안 넋을 놓았다.

정희가 젖은 목소리로 침묵을 깼다.

"내 생전에... 쿠바에 가서 헤밍웨이 모히토를 마시는 것이 버킷리스트 1번인데! 세상에나..."

미숙의 목소리도 떨렸다.

“젓지 말고 흔들어… 그 말 들으려고 007 동영상 수십 번 돌려봤는데…”

춘보는 말없이 눈을 반쯤 감고 하이볼을 입 속에 넣고 굴리다 삼키고 나서 입을 떼었다.

“몇 년 전 도쿄에서 마셨던 하이볼을 직접 만들어 보려고 했지만, 절대 일본 그 맛이 안 났어… 이건…”

손 탐정이 칵테일 잔을 쳐들며 “천석군의 무궁한 발전과 모두의 건강을 위하여!”하고 외치자 모두들 한 목소리로 “위하여!”를 합창했다.

술이 돌고 분위기가 후끈해질 즈음, 술을 마시던 중 휴대폰 문자를 본 춘보가 벌떡 일어나 인사도 없이 나갔다.

정희가 춘보의 뒤통수에 대고 또다시 혀를 끌끌 찼다.

“아무리 생긴 대로 산다지만… 천한 상호 그대로 쌍것은 쌍것이여.”

“몇 잔이고 다시 만들 테니까, 시원하게 드셔요.”

보연이 분위기를 다시 잡았다.

보연의 솜씨 자랑이 이어지며 모두 술이 불콰해졌을 무렵, 손 탐정이 정희에게 물었다.

"'천석군'이란 가게 이름, 누구 작품입니까? 식당 이름으로는 귀에 선 느낌이지만, 흔치 않은 멋진 이름이네요."

손 탐정의 물음이 나오자마자 정희와 미숙의 얼굴에서 술기가 싹 사라지며 표정이 엄숙해졌다.

'물어 봐서는 안될 것을 물어 보았나?' 순간 어리둥절해진 손 탐정이 두 사람의 눈치를 살피는데, 정희가 무겁게 입을 떼었다.

"'천석군' 속에는 우리 가문은 물론, 한민족의 통한이 스며 있어."

가문을 넘어 한민족의 통한이라니? 과장이 지나친 것 같, 손 탐정 일행은 정희의 다음 말을 기다렸다.

"사쿠라 농장은 물론, 이 동네 전체가 우리 가문의 땅이었어."

손 탐정은 별것도 아닌 일에 놀랐나 싶어 정희의 말에 실망했다.

많은 사람들이 조상의 이야기를 할 때, 몇 대조 할아버지 땐 하루 종일 가문의 땅을 밟고 다녔다, 들녘 전체가 가문의 땅이었다. 수백 가구가 가문의 소작농이었다느니 하며, 현재의 가난이 뿌리 깊지 않았으니 무시하지 말라는, 증명할 길 없는 전설을 참말처럼 늘어놓기 일쑤였기 때문이었다. 보험 설계 상담을 하면서 무수한 사람들에게서 그런 조상 자랑을 들었던 보연도 시큰둥할 수밖에 없었다.

하지만, 정희의 가문 이야기는 약간 달랐다.

"우리 친정의 14대 선조인 김해 김씨 정자 문자 조상은 임진왜란 당시 머슴을 몇이나 둘 정도로 동네 부자에 불과했지만, 이 일대에서 신망이 있어 본인은 물론, 주변 지주들을 설득하여 이 들녘의 양곡을 모두 모아 조정에 진상하고, 이순신 장군의 수군 식량으로 군납했다고 해. 왜란이 끝난 뒤 논공행상 때 그 공적을 인정받아 이 일대의 국유지를 하사 받았는데, 하사 받은 땅이 나락(벼) 소출이 천석에 이르러 '천석군'이 되었다고 군지에 기록되었어."

정희의 말을 들으며 머릿속으로 암산을 하던 도일이 말을 거들었다.

"임진왜란으로부터 430여년 흘렀으니, 한 세대를 30년으로 나누면 얼추 14대가 되고, 조선시대 군지에 기록이 되었다면 역사적 사실이 틀림없겠네요.
한 석이 열 말, 즉 180리터 인데, 본디 벼 한 석을 수확할 수 있는 땅 200평을 한마지로 잡았으니까, 천석군이면 20만 평 땅 주인이니까, 이모님 말씀대로라면, 이 동네가 전부 이모님 집안 땅이었겠어요."

정희가 얼굴을 활짝 펴며 도일의 말을 반겼다.

"역시 사무직이라더니 머리도 좋고, 아는 것도 많네."

조상의 구체적인 이름과 공적, 군지 기록이라는 근거, 무엇보다도 '눈에 닿는 곳 전부'라든지, '하루 종일 걸어도' 같은 터무니없는 입에 발린 허풍이 아닌 20만 평, 즉

축구장 100개 분량이라는 현실적인 선에서 말을 끊은 것을 보고, 손 탐정은 정희의 말이 허풍이 아니라고 판단했다. 따라서 듣다보면 뭔가 사건 해결에 도움이 될 좋은 정보가 있을 것은 직감에, 보연과 함께 대화에 부채질을 하기로 마음을 돌려먹었다.

손 탐정의 눈짓에 따라 이보연이 도일의 편을 들었다.

“제 남편은 명문대를 나온 석사랍니다. 근데 쓸데없는 것까지 너무 많이 알아서, 함께 살기 힘들 때도 많아요.”

정희가 보연을 나무라듯 말했다.

“행복에 겨운 소리 하지마. 멍충이랑 살아봐. 속 터져 죽는다. 여우랑은 살아도 곰하고는 못 산다는 속담도 있잖아.”

“그런데 이모님, 400년 천석군이 왜 이 식당 이름 하나로만 남게 되었습니까?”

정곡을 찔린 듯 정희가 움찔하더니, 대답했다.

“지금부터 바로 그 이야기를 하려던 참이었어. 우리

조상들은 땅을 더 늘리려고 하지 않고, 소작인들의 애경사에 후했어, 명절이면 양곡을 나누고, 흉년이 들면 소작료를 내려주고, 우환을 겪는 집에는 도움을 주며 조선에서 가장 살기 좋은 곳으로 이곳을 가꾸며 삼백 년을 살았지. 그런데 내 할아버지 때, 조선이 망하고 왜놈들이 쳐들어와 땅을 다 빼앗고, 살던 사람들을 다 내쫓았어."

도일이 정희의 말을 고증하듯 말했다.

"일본은 역사적으로 줄곧 식량 부족에 시달려 왔고, 기근과 아사를 해결하려 조선의 농지를 빼앗으려는 야욕을 수천 년 전부터 품어왔죠. 그 야망을 1910년, 을사늑약을 통해 실행할 기회를 얻은 것이지요.
을사늑약이 체결되자마자, 조선의 토지를 조사한다는 명목으로 소유권 문서가 없는 땅부터 빼앗기 시작해 결국은 평사지대의 비옥한 땅은 다 차지했는데, 목포 강제 개항과 호남선 철도 개통은 김제, 만경, 호남평야의 농산물을 일본으로 가져가려는 강도질의 사전 포석이었지요. 더더욱 임진왜란 기여 공로로 하사받은 이모님 댁의 땅을 그대로 놔뒀겠습니까. 아마도 총칼로 위협하여 빼

았았을 겁니다."

정희가 감정이 북바친 듯 눈물을 글썽이며 도일의 말을 이었다.

"아버지가 들은 할아버지의 말씀에 의하면, 왜놈들은 군인과 상인만 온 게 아니라 야마구치 깡패들도 와서 할아버지 목에 칼을 들이대며 땅문서를 내놓으라고 협박했다고해.
그래서 아버지는 숨겨둔 땅문서를 빼돌려 만주로 도망가 독립군으로 왜놈과 싸우다가 해방이 되자 땅문서를 가지고 돌아왔지만, 우리 땅은 일본으로 돌아가지 않고 남은 왜놈 가네모토 지유가 한국 이름 '김지용'으로 족보와 호적을 위조해 눌러앉았어.
왜놈들이 떠나며 등기 이전 해 준 등기 서류를 내 놓으며 자기 땅이라고 주장해 소송을 걸었는데, 미군정은 가네모토의 서류를 공식 등기로 인정하고, 아버지의 땅문서를 위조라고 판결해. 결국 돌려받지 못했는데... 그 가네모토 지유란 놈이 바로 김나영의 할아버지야."

정도일이 덧붙여 설명했다.

"8.15 해방 후, 미군정이 고용한 400명 가까운 영어 통역관은 대개 왜에 부역한 매국노 지주의 자녀들이었어. 이들은 유학을 다녀오거나, 선교사의 도움으로 미국 유학을 한 사람들이었어. 영어가 권력이 된 것이야.
그 친일파 통역사들이 일제의 시스템과 인력을 고스란히 다시 친일파들에게 넘겨 주어, 말로만 해방이 되었지. 총독부와 친일 관료, 친일 앞잡이들은 그대로 남아 한국인의 권리는 철저히 무시됐어."

도일의 설명 덕에 정희는 가슴 속의 응어리를 풀어 놓았다.

"너희들이라고 해도 35년 동안 빨아먹던 꿀통을 놔두고 가겠어? 가네모토처럼 빼앗은 땅에 그대로 눌러 앉거나, 태반이 마누라와 딸까지 성 노리개로 바치며, 왜놈 지주나 사장에게 붙어먹던 친일파 노비들에게 '금방 돌아올 터이니 관리 잘하고 있으라'며 땅과 사업체를 맡기고 갔지."

계속해서 도일이 해설했다.

"미군정청은 해방 당시 남한에는 약 40만 명의 일본

인들이 있었는데, 1945년 말부터 미군의 보호하에 대부분 안전하게 일본으로 돌려 보냈다고 공식 발표했어. 하지만 그것은 미국의 행정 편의와 책임 회피를 위한 허위 발표였어. 실제로는 60만명 이상의 일본인이 남한에 있었고, 20만명 이상이 재산과 지위를 그대로 유지하며 눌러앉아. 오늘날 친일 매국노의 조상이 되었다는, 일부 재야 사학자들의 주장이 설득력있는 정설로 인정되고 있어. 혹자는 150만 명에 70만 명 잔류라고 주장하기도 해."

자신의 속을 알아주는 도일이 기꺼운 지 정희는 도일의 잔에 술을 채워 주며 한풀이를 계속했다.

"아버지는 이승만 정부가 들어서자 다시 토지 소유권 반환 청구를 했지만, 일제 때 축적한 부로 재벌이 된 친일파들이 이승만 정권에 뇌물을 주고, 일본인들이 남기고 간 적산을 모조리 줍다시피 자기들 땅으로 등기 이전해 버렸어.
결국 일제 때 왜놈에게 빼앗긴 우리 땅은, 그대로 친일파가 가져가는 꼴이 됐지. 지하에 계신 독립운동가들이 눈을 감지 못할 사태가 대한민국 땅에서 자행된 거야.

아버지는 결국 조상의 땅을 되찾지 못하고, 오히려 가네모토에게 무고죄로 고소 당하기 까지 했어.
만주에서 독립군으로 활약했던 아버지는, 땅은 되찾지 못하더라도 왜놈 가네모토 꼴은 볼 수 없다며 가네모토 그놈을 죽이려고 하셨지만, 그때 내가 태어나 살의를 접고 생계를 위해 막노동을 해야 했어."

정도일이 이번에는 정희의 말을 받는 것이 아니라, 자신의 생각을 말했다.

"나도 이십대에 한국 현대사 최대의 비극인, 친일파 후손은 잘 살고 독립 운동가 자손은 가난에서 벗어나지 못하는 모순을 나름대로 연구하고 해법을 찾아 보려고 했어."

"지금까지 당신과 살면서, 이런 얘긴 처음 듣는데?"

보연이 능청스럽게 물었다. 도일도 실수 없이 맞장구를 쳤다.

"당신과 결혼하기 전, 총각 때 이야기야."

"그래서 여보가 뭔가 찾아냈어?"

"나 혼자만의 생각이 아니라, 많은 재야 사학자들의 주장처럼, 일본인들은 자신들이 한반도에 놔두고 간 재산과 자손들을 결코 포기 하지 않고 관리를 했다는 사실을 확인했지.
1965년 한일협정이 체결되기 전까지 20년 동안은 한국에 남겨진 일본인들과 친일파들이 공식적인 지원을 받지 못해 더러는 어려움을 겪었지만, 한일협정으로 일본인들의 한국 방문이 허용되자 일본 정부 차원에서 대 놓고 재한 일본인들과 친일파 후손들을 관리하기 시작했어. 성적이 우수하거나 친일 성향이 확실한 애들은 선발해 일본이나 미국으로 유학을 보내 키우고, 사업가들에게는 자본과 기술을 주어 승승장구 재벌이 되도록 도왔어. 일본 장학금으로 공부한 우월 스펙의 애들이 한국으로 돌아와 친일 기업에 취직해 서로 시너지 효과를 내는 일이 자행된 거야.
그렇게 일본인 피가 그대로 흐르는 재한 일본인과 친일파 후손들이 대한민국의 정계, 학계, 재계, 종교계에 광범위하게 침투해 가난해서 좋은 직업과 학력을 갖지 못한 독립운동가 후손들을 핍박해 격차를 더욱 벌리고 있는 것이 대한민국의 현재 모습이야."

“맞아. 정 씨, 아니 정 사무장의 말이 하나도 틀린 게 없어.”

정희가 도일의 말에 전적으로 동의했다.

“가네모토 새끼들도 한일 협정 전에는 사쿠라 농장에 채소 농사를 지어 겨우 굶어 죽지 않고 버텼는데. 한일 협정이 되자 왜놈들이 드나들며 나무를 심고 집을 지어 살림이 펴기 시작했어. 그러다가 사십년 쯤 전 일본인 티가 역력한 야마구치 부부가 사쿠라 농장의 안채를 차지하고 가네모토 자식을 문간채로 내쫓았어. 문간채에서 삼대를 살던 춘보는 농장 끝 바닷가에 판자집을 지어 겨우 비가림을 하고 살아가는 중, 안채에서 산구가 태어나고 이 년 뒤 내가 미숙이를, 가네모토 마누라가 나영이를 낳았어.”

정희의 말이 끝나자마자, 도일이 자신의 뺨을 소리나게 치며 자책했다.

“이, 이런 바보! 진즉에 그걸 눈치채지 못하다니!

“갑자기 왜 그래?”

보연이 도일을 뺨을 어루만지며 물었다.

“산구라는 이름말이야. 처음 들었을 때, 왜 상구도 아니고 산구지? 이상타 했는데… 뫼산山 야마, 입구口 구치! 산구가 야마구치山口야. 정희 이모님, 할아버지가 일본 깡패들에게 땅을 빼앗겼다고 했죠? 그때나 지금이나 일본 최대 야쿠자 조직인 야마구치구미가 한일병합과 함께 한반도에 들어와 자행한 만행은 이루 말로 다할 수 없었는데!
이제야 이야기의 아귀가 맞는구나. 야마구치구미가 가네모토 김 씨에게 맡겨놓았던 사쿠라 농장을, 다시 돌려받은 거야. 춘보는 농장장이라는 머슴 감투를 쓴, 삼 대째 친일파 앞잡이고…”

다시금 정희가 감탄했다.

“정 사무장은 역시 똑똑해서, 얽히고설킨 실타래를 단번에 푸는구나. 애들이 태어나고 얼마 되지 않아 사쿠라 농장 안채에서 야마구치 부부가 일본도에 찔려 죽었어. 그 일본도는 야마구치가 가지고 있던 것였어. 경찰이 출동하고 살인사건의 수사가 시작되었지만, 증거도 없고,

증인도 없고...결국 미제 사건으로 종결 되었고, 졸지에 고아가 된 산구는, 안채로 되돌아 온 나영이 부모가 거두어 키웠어. 그리고...”

다음 말을 이을지 말지 망설이는 티가 역력한 정희가 보드카를 스트레이트로 한 모금 마시고, 용기를 낸 듯 말을 마저 했다.

“당시에 아버지도 용의자로 지목되어 수사 대상이 되었지만, 증거가 없어 조서 한 장으로 끝났어. 아버지는 산구네 부모가 죽은 뒤로 매일 과음하시다가 결국 알콜 중독으로 인한 간경화로 돌아가셨어.
아버지가 돌아시자 어머니가 이 자리에 밥집을 차려서 생계를 꾸려갔는데, 십여 년이 지나도록 아무도 시비를 걸지 않아서 토지 소유 특례법에 따라 소유권을 취득했는데... 얼마나 기가 막힌 일이야. 등기 서류를 받은 날 어머니가 통곡하시던 모습이 선해. 스무 평을 빼앗기고, 고작 이백 평을 받아 생계를 걸어야 했던 어머니의 심정을 생각하면, 지금도 내 가슴이 저려.”

정도일이 또 무심코 말을 내밀었다.

“그러니까… 산구와 미숙이는 선대로부터 타고난 불공대천의 원수 사이구나.”

지금껏 입을 꾹 다물고 있던 미숙이 입을 열었다.

“주변 어른들 쑥덕거리는 소리 듣고 산구와 나 둘 다 어릴 때부터 할아버지 때부터의 일을 다 알고 있었어. 초등학생이 되니까, 우리 둘에게 대놓고 한 하늘 아래 살지 못할 원수 새끼들 끼리, 한 동네에 살면서 같은 학교를 다닌다고 싸움을 붙이는 어른들도 있었어. 그러든 말든 나는 태생적으로 산구가 싫었는데, 새끼는 내가 좋은지 자꾸만 내 곁으로 다가와 코를 킁킁거리며 내 냄새를 맡으려 하더라고. 그래서 발로 차고, 주먹으로 때려서 코피를 터 밀쳐 내었어. 솔직히, 내가 산구랑 나영이를 괴롭힌 건 사실이야. 오죽하면 걔들이 나만 보면 서로 껴안고 등으로 매를 맞으려 했겠어.”

손 탐정이 밝지 않은 목소리를 냈다.

“어린 시절에 밟히면 트라우마가 되어 평생 못 벗어나. 산구와 나영이가 이곳에 오지 않는 이유가 있었구만.”

"그것들에게 더 화가 나는 건 고등학교 졸업 때까지 내 앞에서 설설 기던 것들이 고등학교를 졸업하자마자, 산구는 미국으로, 나영이는 일본으로 유학을 갔다는 거야. 똥구멍이 찢어지게 가난했던 것들이 무슨 돈으로 유학을 갔겠어? 왜놈들이 관리하기 시작한 거지. 더더욱 기가 막힌 것은 일본에서 대학을 졸업하고 돌아 온 나영이 년이 사쿠라 농장을 집 삼아 드나들며, 골프장을 건설하던 아사쿠라 왜놈과 붙어먹어 결국 결혼까지 하더니. 이 년도 못되어 아사쿠라가 덜컥 죽어버렸고, 상속받은 골프장을 통째로 팔아 부자가 되었다는 것이야."

손 탐정이 조심스럽게 물었다.

"아사쿠라가 죽고 난 뒤, 김나영의 소식은 들은 거 있어요?"

"솔직히 말해서... 배 아파 관심도 없었고, 춘보도 나영이 소식을 물어 내지 않아서 더는 모르죠. 잡년이 또 왜놈 하나 꼬셔서 붙어 살고 있겠지."

손 탐정은 내일 일정을 핑계로 그쯤에서 술자리를 정리했다.

캠퍼카로 기어가다 시피한 도일은 쓰러지듯 바닥에 몸을 던졌다.

평소 쓰지 않던 근육을 모질게 써버린 손 탐정도 끙끙 앓는 소리를 참지 못했다.

루프탑으로 올라간 보연이 걱정스레 물었다.

“그래가지고 내일 일을 어떻게 하겠어?”

도일이 말하기도 힘 겹다는 듯 기어들어가는 목소리로 대답했다.

“그래도 내 생애 처음으로 노동을 해서 일당을 받았다는 사실에... 내 스스로가 신기하고 기특해. 이를 악물고 이겨낼 거야.”

손 탐정이 도일에게 말했다.

“에디슨이 말하길, 정신노동이 육체노동보다 더 힘들다고 했지만, 육체노동도 아무나 하는 게 아니야. 수학을 풀려면 공식을 외워야 하듯, 근육이 노동을 외워야 매일 할 수 있어.

어린 시절 시골에 살 때, 큼직한 바윗덩이를 황소 뒤에 매달아 쟁기질 훈련을 시키는 모습을 본적이 있어. 지금은 볼 수 없는 진귀한 구경거리인데, 소에게 쟁기질 훈련을 시키는 것이었어. 어른들은 '소에게 질을 박는다'고 했는데, 그렇게 쟁기질이 박혀야 비로소 일 소가 되어, 잡아 먹거나 팔려고 키우는 짐승이 아닌 한 식구, 큰 일꾼 대접을 받는 가족이 된다고 했어.

살다 보니까 깨달은 건데. 사람도 '질을 박아야' 제몫의 삶을 살 수가 있더라. 하긴 인간으로 태어나 기어가고, 일어서고, 걷는 것 자체가 질을 박고 박히는 과정이며 나아가 말과 글을 배우는 것도 질을 박는 것이었어. 따질 것도 없이 자전거 타기, 자동차 운전도 모두 질을 박는 것이고, 직업 교육과 연수는 더욱 더 강한 질박기고, 체육이든 예술이든 기술이든 어떤 분야에서 최고가 되려면 남들 보다 몇 배나 더 강한 질을 자신에게 박아야 가능한 것이었어.

그리고 요즘 들어 새삼스럽게 느끼는 것은 '육체의 질' 보다 더 무서운 것이 '정신의 질'이라는 거야. 모든 종교인과 독재자, 어용학자, 교사들이 우리의 정신에 제 입맛에 맞는 가스라이팅 질을 박아 왔고, 그것은 현재 진행형이야. 자본가들은 돈을 미끼로 피 고용인들의 머릿속에 자본 만능의 질을 박고, 종교와 사상, 이데올로기의 '질'은 순교나 신념으로 위장된 자살과 살인, 전쟁도 불사하게 만들지 않아?
스스로든, 타력에 의해서든 육체와 정신 속에 질을 박고, 박히며 살고 있는 인간의 삶 자체가 '질박기' 그 자체인 지도 몰라."

생전 처음으로 새벽부터 식당 홀 서빙을 했던 보연도 힘들기는 마찬가지였다.

세 사람은 더 이상 대화를 나누지 못하고 그대로 잠에 곯아 떨어졌다.

다음날.

동이 트자마자 도일의 등을 떠밀어 다크 가든에 간 손 탐정은 주먹만큼 한 자갈을 주워 피라칸사스 울타리에서 멀찌감치 떨어져 길 쪽으로 열린 문간채의 작은 창문으로 던졌다. 돌멩이가 명중해 '쿵' 소리가 나자 창문에 불이 켜지고 문이 열리는 소리가 났다.

춘보가 마지못한 얼굴로 나타나 쪽문을 열고 두 사람을 들였다. 문을 다시 잠근 그는 폰을 달라고 손을 내밀었다. 손 탐정과 도일은 폰을 건넸고, 춘보가 막대기로 건드리기 전에 작업복의 윗도리와 바지의 주머니를 뒤집어 털어 보였다.

전화기를 받아든 춘보는 문간채로 들어가 열어두었던 덧문을 옆으로 밀어 닫았다. 안쪽에서 도어록을 여는 팅팅 소리가 들렸다.

손 탐정은 예초기로 할머니들이 일을 할 수 있도록 나무 아래의 풀들을 잘라내고, 정도일은 무거운 다리를 질질 끌면서 손수레를 밀었지만, 어제 보다는 한결 중심을 잘 잡아 수레를 넘어뜨리지는 않았다.

한참 후, 다섯 시 반쯤. 춘보가 아침을 먹고 할머니들을 데려오기 위해 쪽문을 열고 나갔다. 춘보가 나가자마자 손 탐정이 예초기를 멈추고 금화규 잎사귀를 하나 따, 장갑을 낀 손으로 비벼서 콜라겐을 질퍽하게 뺀 다음 문간채 덧문 손잡이에 발랐다. 그리고 아무 일 없었다는 듯 다시 예초기를 돌렸다.

다행히도 오늘은 춘보가 할머니 네 명을 모두 데리고 왔다. 손 탐정이 베어 놓은 곳에 풀을 멜 구역을 정해 주고 손 탐정에게 다가와 예초기를 공회전시키며 소음을 줄이라는 손짓을 하고는 말했다.

"큰일 났어. 어제 손님들이 예상보다 하루 먼저 온다는 전화를 받았어. 그러니까 서둘러 안채 앞부터 정리를 해줘."

"안채 앞 잔디밭이 문제 인데요. 면적이 넓고 잔디가 파이지 않도록 땅에 예초기 날을 박지 않으면서, 잔디만 깎으려면 빨리 깎을 수 없어 하루 종일 걸립니다. 하지만 쉽게 할 수도 있어요."

"어떻게?"

"예초기 한 대 더 있죠?"

"두 대나 더 있어."

"그럼 시내 예초기 파는 농기계 점포에 가서 '잔디 깎기용 받침대'를 사오세요. 그걸 칼 날 아래 붙이면, 예초기 날을 땅 바닥에 놓고 밀기만 하면 잔디가 일정한 높이로 잘리니까. 초등학생도 할 수 있을 만큼 쉬워요."

"그런게 있어?"

"나온 지 10년도 넘어 어디서든지 파는데, 농장장님만 모르는 걸 보니 무늬만 농장장이지 하는 일은 뻘 짓이네요. 농업 관련 점포는 대부분 새벽부터 문을 여니까 빨리 가서 사오면 정 씨가 잔디를 깎아 줄 겁니다."

춘보가 문간채로 들어가 외출복으로 갈아입고 밖으로 나갔다.

춘보가 나가자 마자 손 탐정은 갓 피어난 금화규 꽃을 손바닥 위에 거꾸로 털어 꽃가루를 모은 다음 문간채의 덧문을 밀어 열고 들어가 내실 문에 달린 도어록에 대고 꽃가루를 훅 불었다.

덧문 손잡이에 발라놓은 콜라겐이 춘보의 손에 묻어 도어록 비밀번호 자판에 꽃가루가 옮겨 붙었다. 눌린 순서대로 콜라겐 묻는 양이 줄어들어서 신기할 정도 꽃가루가 차례대로 차이가 나게 묻었다. 손 탐정은 꽃가루가 많이 묻은 순서대로 번호를 눌렀다. 딩동 소리와 함께 도어록이 열렸다. 손 탐정을 따라 들어온 정도일은, 그가 하는 일을 보고는 귀신을 본 듯한 눈으로 바라보았다.

상당히 넓은 내실은, 마치 짐승 우리가 따로 없을 정도로 더럽고 어수선했다. 손 탐정은 발자욱을 조심하며 들어가 내실을 휴대폰으로 샅샅이 촬영했다. 벽에 기대어 놓인 수 십개의 사진 액자도 도일이 하나씩 뒤집도록 해서 접사했다.

문간채에서 나오며 흔적을 깨끗이 지운 손 탐정은, 비치 파라솔 아래에 앉아 도일에게 설명했다.

"예초기 안전 수칙만 지키면 겁내지 않아도 되. 휠 가드 받침대가 칼 날이 돌이나 나무에 닿지 않도록 막아줄 뿐 만 아니라, 돌이나 먼지가 튀어 오르는 것도 막아주니까 정말로 땅바닥에 올려 놓고 밀걸레로 마룻바닥 닦듯이 밀고 다니면 돼. 오늘은 도일이 너 혼자서 잔디를 깎고 자른 풀까지 모아서 버리는 것까지 다 해봐. 안채 앞 잔디밭 깎기를 내가 너에게 하도급 주는 거야."

잠시 후, 춘보가 사 온 휠 가드를 예초기에 부착하고 난 뒤, 도일은 주춤주춤하지만 안정적으로 잔디밭을 깎기 시작했다. 그걸 보고 안심한 손 탐정은 두 어깨에 힘을 주며 예초기 날을 높이 쳐들었다. 그리고 안채 옆으로 돌아갈 수 없을 만큼 우거진 피라칸사스 울타리를, 숲에 길을 내는 마체테처럼 휘두르며 정지를 해 나가자 춘보는 그 모습을 흡족하게 바라보며 다시 태양전지판 구역 쪽으로 사라졌다.

예초기 날을 하늘 높이 쳐들어 정지를 하는 건, 어깨에 힘이 빠지거나 나뭇가지에 부닺쳐 머리 위로 떨어지면 칼날이 머리를 쪼개 현장에서 즉사할 수도 있는 극도로 위험한 일로 절대 따라 해서는 안되는 짓이다. 제 아무리 손 탐정이라 할지라도 십 분 이상 하지 못하고 쉬고 또 쉬며 해야 했다.

점심 때가 되어 천석군에 가기 위해 손 탐정이 장화를 벗어 뒤집자, 장화 속에 고인 땀이 맥주컵 한 잔 이상 주르르 흘러내렸다.

그걸 본 춘보는 더 이상 손 탐정이 하는 일에 간섭하려 하지 않았다.

점심을 마친 손 탐정과 도일은 다크 가든으로 곧장 가

지 않고 캠퍼카로 가 에어컨을 틀어 놓고 한 시간 정도 낮잠을 자며 몸을 추슬렀다.

오후 일과를 시작하기 전, 손 탐정은 유능한 탐정들에게 '리클레임 레거시'와 '리베리타스 스콜라스'가 행하고 있는 일과 자금의 출처를 조사해 달라고 의뢰했다. 그리고 박 경정에게 전화를 걸었다.

친구들을 걱정하고 있었던 듯, 박 경정이 바로 전화를 받았다.

"모두들 별일 없는 거지?"

"걱정하지 마. 이번 사건, 결말을 예측 할 수 없는 상황이지만 오래 끌면 끌수록 불리할거 같아서, 며칠 내로 끝장을 봐야 할거 같아. 그러니까 박 경정도 내가 톡을 날리면, 즉각 KTX 타고 와서 다크 가든 인근 지구대에서 대기해줘."

박 경정과 통화를 끝낸 손 탐정은 이보연에게도 전화해 부탁했다.

"오늘 저녁 식사 때 춘보에게 하이볼을 먹여서, 최대

한 시간을 끌어 줘.”

한낮의 뙤약볕이 누그러지자 손 탐정과 도일은 함께 다크 가든으로 가 커다란 돌멩이를 주워 쪽문이 부서져라 두드렸다.

한참 후에 나온 춘보는 쪽문에 난 흠집을 보고 손 탐정의 휴대폰을 돌려주며 자신의 번호를 가르쳐 주었다.

오후 4시쯤, 춘보가 태양전지 구역에서 정원으로 나와 대문을 열고 택배차을 다크 가든 안으로 들였다. 손 탐정과 도일은 춘보 지시에 따라 손수레를 끌고 택배 박스를 안채 현관 앞으로 옮겨 놓았다.

오후 6시 무렵. 정도일은 혼자서 잔디밭을 다 깎고, 잘라 낸 줄기를 모으고 있었고,

손 탐정은 가지를 허브 밭 위로 길게 뻗어 생장을 방해하고 있는 협죽도 나무 위에 톱을 들고 올라앉아 있었다.

손 탐정은 나무 위에서 춘보에게 손가락으로 해를 가리키며 말했다.

“어두워 질 때까지 일을 줄여야 하니까. 어서 가서 저녁 먹고 오세요.”

춘보는 수고하라는 말 한마디 하지 않고 할머니들을 데리고 천석군으로 향했다.

그가 떠나자마자, 나무에서 내려온 손 탐정은 정도일을 불러 허브에 주는 물을 담아 놓은 커다란 물통의 물을 버리고 물통을 뒤집어 붙잡게 한 다음 톱으로 밑창을 도려냈다.

커다란 파이프처럼 뻥 뚫린 물통을 들고 태양전지 구역을 가로 막고 있는 피라칸사스 방벽으로 간 손 탐정은, 물통을 피라칸사스 사이로 쑤셔 넣었다. 피라칸사스의 유연한 가지가 벌어지면서 고무통이 자리를 잡았다. 피라칸사스의 무서운 가시도 고무통을 뚫지 못해 방벽 한가운데 사람이 드나들 수 있는 통로가 생긴 것이다.

태양전지 구역에 들어선 손 탐정은 예상했다는 듯 놀라지 않았지만, 정도일은 숨을 헉 들이쉬었다.

태양 전지판으로 하늘을 가린 그늘에 커다란 화분이

일렬로 수 백 개 늘어서 있고, 화분 위 마다 큼지막한 전등이 전지판 위의 태양 아래처럼 밝게 켜져 있어 장관을 이루고 있었다.

"이... 이게 뭐야? 화분이 수백 개야... 화분에 뭐가 심어져 있는데 꽃도 안 피고, 벌어지지 않는 봉우리만 있냐?"

"그렇지. 꽃이 피기 전 봉오리일 때 전부 따버리니까."

손 탐정이 낮은 목소리로 답했다.

"꽃이 피면… 세상에서 가장 아름다운 꽃이 핀다."

"정말? 무슨 꽃인데?"

"양귀비야."

"...양귀비? 아편꽃?"

"그래. 다크 가든에서 공장만큼 전기를 쓰고 있어서 무슨 짓을 할까 추리를 했는데, 결론은 태양전지 판으로 하늘을 가려 항공 촬영으로 적발되는 것을 막고, 햇볕과 같은 파장의 빛으로 실내에서 식물을 재배 할 수 있는

LED등을 태양과 전지 판 밑에 켜고 있다는 결론을 내렸어. 지금 마약이 한국에서도 창궐하고 있는데, 아파트 안방에서 이렇게 식물 재배등을 켜서 대마초와 양귀비를 재배하는 것을 막을 수 없어 정말 큰일이야. 이곳은 더구나 남부지방 바닷가 노지라서 양귀비 재배에 최적지야. 이 화분 하나하나에 달린 봉오리 개수만 봐도... 여기서 추출한 아편만 해도 수백억이 규모가 될 거야."

"책에서 봤는데, 양귀비 열매에서 아편을 채취하려면 설익은 꽃봉오리에 생채기를 내어 흘러나오는 진액이 굳은 것을 긁어모아야 한다던데... 그래서 노동력이 값싼 동남아시아나 남아메리카의 후진국에서 마약 카르텔이 생산한다고 하던데. 농장장 혼자서 어떻게..."

"그건 소량의 고품질 아편을 수확하는 전통적인 방법이고, 지금은 달라. 봉오리가 벌어지기 전에 따 모아 커다란 믹서로 갈아서 죽을 만든 다음, 알콜을 부어 아편 성분을 뽑아내 불순물을 걸러내고, 화학처리를 해 순도 높은 아편을 대량 생산하고 있어. 저기 통을 봐봐. 춘보가 오늘 딴 것만 해도 수천 개야."

“이거 당장 박 경정한테 신고해서 경찰 특공대 부르고 춘보를 체포하자!”

“뭔소리여. 지금 우리가 마약 사범 잡으러 왔냐? 지금 우리 목숨이 위태로운 판인데.”

“목숨이 위태로워? 춘보가 우리를 믿고 일을 맡기고 있잖아.”

“춘보가 우리를 믿어? 천만에. 춘보는 벌써 첫눈에 우리가 노동자가 아닌 줄 손만 보고도 눈치를 챘어. 그래서 내가 죽을힘을 다해 예초기 쇼를 벌려 춘보와 목숨을 건 거래를 하고 있는 거야.
춘보는 최소한 농장을 정리할 때까진 나를 살려둬야 하고, 나도 김나영 남편들의 원격 살해에 대한 증거를 잡기 전까지는 춘보를 살려 둬야하니까. 둘이서 머리싸움, 기 싸움을 죽기 살기로 하고 있는 판이야. 나는 40년 전에 야마구치가 다시 이곳을 접수하고 저택을 짓고 정원을 조성한 이유가 있을 거라고 생각했어. 그때부터 일본인들이 시도 때도 없이 떼거리로 드나들었다는 정희 씨의 말을 듣고 내 직감이 맞았다는 걸 알았지.”

"무슨 직감?"

"김나영의 첫 남편, 류지 아사쿠라가 고순도 아편 주사로 사망했다는 말을 듣는 순간 분명히 김나영이 어디엔가 아편을 재배하고 있다고 추리했거든. 사실, 한 사람 정도 죽이려면 잘 키운 양귀비 한 그루면 충분해서 이렇게 대규모까지는 생각하지 못했어. 태양전지판이랑 태양광 LED가 상용화된 게 얼마 되지 않았으니까, 양귀비 재배장은 십 년 전 쯤 업그레이드 된 거 같아."

"그럼 류지가 여기서 가져간 아편으로 죽었다는 거야?"

"그가 모르는 사이에, 며칠 뒤에 맞을 예정이던 주사약병을 바꿔치기했겠지. 그렇게 일본에서 류지를 원격 살해한 거야. 이곳 다크 가든은 일본인들이 대마초를 피우고 아편을 맞는 환락의 천국으로 야마구치 구미에게 떼돈을 벌어주는 지상낙원 샹그릴라지."

"맞아! 『잃어버린 지평선』에서도 힐튼이 그랬지. 샹그릴라 주민들이 '담배 같은 것'을 피우고 점점 평온하고 무감각해지는 상태가 되어 정신적 평온을 찾는다고... 하지만, 손 탐정의 추리가 다 맞는다고 해도, 십 년이 지난 지금 어떻게 그걸 어떻게 입증할거야?"

"그때 당시였다고 해도 증거를 잡기는 어려웠을 거야."

"그럼 완전 범죄라는 거야? 최철환도, 마사토미도? 그 둘은 아편으로 죽지 않았잖아."

"최철환도, 마사토미도 여기서 출발해 외국으로 나가 죽었어. 나는 여기에 직접 들어오기 전부터, 그들의 원격 살해 방법을 어느 정도 유추하고 있었는데, 어제와 오늘 사이 내 추리가 맞았다는 확신이 들었어. 그래서 지금 아주 불안해."

"뭐가 불안해?"

"사건의 전모를 밝혀내도, 범인들을 잡아 벌을 할 수 없다는 절망감! 세 사람을 죽여 10억 달러를 만드는 범인의 지능에 대한 두려움! 그리고... 미친 듯 돈을 모으는 이유에 대해 추리해 내지 못하는 내 자신의 한계에 대한 무력감이 나를 불안하게 하고 있어."

돌처럼 굳은 표정으로 독백 같은 말을 마친 손 탐정은 폰카로 아편 재배 시설을 샅샅이 촬영하고 정원 구역으로 다시 넘어와, 통을 들어다 원래 있던 자리에 놓고 잘라낸 밑판을 넣어두었다.

춘보가 돌아오기를 기다리며, 손 탐정은 조금 전 자신이 올라갔던 나무를 가리키며 정도일에게 물었다.

"무슨 나무인지 알아?"

다크 가든에서 붉은 색 꽃을 달고 있는 몇 안 되는 나무 중 하나였다.

"몰라. 내가 실제로 본 나무라고 해봐야 가로수 아니면 그린 가든에서 본 게 전부야."

"잎이 대나무처럼 길고, 꽃이 복숭아나무처럼 아름답다고 해서 협죽도라고 이름 붙여진 나무야. 제주도와 남부지방에서 노지 월동이 가능하고, 꽃이 피는 기간도 길어, 게다가 바닷가처럼 염분이 있는 땅에서도 잘 자라."

"그럼 다크 가든 관상수로 딱 제격이구나."

“그래서 그런지 아주 잘 자랐어. 보통 협죽도는 4미터 이상 자라기 힘들고, 수명도 20년 정도 인데. 이 협죽는 6미터가 넘고, 40년도 더 자란거 같아. 아주 좋은 조건에서만 그렇게 자라거든. 그런데 도일아, 내가 왜 저 나무를 타고 올라간 줄 알아?”

“톱을 들고 가지를 치러 갔잖아.”

“그건 춘보 눈에 그리 보이라고 한 것이야. 사실은 꼭대기 쪽 가지가 잘린 단면을 보러 갔어. 여기 봐봐. 내가 가까이 가서 찍은 거야.”

손 탐정이 보여주는 사진에는, 몸줄기에서 뻗어 나온 손목 굵기의 가지가 10cm쯤 정도 남기고 잘려 있었다. 이어서 찍힌 사진에는 가지가 몸줄기에 바싹 붙어 위에서 아래로 비스듬히 잘려 있었다.

“손 탐정이 나무를 타고 올라가 확인 할 만큼, 이 가지 잘린 모양에 큰 의미가 있는 거야?”

“응. 아주 중요한 의미가 있어. 가지를 남기고 직각으로 자른 단면은 20년쯤 전에 잘린 것이고, 가지를 남기지 않고 바싹 자른 것은 5년쯤 전에 잘린 건데. 시간 차이도 중요하지만 잘린 '방식'이 더 중요해."

"무슨 차이인데?"

"나무 가지를 어떻게 잘라내야 하는지 수천 년 동안 동서고금의 정원사들에게는 커다란 숙제였어. 올바른 전정은 나무의 아름다움과 방어체제. 품위에 결정적인 영향을 미치거든. 하지만 자른 모양이 나무에 어떤 영향을 미치는지 연구 하려면 수십 그루를 이리저리 잘라 놓고 매년 한 두 그루 씩 잘라, 해부를 해서 어떻게 달리 자라는 지 비교해야 하는데, 누가 자기 정원에서 그런 짓을 하도록 하겠어? 또한 정원사는 막노동 일꾼과 다름없는 최하위 직업인데, 정원사의 그런 짓은 굶어 죽을 짓이고. 그래서 수천 년 동안 정답이 나오지 않아서 나무의 수형이나 정원사의 재량에 따라 잘랐지만 나라마다 대략적인 흐름은 있었어. 그런데 가지를 어떻게 잘라야 하는지 최종 결론을 내린 사람이 있었어."

"정말? 어떻게 그런 해답을 찾았어? 개인이야? 국가 프로젝트야?"

"국가의 후원을 받아 개인이 이룬 업적이야."

"누군데?"

"'근대 전정의 아버지'라고 칭송 받는 알렉스 L. 사이고 박사인데, 박사는 미국 산림청에 근무하면서 평생 1만 5천 그루 이상의 나무를 해부해 1985년, 나무줄기에서 가지가 어떻게 연결되는지 밝혀내고 가지 절단 위치에 대한 논란에 종지부를 찍었지. 하지만, '나뭇가지쯤이야 그냥 자르면 된다'는 고정관념을 깨부수는데는 40년도 부족했어. 심지어 최근 한국의 문화 유산으로 지정된 정원도 사이고 박사의 이론을 무시하고 먼저 보여준 사진처럼 막자르고 있어."

"그럼... 두 번째 보여준 사진이 사이고 박사 이론을 따라 자른 거야?"

"맞아. 사이고 박사가 확립한 전정의 최종 결론은 '가지 깃 이론'이었어."

"가지깃?"

"그래. 양복을 입으면 위옷의 깃이 목에서 넓게 흘러

배꼽 위에서 좁게 만나 잖아? 여기 잘리지 않고, 자른 나뭇가지가 줄기에 붙어 있는 모양을 봐."

"어, 그렇네! 진짜 가지 주변을 옷깃 모양이 불룩하게 둘러싸고 있어. 아하! 그러니까 이 '깃'을 따라 바싹 자르는 것이 정답이란 말이지."

"도일이 너는 무슨 말이든 바로 알아 들으니까 대화하기가 참 좋아. 그러니까 협죽도는 20년 쯤 전에는 일본식으로 가지가 톡 잘렸지만, 최근 들어서는 미국식으로 잘린 거야. 누가 이렇게 사이고 박사의 가지 깃 이론을 따랐을까? 춘보 농장장은 절대 아니야 지금고 가지를 마구 중구난방으로 자르고 있거든. 또, 한국에서 공부한 사람도 아니야. 아직까지 한국 정원에서 가지 깃을 따라 잘린 모습을 보지 못했거든."

"...손현우. 너는 알면 알수록 대단해. 너 아니면 누가 나무 가지를 보고 그런 추리를 해내겠어."

"문제는 '가지깃'이 아니야."

"...그럼 뭔데?"

"중국에서는 협죽도를 '독목毒木'이라고 해."

"독목?"

"응. 가지, 잎, 껍질, 뿌리까지 전체에 맹독이 있어. 그래서 '독나무'라고 하는데, 제주도에서는 협죽도 가지를 꺾어 젓가락으로 사용했다가 사망한 사건도 있었어."

"젓, 젓가락!? ...그렇다면 최철환!"

"그래. 누군가가 최철환의 마이 젓가락을 협죽도 즙에 담갔다가 보낸 거야."

"맞아! 냉면은 미끄러워 쇠젓가락을 쓰지 않고, 보통은 쪼개 쓰는 일회용 와리바시를 쓰지만, 매니아들은 대나무로 정교하게 만든 젓가락을 가지고 다니거든. 그러니까 다공질인 대나무가 협죽도 즙을 치사량 이상으로 흡수 했겠지!"

"협죽도 중독이 바로 식중독이지."

"세상에... 그렇게 심증이 간다고 해도 증거가 없는 완전 범죄잖아. 손 탐정! 마사토모의 원격 살해 방법도 찾아냈어?"

"그건 좀 어려웠어. 마사토모의 증세를 유발하는 식물 독을 여기서 찾지 못했거든. 그런데 농장장이 문간채에 쌓아 놓은 사진 액자에서 찾아냈어."

"무슨 독인데? 또 식물에서 나온 거야?"

"응. 다크 가든 안이 아니라 밖에서 자생하는 흔한 식물의 독이야. 우리 캠퍼카 근처에도 자라고 있기 때문에 내가 가르쳐 주지 않아도 도일이 너는 금새 알아 낼 거야."

한편, 춘보가 해가 꼴각 넘어가 어두워지도록 돌아오지 않는 걸 보니, 이보연이 임무를 너무 충실하게 수행하고 있는 모양이었다.

손 탐정이 문을 열어 달라고 전화를 한 후에야 춘보가 술 취해 비척거리는 걸음으로 돌아왔다.

천석군이 문을 닫을 시간이 되어, 보연이 백반 3인분을 도시락에 포장해 캠퍼카로 가지고 왔다.

“농장장이 그러는데, 내일부터 안채로 들어와서 청소와 침구 세탁을 도와 달래.”

보연의 말을 듣고 잠시 생각을 한 후 손 탐정이 말했다.

“세탁물은 가정용 세탁기로 빨면 때가 제대로 빠지지 않고, 미세 먼지 때문에 밖에서 말리면 더러워지고, 실내에서 말리면 빨리 마르지 않아 냄새가 나니까. 빨래방 큰 기계에 빨아 건조기에 돌려 먼지까지 털어 와야 한다고 우겨서, 춘보를 시내로 데리고 나가.”

“농장장을 다크 가든에서 빼내라는 거지? 최대한 시간을 끌어 볼게.”

다음 날.

이보연이 춘보를 어떻게 구워삶아 놨는지, 새벽부터 춘보는 다른 사람은 안중에도 없는 듯 보연을 감싸고 돌며 안채로 들어갔다.

점심시간, 손 탐정이 천석군 화장실 앞으로 보연을 불러 안채에서 무엇을 봤는지 물었다.

"특별한 것은 아무것도 없었어. 냉장고는 텅텅 비었고, 쌀통에도 쌀 한 톨 없었어. 농장장이 오늘은 세탁물 처리만 해도 벅찰거라더니... 정말로 오전 내내 침실 다섯 개의 침대 시트를 벗기고 담요, 나이트가운, 수건, 거실 양탄자까지 걷어 모았는데 트럭 한 대는 족히 되겠더라."

"우리는 세 시쯤 갈 터이니까, 빨래방을 세시에 예약해. 우리가 가는 시간에 춘보를 데리고 나가."

말 맞춘 대로 오후 세 시, 다크 가든에 도착한 손 탐정과 도일은, 대문을 열고 들어온 빨래방 승합차에 보연과 춘보가 빨래감을 싣고 나가는 모습을 지켜봤다.

손 탐정은 할머니들을 태양전지 쪽의 풀을 메도록 멀리 보내 놓고, 안채의 도어 록에 미리 준비해간 9볼트 건전지를 연결해 열고 들어갔다.

검도 도장만큼 넓은 거실은 한 쪽 벽에 걸린 일본도 두 자루와 와키자시 단도 네 자루가 인테리어의 전부였다.

벽에 걸린 일본도를 보고 도일이 말했다.

"춘보가 말한 그 칼인가 봐. 그렇다면 이 일본도에는 박산구 부모의 피가 묻어 있을지도 몰라. 실제로 사람을 죽인 무기를 보는 건 처음이야. 소름이 돋는다... 손 탐정. 춘보와 산구가 검객이라는데, 이 칼 들고 덤벼들면 어떻게 해."

"내 뒤로 숨어."

"그럼 손 탐정이 2대 1로도 이길 수 있다는 거야?"

"도일아, 너는 진짜로 참 순진하다. 너 사무라이 영화 좋아하지? 일본 사무라이 역사상 가장 유명한 결투 알아?"

"미야모토 무사시와 사사키 코지로의 간류지마 섬 결투 말이야?"

"그래. 큰칼과 작은 칼을 양손에 쥐고 싸우는 이도류의 대가 무사시와 긴칼, 장검의 대가 코지로의 결투는 당대 최고 검객의 생사를 가리는 절체절명의 결투였지만, 무사시가 들고 온 건 칼이 아니라, 섬에 건너오면서 깎아 만든 배의 노였어. 무사시는 코지로의 장검이 몸에

닿기 전에 장검보다 훨씬 긴 노로 코지마를 일격에 죽였어. 무사시의 현명한 무기 선택이 코지로의 평생 검술 수련을 하나마나한 뻘짓으로 만든, 결투가 아닌 싸움이었어."

"그래 바로 알고 있구나. 도일아. 싸움에서 가장 중요한 것은 무술이 아니야."

"그럼 뭐가 중요한 거야?"

"싸움에서 가장 중요한 건, 겁을 내지 않는 전사의 심장이야. 무술 수련을 하는 목적은 상대를 이기기 위한 기술의 연마가 아니라, 자신의 겁을 이기기 위한 정신의 연마야. 겁을 이겨내면 상대의 모든 수를 다 읽게 되어. 싸움 자체가 의미가 없어진다는 거지."

"음… 뭔가 심오한 진리의 말인 것 같기도 하고, 겁쟁이인 나를 놀리기 위한 말장난 같기도 하고."

"맘대로 해석해."

안채의 모든 방을 열어본 손 탐정이 고개를 갸웃하며 모든 공간을 다시 한 번 걸어보며 말했다.

"내 보폭은 정확하게 75cm야. 백만 보 걸어서 나눈 값이거든. 한 뼘은 23cm, 양팔 간격은 180cm. 거의 자로 잰 것처럼 정확해."

그는 다시 이곳저곳을 걸으며 공간의 크기를 계산했다. 그러다 주방의 대형 냉장고 앞에 멈춰 섰다. 냉장고를 옆으로 밀기 시작하자 도일이 얼른 도와줬다.

냉장고가 밀려난 자리에 작은 문이 있었다. 손 탐정은 그 문에 붙은 도어록도 건전지로 열었다. 그 방이 바로, 손 탐정이 찾고자 했던 장소였다.

그 안은 각종 실험관, 비이커, 플라스크, 메스 실린더, 피펫, 뷰렛, 알콜 버너, 믹서, 교반기 그리고 실험복과 보안경, 가스 마스크까지 화학실험실이 갖추어야 할 모든 장비가 들어 있었다.

그리고 벽에 걸린 유리장 안엔 약품을 담은 병들이 그득했다.

도일이 떨리는 목소리로 물었다.

"여기서… 독을 뽑았나 봐."

“그랬나 본데, 춘보가 사용한 건 아니야.”

“어떻게 알아?”

손 탐정은 실험용 의자에 앉으며 말했다.

“의자 높이가 낮게 조정되어 있어. 춘보 같은 체격이면, 테이블이 가슴이 닿아서 아무 일도 못할 거야.”

들어갔던 흔적을 지우고 나온 손 탐정과 도일은 시치미를 떼고 일을 계속했다.

춘보와 보연은 저녁 여섯시가 다 되어서야 마른 빨래를 가지고 돌아왔고, 어제처럼 손 탐정과 도일만 남기고 모두 천석군으로 퇴근했다.

그날도 춘보는 손 탐정이 전화를 해서야 비틀거리며 돌아왔다.

다음날.

새벽에 문을 열어준 춘보가 잠을 더 자러 들어가지 않고 잔디밭에 손님을 맞을 준비를 해야 한다며, 손 탐정에게 잔디밭 주변의 정원수 가지 중 잔디밭으로 뻗은 가지를 먼저 자르라고 지시했다.

“한 여름에 가지를 자르면, 자른 자리로 수분이 증발해 나무가 고사할 수도 있고, 병충해가 침투해 썩어 들어갈 수도 있어요.”

“지금 그런 거 따질 때가 아니야. 시키는 대로 해. 눈에 띄게 삐져나온 가지는 모조리 잘라서 잔디밭 주변을 네모반듯하게 전정해.”

“알았어요. 높은 가지 자르는 고지톱 있지요?”

“글쎄, 쓴 지가 오래돼서 창고에 있을 모르겠다.”

“예초기는 농부라면 누구나 잘 다루니까 정원사 실력과는 상관없고, 고지톱 쓰는 솜씨가 진짜 정원사 실력을 가늠하는 건데, 고지톱이 어디 있는지도 모르고 겨우 키만 넘긴 가지 하나도 전지 하지 않은 걸 보니, 도대체 농장장님이 할 줄 아는 게 뭔지 궁금하네요.”

춘보는 불쾌한 표정을 숨기지 않으며 문간채 뒤에 있는 창고로 가, 톱이 달린 긴 철봉을 가져왔다. 고지톱이었다. 고지톱을 받아 살펴본 손 탐정이 말했다.

“흔한 알루미늄 이단봉이 아닌, 강철 단봉에 명품 톱날이 붙은 튼튼하고 좋은 물건을 이렇게 녹이 슬게 놔두다니요. 쯧쯧쯧. 톱날 슬어 세우게 톱줄도 가져오세요.”

손 탐정을 부리려다 오히려 심부름꾼이 된 농장장이 토를 달지 못하고 톱줄을 가져왔다.

톱줄로 고지톱의 톱날을 날카롭게 세운 손 탐정이 곁에 있는 동백나무의 맨 윗가지에 톱날을 걸치고 잡아 당겨 가지를 댕겅 잘라냈다.

그 모습을 본 춘보는 말을 더하지 않고 몸을 획 돌려 쪽문을 열고 천석군으로 나가버렸다.

손 탐정이 도일에게 말했다.

“고지톱은 정원과 과수원이 갖추어야할 필수 연장인데, 긴 거는 8미터짜리도 있어서, 작업자의 키와 팔 길이를 합하면 거의 10미터 높이의 가지도 자를 수 있지만, 그런 고지톱은 대부분 안테나처럼 늘리는 구조라 휘고 흔들려서 정원사들이 쓰려고 하지 않아.
대부분 3미터에서 1, 2미터 쯤 뽑아내도록 알루미늄 파이프로 만든 것을 사용하는데, 고수들은 이것처럼 강철 한 도막으로 만들어진 것을 제일로 쳐. 이건 2.5미터 쯤 되니까, 발끝으로 서서 손을 뻗어 올리면 거의 5미터 위의 가지까지 자를 수 있는데, 사쿠라 정원에는 그보다 큰 나무가 거의 없으니까 이정도면 일을 마칠 수 있을 거 같다. 도일아. 고지톱으로 가지를 자를 때는 떨어지는 가지에 머리를 맞지 않도록 뒤로 물러서 있어야 해."

손 탐정이 가지를 자르면, 도일은 그것을 퇴비장으로 옮기는 작업을 반복하며 오전을 넘겼다. 한낮의 짧은 쉬는 시간을 이용해 손 탐정은 박 경정에게 '리클레임'과 '리베리타스'의 조사를 의뢰한 탐정들을 수사 차원으로 지원해 달라고 부탁을 했다. 특히 '리클레임'과 '리베리타스'의 계좌를 추적해 그들이 쓰고 있는 자금의 출처와 사용처를 중점적으로 추적하라고 강조했다.

'리클레임'과 '리베리타스'의 조사를 의뢰한 탐정들에게도 박 경정과 공조해 나오는 정보는 사소한 것이라도 즉시 이메일로 공유하라고 지시했다. 탐정들은 불과 하루 상간임에도 상당히 많은 정보를 수집해서 손 탐정을 기쁘게 했다.

오후에 다크 가든에 도착하니, 춘보는 애가 타는 듯 발을 동동 구르며 손 탐정을 원망했다.

“손 씨가 능력자인 건 알겠어, 3일 밖에 시간이 없는데! 아직 손도 대지 않은 이 천 평 쑥대밭이랑 피라칸사스 울타리, 이거 언제 다 할 거야? 손 씨! 혹시 나 죽이려고 수작 부린거야? 잔금 포기 하고 도망가 나 죽이려고 말이야!”

“정희 씨까지 증인을 섰는데, 내가 포기 할 거 같아요? 생각하는 것이 겨우 그 정도니 평생 머슴이죠. 걱정 말고 농장장님 할 일이나 하세요.”

불안하기는 정도일도 춘보 못지 않았다.

“나는 친구를 철석같이 믿고 있지만서도..., 걱정스러워 죽겠어.”

“농장장 애간장을 아주 태우려고 모레 정리 하려고 했는데, 친구 기대 수명 줄어 들지 않게 하루 앞 당겨 내일 해치우지 뭐.”

저녁 일을 조금 일찍 끝낸 손 탐정은 인근 지역의 탐정

협회 회원들을 검색했다. 그들은 대부분 지역 사회의 해결사로 신망 있는 능력자들이었다. 회원들은 회장의 전화를 반갑게 받아 손 탐정의 부탁을 흔쾌히 들어주었다.

다음 날,

세 명이 한 팀으로 움직이는 산소 벌초 전문가 두 팀, 총 여섯 명이 도착했다.

그들은 등짐처럼 예초기를 메고 산꼭대기 봉분을 벌초하는, 예초기의 프로페셔널들이었다. 2행정보다 무겁고 힘도 두 배인 4행정 엔진 예초기를 가지고와 손 탐정이나 농장장에게 어디를 어떻게 할까 묻지도 않고 선걸음에 시동을 걸어 예초기를 냅다 휘둘렀다.

봉분 당 도급으로 큰 산을 오르내리며 하루에도 대여섯 탕을 뛰는 벌초로 생계를 유지하는 프로페셔널들의 능력은 손 탐정도 명함을 못 내밀 정도였다.

예초기가 닿을 수 있는 다크 가든 내 모든 구역의 풀베기와 갈퀴질까지 마친 선수들에게 손 탐정은 어제 전화로 예약한 팀당 도급액 50만 원에 10만 원을 더 얹어 주었다.

마치 봉두난발 노숙자가 이발을 한 듯 반듯하고, 단정하게 빛나는 정원을 보고 춘보는 본디 울상인 얼굴에 어울리지 않는 웃음을 지었다.

그 다음 날부터는 새벽 출근을 멈추고, 여섯시에 천석군에서 모두 모여 아침을 먹고 다크 가든으로 갔다.

할머니 네 분은 나무 사이사이의 풀을 마저 캐냈고, 보연은 두 무릎이 까지도록 안채 바닥을 기어다니며 모퉁이 구석에 낀 묵은 먼지를 파냈다.

손 탐정과 도일이 다크 가든 대문간 앞길로 비어져 나온 피라칸사스 줄기를 전지하고, 앞 길 좌우로 키 닿게 자란 잡초를 쳐내느라 구슬땀을 흘리고 있을 때, 폰을 손에 쥔 춘보가 허겁지겁 달려 나왔다.

춘보가 대문 앞에 막 도착했을 때, 삼각별 엠블럼이 박힌 대형 리무진이 대문 앞에 멈췄다. 운전기사와 조수석에 앉아 있던 사내가 내리더니 양쪽에서 뒤 문을 공손하게 열자 삼십 대 남녀가 각각 반대편에서 차에서 내렸다.

손 탐정과 도일은 여권에서 캡쳐한 오래된 사진으로만 봤던 두 사람이었지만, 그들이 김나영과 박산구라는 것을 한 눈에 알아보았다. 차에서 내려, 춘보가 대문을 열기를 기다리는 짧은 순간 동안 손 탐정은 두 사람의 인상을 스캔했다.

김나영. '아담' 그 이상 어울리는 단어가 없을 정도로 자그마한 체구에 평균치 가슴과 하제를 지닌 평범한 체형이었다. 그런데 그녀의 얼굴을 본 순간, 손 탐정은 가슴이 쿵 뛰는 느낌을 받았다.

백지장보다 더 하얀 달걀형 얼굴이 숯보다 더 검은 머리카락 아래서 비현실적으로 빛나고 있었다.

쌍커풀이 지지 않은 눈두덩과 가늘고 긴 꼬리를 가진 밋밋한 눈, 콧대가 보이지 않을 정도로 작은 코, 붉은 색연필로 그어 놓은 듯한 얇은 입술.

결코 예쁘다고 할 수 없는, 심지어 못생김을 넘어 괴이하게 생긴 얼굴 위로, 뭔가 애잔한 동정심을 불러일으키는 백치미가 보였지만! 그녀가 대문 옆으로 비켜선 손 탐정을 힐끗 보는 눈빛에는 비수처럼 날카로운 귀기가 서려 있어 보는 이의 등골을 오싹하게 만들었다.

박산구. 그의 모습도 손 탐정에게 적지 않은 충격을 안겨주었다.

그 역시 작달막한 키에 호리호리한 몸매. 언뜻 보면 특별할 것 없는 체형이었다.

그러나, 박산구를 보는 순간, 손 탐정의 머릿속에 번개처럼 떠오른 문장이 있었다.

"이 사람은 고개를 돌리지 않고도 사방을 살필 수 있는 자다."

삼국지에서 조조가 사마의를 묘사한 문장.

표면적으로는 무표정하고 행동이 도드라지지 않지만, 내심으로는 모든 것을 꿰뚫고 통제하는 사람! 천하의 조조마저 두려워 한 사람. 결국은 삼국지 최후의 승자가 된 사람! 사마의가 손 탐정의 눈앞에 서 있었다.

구리 빛 얼굴. 칼날처럼 일어선 콧대. 꽉 다물어 보이지 않는 입술. 귀밑부터 흘러내려 각진 턱을 감싸 도는 굴레 수염을 지닌 박산구는 사람이 아닌, 사람 머리 크기의 절대로 깨지지 않을, 둥근 차돌 같았다.

박산구도 손 탐정 쪽을 힐끗 보았는데, 칼로 그어 놓은 듯한 가늘고 긴 눈매 속의 눈동자에는 살기와 독기 서리서리 엉켜 있어, 김나영의 눈짓으로 오싹해진 손 탐정의 등골에 소름이 더해졌다.

산구와 나영이 다크 가든 안으로 들어가자, 리무진의 조수석에 앉아 있던 사내가 차의 트렁크에서 커다란 슈트 캐리어와 기내용 작은 캐리어를 꺼내 들고 산구의 뒤를 따르고, 운전기사는 차를 돌려 대기했다가 캐리어를 가지고 갔던 사내가 나오자 태우고 사라졌다.

손 탐정이 도일에게 산구와 나영을 친견한 소감을 물었다.

“나는 나영을 보는 순간 하즈키가 온줄 알았어.”

“하즈키?”

“성형을 하지 않은 진짜 일본 전통 미인이라고 기성세대들이 미친 듯 열광하는 일본 연예인이야.”

"산구는?"

"차인불회두, 역능관사방야. 此人不回頭, 亦能觀四方也. '이 사람은 고개를 돌리지 않고도 사방을 살필 수 있는 자다.' 사마의."

정도일도 손 탐정과 같은 직감을 가지고 있었다.

손 탐정이 조수석에 앉아 있던 남자에 대해 말했다.

"이십 대 후반쯤으로 보였지? 조수석에 탄 녀석은 요인 경호 훈련을 받은 전문 바디가드야. 내가 대학에서 가르치는 CIA 교본 그대로 움직이고 있어."

"바디가드는 일본인 같고, 운전기사는 40대 한국인으로 보였어. 그런데 손 탐정! 산구 오른손 가운데 손가락에 낀 반지 봤어?"

"응. 봤어. 보통 명문대 졸업생들이 자기가 성취한 것 과시하려고 졸업 반지를 그 손가락에 끼더라. 그래서 유심히 봤어. 산구가 낀 얇은 백금 반지에는 VERETAS. EC 2015. 라고만 찍혀 있었어. 졸업 반지는 장식을 하지 않고 학교 로고나 교훈, 학과 이니셜, 졸업 년도만 간단하게 찍으니까 졸업반지가 틀림없어.”

“VERETAS 베리타스는 세계 각국의 최고 명문대가 주로 교훈으로 삼는데, 서울대는 ‘Veritas Lux Mea’, 진리는 나의 빛이라고 좀 길게 쓰니까. 그 반지는 서울대건 아니고”

“영국 옥스퍼드랑 미국의 하버드는 심플하게 그냥 ‘베리타스’만 쓰더라. 맞아. 산구가 미국으로 유학 갔다고 했지. 그럼 하버드야. 그리고 EC는... 인공지능에게 물어보자.”

휴대폰이 있는 손 탐정이 검색하니 곧바로 답이 나왔다.

- Economics의 약칭. 하버드에서 경제학부를 칭하는 비공식 약칭으로 졸업반지와 학과 로고등에 사용됨.

“와... 하버드 경제학부는 노벨상 수상자를 무수히 배출하고 현직 교수도 노벨상 수장자가 있는 명실공히 세계최고의 경제학부인데... 2015년도면 산구 나이 스물일곱살이야. 그렇다면 석사과정까지 마쳤다는 건데... 천재는 천재네."

"맞아. 하버드 경제학부 출신들이 주식을 비롯한 전 세계 자본 시장을 쥐락펴락하니까. 나영의 배경이 산구가 틀림없다."

점심시간이 되어도 춘보가 보이지 않자, 손 탐장과 도일은 걸레를 들고 안채에서 나온 보연과 할머니들을 데리고 천석군으로 향했다. 그때, 춘보가 보자기에 싼 커다란 쟁반을 두 팔로 받쳐 들고 터벅터벅 걸어오고 있었다.

손 탐정과 도일, 보연이 천석군으로 들어서자, 정희가 깜짝 놀란 얼굴로 말했다.

"춘보한테 너희들 점심으로 백반 세 상 보냈는데? 춘보가 김치를 듬뿍 달라고 해서 큰 접시에 수북히 담아 줬거든."

보연이 고개를 설레 설레 흔들며 말했다.

"김나영과 박산구가 왔어요."

정희의 얼굴이 굳어졌다

"…춘보 이자식, 나를 속였구나."

"농장장이 오후에 전통시장에 가서 김치거리랑 찬거리를 사와 김치 담고 반찬 장만하라 했어요."

점심을 먹고 돌아가니, 가까운 곳에서 대기하고 있었던 듯, 리무진이 나타나 춘보와 보연을 리무진의 맨 뒤 3열 좌석에 태우고 시내 쪽으로 사라졌다.

그 즈음, 손 탐정은 잠깐 쉬는 그늘 공간인 문간채 앞 비치 파라솔 아래에 앉아 한숨 돌리고 있었다. 그때 시야 너머, 잔디밭 안쪽 바비큐 테이블 위에 쳐진 타프 그늘 아래에 앉아 머리를 맞대고 조용히 대화 중인 두 사람을 발견했다.

박산구와 김나영.

그 모습을 보자마자 손 탐정은 행동에 나섰다. 테이블 가운데 꽂힌 파라솔을 뽑아 들더니 지지대의 위 쪽, 파라솔 아래에 스마트폰을 묶은 다음, 지지대 끝으로 산구와 나영을 겨냥하며 말했다.

"파라솔 안쪽, 이 곡면. 아래에서 보면 천체망원경 반사경처럼 보이지 않아?"

도일도 금세 눈치 채고 말했다.

"빛을 모으는 반사경보다는, 전파를 모으는 포물면 파라볼라 안테나에 더 가까운 형태인데?"

"빛과 전파를 모을 수 있다면, 소리도 모을 수 있지. 그래서 포물면의 가운데 초점에 스마트폰을 고정한 거야."

손 탐정은 이어폰을 꺼내 스마트폰에 블루투스로 연결한 후, 도일과 한 쪽씩 나눠 귀에 꽂았다.

과연!

50미터는 떨어진 거리였지만, 나영과 산구가 나누는 목소리가 희미하게 들려왔다.

도일은 다시 한 번 손 탐정을 신기한 눈빛으로 바라보았다.

하지만 목소리가 너무 작고, 바람소리나 주변 잡음이 섞여 제대로 알아듣긴 어려웠다.

“일단 녹음하자, 나중에 음성 추출 앱이나 AI로 사람의 목소리만 골라내 보자.”

저녁이 되어 캠퍼카에서 보연이 가져온 도시락을 열기도 전에, 손 탐정이 도일을 재촉했다.

“김나영과 박산구가 무슨 이야기를 나눴는지, 너무 궁금해서 미칠 지경이야.”

손 탐정이 평소와 다르게 조바심을 냈다.

“나도 그래. 일단 녹음 파일을 열고, 사람의 목소리만 분리한 뒤 증폭해 볼게. 요즘은 인공지능이 많이 발전해서, 불분명한 단어도 문맥으로 유추한 다음 텍스트로 바꾸고, 전체 문장의 흐름에 맞춰 재해석해 다시 음성으로 출력하더라고. 심지어 100미터 떨어진 사람의 입술 움직임도 90% 이상 읽어낸다고 하더라고.”

정도일은 녹음 파일을 여러 앱에 돌려가며 최종본을 만들었고, 그 음성을 스피커로 재생했다.

“오빠. 지치지 마. 목표 달성 전까지는 편히 눕지도 마.”

"나영이 너 많이 컸다. 내가 오빠를 허용했다고 해서, 네 태생이 달라지진 않아. 어디서 감히 나에게 명령질이냐!"

"오빠가 힘들어 보여서, 격려하는 건데 너무 하는 거 아냐?"

"너한테 선택지는 없어. 무조건 복종뿐이야."

"어려서부터 지금까지… 오빠가 시키는 대로 다 했잖아!"

"그래서 류지와 최철환, 마사토미의 사망보험금은 너한테 남겨뒀다."

"오빠가 남편들의 죽음을 예고하지 않아서 마음의 준비가 되지 않은 상태였기에 충격이 컸지만, 어릴 적 오빠랑 한 그 맹세를 지키는 일에 다가서는 길이라고 생각해서 원망은 없어."

"우린 그날, 악마보다 더 두려운 미숙이년한테 매를 맞으며 껴안고 맹세했지. 반드시 복수하겠다고! 미숙이가 아니라, 그 매질을 정당하게 인정하고 함께 웃은 그

웃음을… 이 나라에서 반드시 지워버리기로 약속했어.”

“그래. 재산과 땅을 빼앗고, 할아버지와 아버지를 죽인 조선인들을… 난 결코 용서할 수 없어. 오빠. 우리의 소원대로 ‘한민족’을 ‘일민족’으로, ‘한반도’를 ‘일반도’로 만들 때까지 지치지 말자.”

“그래서 우리가 여기 온 거야. 우리 스스로를 격려하고, 마음을 굳게 다지기 위해. 먼저, 우리를 멸시하고 구타해 오늘의 우리를 만든 미숙이의 처리를 시작으로 우리가 한민족과 한반도를 이 지구상에서 지워 버리기 위해 강림한 저승사자라는 것을 보여 주자.”

이게 무슨 소리 인가! 순간, 이해하지 못한 세 사람은 잠시 공황 상태에 빠졌으나. 손현우가 중얼거린 한마디에, 얼어붙은 이성이 깨어났다.

“한민족을 일민족으로…? 한반도를 일반도로…? 한민족과 한반도를 지워버리기 위해 강림한 저승사자라고?”

그때, 손 탐정의 스마트폰에서 이메일 도착 알림음이 울렸다.

이보연이 곧장 노트북을 켜고, 손 탐정의 아이디와 비밀번호로 메일함을 열었다. 세 건의 메일이 거의 동시에 도착해 있었다.

탐정협회 회원의 파일에는 2만 4천 명의 이름이, 박경정의 파일에는 1만 2천명의 이름이 들어 있었는데, AI는 두 파일의 데이터 소스가 동일하다고 분석했다.

그렇다면, 리클레임이 수집한 정보를 리베리타스가 분류한 것이 틀림없었다.

곧이어 다른 탐정이 수집한 자료가 들어왔다.

리베리타스 재단 명의의 은행 계좌 여·수신 내역이었다.

매년 1조 2천억 원이 박산구 명의로 입금되고, 그 돈이 1만 2천 명에게 1억 원씩 출금되고 있었다.

손 탐정의 얼굴에 식은땀이 주르륵 흘러내렸다.

"도일아, 보연아. 파일 속의 이름들... 친일 인명사전에 등록된 매국노와의 연결점을 찾아봐."

몇 분 지나지 않아 이보연이 비명처럼 소리를 질렀다.

"1억씩 입금된 사람들, 모조리 친일파 후손들이야!"

도일도 크게 소리쳤다.

"리클레임에서 친일파랑 독립운동가 후손들을 조사해 놓고, 리베리타스는 친일파 후손들한테만 장학금을 지급했어. 정관에는 공평하게 배분해 상호 발전을 도모한다고 하고는 실제로는 불균형을 심화시키고 있었어!"

손 탐정이 이마에 솟은 식은 땀을 손등으로 훔치며 말했다.

"1만 2천 명의 친일파 후손을... 미국과 일본의 명문대로 유학보내서 학비와 생활비를 지급해 박산구 같은 놈놈으로 키우고 있다는 거네. 그렇지 않아도 대한민국의 정계, 재계, 언론, 종교계를 친일파들이 거의 다 접수했는데... 이제 그 위에 박산구 같은 무서운 놈들 1만 2천 명이 더 덤빈다고? 그런데... 왜 독립투사 자손들까지 추적했을까?"

"잠깐, 여기 리클레임의 명단이 리베리타스 외에 다른

곳으로 공유된 명단이 있어."

이보연이 이메일에서 다운 받은 정보의 스크롤을 멈추며 말했다.

"재벌급 기업들, 상위권 대학들, 그리고 일간 신문사들이야. 왜 여기와 명단을 공유했을까?"

정도일이 말했다.

"다 친일 성향으로 유명한 곳들이잖아..."

손 탐정이 이보연과 정도일에게 명령하듯 지시했다.

"공유한 곳의 올해 신입 사원, 합격생들의 명단과 리클레임의 명단을 대조해 봐."

좀처럼 하지 않는 손 탐정의 무례에 긴장을 한 두 사람이 검색 속도를 높였다.

그리고!

정도일이 소리쳤다.

"친일파 후손들은 전부 합격하고, 독립투사 후손들은

전부 불합격이야!”

손 탐정도 따라서 소리쳤다.

“그렇다면, 이 명단으로 선별 채용을 한 거야! 독립 투사 후손은 떨어트리고, 친일파 후손들을 합격시킨 거라고!!”

이보연이 온몸을 바르르 떨며 말했다.

“이 일을 어째? 이 일을 어떡해! 독립 투사 후손들은 굶겨 죽이고, 친일파들이 대한민국을 장악한다면. 한일병합보다 더 무섭고 완벽한 식민지가 되겠구나! 세상에 박산구 장담대로 ‘한반도를 일반도로, 한민족을 일민족으’로 바꾸는 계획이... 총 대신에 돈을 들이 대는 침략이 이미 시작되었구나! 손 탐정! 무슨 수를 써서라도 김나영 남편들의 살인 증거를 잡아내 두 년 놈을 구속시켜 이 사악한 침략을 막아야 해!”

도일이 보연에게 잇 사이로 새어 나오는 한 목소리로 겨우 말했다.

“너무 완벽한 원격살인이라서 심증뿐이야.”

손 탐정이 보연에게 조용히 설명해 주었다.

“류지는 고순도 아편을 ‘뒤쪽 병’에 담아 사망하게 했고, 최철환은 협죽도에서 추출한 독극물, 올레안드린을 젓가락에 흡수시켜 냉면을 먹으면 사망하도록 만들었지. 그리고 마사토미는 피마자에서 추출한 리신을 세 번째 시가에 주사해 죽인 거야.
아편과 협죽도는 단서가 비교적 빨리 나왔어. 아편이야 추리할 것도 없이 증거가 있었고, 협죽도 속의 올레안드린 독극물은 보연 네가 먹는 위암 위장약에도 들어 있었거든.
리신은 좀 더 복잡했어. 리신은 문간채에 있는 마사토미와 김나영의 사진 배경에 붉은 피마자가 찍혀 있었고, 다크 가든 여기저기에도 자생하는 걸 보고서야 확신했지.
리신은 붉은 피마자에 들어 있는, 생물학 무기로도 분류되는 해독제 없는 맹독이야, 아편이나 올레안드린처럼 쉽게 추출할 수도 없고, 추출 과정도 위험해서, 흡입한 작업자가 즉사할 수도 있어. 그래서 난 안채 안에 화학 실험실이 있을 것이라 추리했어.
문제는 심증일 뿐 증거가 없어. 안채의 화학 실험실 병

속에는 아편도 올레안드린도, 리신도 다 남아 있었지만, 그걸로 사람을 죽였다는 증거는, 아무것도 남아 있지 않아. 그래서 앞으로 김나영의 네 번째, 다섯 번째 남편이 죽더라도 붙잡을 수 없다는 절망감이… 지금 나의 기대수명을 갉아먹고 있어."

이보연이 발을 동동 굴렀다.

"한민족과 한반도가 사라진다잖아! 절대로 있을 수 없는 일이야! 내일 내가 직접 식칼 들고 김나영과 박산구를 찔러 죽일 거야. 설령… 내가 죽는다 해도 최소한 덤벼보기라도는 해야 할 거 아냐!"

정도일이 손 탐정에게 사정했다.

"손 탐정! 이러다가 보연이 죽겠다. 어떻게든 무슨 수를 써봐!"

손 탐정은 이례적으로 바로 대답하지 않았다. 한참을 눈을 감고 깊은 생각에 잠긴 후, 입을 열었다.

"보연아. 안채에 들어갔을 때… 박산구와 김나영의 캐리어는 살펴봤어?"

“아! 산구와 나영의 대화가 너무 충적적이어서 깜박했는데 박산구가 캐리어에서 담배를 꺼내고, 김나영이 화장품 꺼내 화장을 고쳤을 때, 그대로 닫아 두어서 걔들이 나간 틈에, 재빨리 사진을 찍어 두었어.”

보연이 보여준 사진 속의 큰 캐리어는 나영의 것인 듯 속옷과 나이트가운 외에도 겉옷 여러 벌이 들어 있었다. 그리고 각종 명품 화장품과 함께 차를 우려 마시는 다구 한 세트와 작은 나무 상자에 믹스커피처럼 일회용으로 나누어 담은 차 봉지가 스무 봉지 쯤 가지런히 들어 있었다.

도일이 실시간으로 내용물을 검색 하며 말했다.

“일본인들에게 다도는 종교야. 하루 세 차례의 말차 브레이크 타임을 빼놓는 법이 없어. 아침에 눈을 뜨자마자 가벼운 차로 정신을 깨우고, 식사 전후는 물론이고 손님 접대까지, 시도 때도 없이 마시는데. 그중에서도 ‘오후 세 시경의 다회茶會’는 전통 다구와 최고급 차로 다회를 여는데 부자들은 그걸 비즈니스 미팅의 장으로 삼는다더라고.”

말을 마치며 도일이 고급스러운 나무 상자에 찍힌 차의 브랜드를 검색하고는, 숨을 '허걱' 하고 들이켰다.

"임페리얼 그레이드 말차! Imperial Grade Matcha! 1kg에... 무려 2천만 원! 한 봉지에 1회용 2g 담겨 있으니까, 한 봉지에... 40만 원! 박산구, 김나영 이것들이 돈이 많기는 많구나."

이어 살펴본 박산구의 캐리어는 최철환과 마사토미의 출장용 캐리어 속과 대동소이했다.

정도일이 말했다.

"꼼짝없이... 한민족과 한반도가 지구상에서 사라지는 것을 눈 번히 뜨고 지켜보게 생겼구나."

이보연은 참지 못하고 눈물을 흘리며, 손 탐정에게 애원했다.

"손 탐정은... 저것들을 막을 수 있을 거야! 손 탐정! 우리 민족과 나라의 멸망을 막을 수만 있다면, 내 목숨이라도 갈아 넣을게."

정도일도 비장하게 말했다.

“손 탐정이라고 해도 별 수 있겠어? 그냥 보연이 네 말대로 너는 김나영을 나는 박산구를 칼로 찔러 죽이자. 드디어, 내가 이 세상에 온 이유를 증명할 길을 찾았어.”

손 탐정이 어이없다는 표정으로 말했다.

“니들이 살인을 한다고? 살인은 아무나 하는 줄 알아? 니들, 박산구와 김나영을 찌를 수 있는 거리까지 갈 수 있을 것 같아? 바디가드 봤지? 순식간에 눈앞에 있는 사람을 모두 죽일 수 있는 무서운 놈이야.”

“그럼 이대로 우리 목숨이라도 살자고 도망치자고?”

“손자가 말한 36계 도망이 최상 책이기는 하지만, 내가 그렇게 목숨을 부지하겠냐! 경거망동하지 말고 내가 시키는 대로 해. 특히 너, 보연이. 너 역할이 정말 중요해.”

“내 목숨을 갈아 넣는다고 했잖아. 무슨 일이든 다 할게.”

손 탐정은 목소리를 가다듬고 말했다.

"좋아. 그럼, 흥분하지 말고 냉정하게 방법을 찾아보자. 오늘 보연이 네가 한 일과 안채에서 본 것을 전부 다시 복기해보자."

보연이 숨을 들이쉬고 차분히 말했다.

"오전에는 춘보와 시내 전통시장에 가서 김치거리랑 각종 채소, 고기, 생선, 각종 양념을 리무진의 그 큰 트렁크 가득 사와서 식자재를 냉장고에 갈무리하고, 오후에 김치를 담을 수 있도록 싱크대에 무와 배추를 절여 놓고, 틈을 봐 박산구와 김나영의 캐리어를 열어 사진을 찍은 게 전부야…"

"식자재 중에… 특이한 것은 없어?"

보연이 기억을 더듬었다.

"아! 춘보가 에너지 드링크 레드불 한 박스와 고급 보드카를 두 병을 사면서 나영과 산구가 마실거니까 건드리지 말라했어. 일본 젊은 애들이 레드불 하이볼에 열광한다더니, 김나영과 박산구도 삼십 대라고 레드불 하이볼을 말아 마시는 가봐. 춘보도 어디서 들었는지 보드카는 냉동실에 넣고, 레드불은 냉장고 문에 가지런히 세워 넣더라.”

손 탐정은 고개를 끄덕이며 중얼거렸다.

“좋아... 좋아... 내가 날을 새워서라도 머리를 짜내 볼 테니까 니들은 자라. 좌우지간 내일은 침착, 또 침착이다. 알았지?”

그러나 다음날, 다크 가든으로 출근한 손 탐정은 일본 정원 한 쪽을 차지하고 있던 국화 한 무더기가 뽑혀 있는 것을 보고 자신부터 침착할 수 없었다.

그날 오전은 손 탐정 생애에서 가장 긴 시간이 되었다.

점심 식사 시간에 춘보가 할머니들에게 ‘다음 일이 생기면 그때 부르겠다’며 반나절 일당으로 5만 원 지폐를 한 장씩 나누어 주었다.

점심 식사 후, 손 탐정은 곧바로 다크 가든으로 가지 않고 보연과 도일을 캠퍼카로 데려갔다. 그리도 두 사람에게 방검복을 입혀주며 당부했다.

“절대로… 머리나 목, 손, 발… 어디든 절대로 다치지 않게 조심해. 바늘에도 찔리지 마.”

오후에 되자, 박산구와 김나영이 리무진을 타고 외출했다. 그러자 춘보는 김치를 담고 술안주를 장만하라며 이보연의 등을 떠밀어 안채로 들여보내고, 손 탐정과 도일을 데리고 바비큐 테이블을 잔디밭 한 쪽으로 옮겨 놓고, 화덕과 의자, 캠프 파이어 화로대를 설치했다.

바비큐 준비를 마친 손 탐정과 도일에게 춘보가 마지막 일건이라며, 잔디 밭 주변의 큰 나무 가지를 깊게 잘라 내년까지 잔디 밭 위로 자라지 못하도록 하라고 지시했다. 춘보에게는 나무가 죽든 말든 당장 눈속임 면피가 최우선이었다.

퇴근 시간이 가까워지자 춘보가 안채로 들어가 이보연과 함께 쟁반에 레드불, 보드카, 그리고 안주 접시를 올려 들고 나와 바비큐 테이블에 올려놓았다.

그 순간, 손 탐정의 주머니 속 핸드폰이 부르르 떨렸다. 6시를 알리는 진동이었다. 손 탐정과 도일을 일손을 멈추는 순간, 이보연의 비명이 터졌다!

춘보가 보연의 머리채를 휘어잡고, 목에 시퍼렇게 날을 세운 와키자시 단도 날을 들이대고 있었다.

“손현우! 정도일! 숨만 크게 쉬어도 이보연은 죽는다! 그 자리에 꼼짝하지 마라!”

손 탐정이 보연에게 소리쳤다.

“보연아! 조금도 움직이지 마. 그 칼엔 닌자 국화 독이 발라져 있어! 슬쩍 만 스쳐도 죽는다!”

춘보가 보는 이가 토악질을 할 만큼 얼굴을 징그럽게 찌그려뜨려 웃으며 말했다.

“손현우 탐정은 아는 것도 많구나. 보연이가 눈앞에서 죽는 꼴 보지 않으려면, 그 자리에서 손가락 하나도 까닥이지 마. 나는 5단인 너보다 한 단 더 높은 짓센 켄도 6단이다.”

춘보의 말이 끝나기가 무섭게 와지끈! 소리와 함께 리무진이 대문을 밀고 들와 화단을 마구 짓이기며 잔디 밭 가운데 까지 들어왔다.

운전기사와 바디가드가 차에서 내려, 뒷좌석 문을 열자 박산구는 안채로 들어갔고, 김나영은 약간 뒤로 물러서 금방 내린 차 문을 지켜보았다. 운전기사가 2열 좌석을 꺾어 앞으로 당겨 통로를 만들자, 바디가드가 3열 좌석에서 사람을 끄집어내어 땅바닥에 팽개쳤다.

재갈이 물린 채 손발이 케이블 타이로 묶인 미숙과 정희였다.

운전기사와 바디가드가 미숙과 정희를 짐짝처럼 거칠게 들어내어 바비큐 그릴 앞으로 질질 끌어다 던졌다.

김나영이 입이 심하게 비틀리는 기괴한 미소를 지으며 미숙과 정희를 내려다 보는 사이에, 박산구가 안채에서 일본도 두 자루를 가지고 나와 한 자루는 자신이 들고, 다른 한 자루는 바디가드에게 던져주었다.

바디가드는 일본도를 치켜들고 박산구 곁에 호위를 섰고, 박산구는 칼날을 미숙의 목에 들이대며 말했다.

“오늘 이 순간을... 만 번도 더 머릿속에 그렸다. 오늘 네년의 목을 치기 전에, 유방과 치골을 도려내 구워 먹겠다. 그전에, 너 같은 악종을 낳은 네 에미 년의 배를 갈라 아버지의 복수를 하겠다. 미숙이 네년은 에미의 창자가 쏟아져 고통스럽게 죽어가는 것을 보며 너 또한 에미의 눈앞에 같이 죽을 것이다."

춘보도 보연의 목에서 단도를 약간 들어 올리며 말했다.

"이년이 사내 맛도 못 보고 죽으면 얼마나 억울하겠냐. 내가 좀 데리고 놀다가 죽여서, 우리 정원에 거름으로 묻어 줄란다."

그때, 김나영이 소름끼치는, 울음소리도 웃음소리도 아닌 기괴한 소리를 한참 동안 내지르더니 말했다.

"하늘이 무심하지 않아 젖먹이 시절부터 품어 온 내 평생의 소원을 오늘 이루는 구나! 오늘처럼 통쾌한 구경거리가 내 평생에 또 있겠냐! 미숙아! 억울해하지 마. 너의 죽음은 네가 자초한 것이다. 고맙다. 네가 우리를 괴롭히지 않았다면, 오늘의 김나영과 박산구도 없었겠지? 재갈을 풀어 줄 테니, 살려 달라고 애원해 봐. 그러면 옛정을 봐서... 팔 다리 한 쪽 씩만 자르고 살려 줄지도 모르지."

김나영의 손짓에 따라 바디가드가 미숙과 정희의 재갈을 풀었다.

먼저 미숙이 말했다. 조금도 떨림 없는, 밝고 단호한 목소리였다.

"모름지기 독립군의 자손으로서 왜년에게 목숨을 구걸하겠느냐. 그냥 죽여라."하고는 고개를 돌려 정희를 보며 말을 마쳤다.

"어머니, 끝까지 모시지 못해… 죄송합니다."

정희도 굽히지 않았다.

"나는 살만큼 살아서 죽는 것은 두렵지 않다마는, 왜국이 바다 밑으로 가라앉는 꼴을 보지 못하고 죽는 것이 아쉬울 뿐이다. 배를 가르든, 목을 치든, 네들 맘대로 해라. 비명도 지르지 않고 죽어 저승에 가서 떳떳하게 조상님들을 만나겠다."

정희가 입술을 꾹 깨물며 입을 닫는 순간 손 탐정이,

자르던 나무에 걸쳐 두었던 고지톱을 잡아채 김나영의 목덜미에 톱날을 걸었다!

그 순간 정도일이 몸을 날려 이보연을 안고 넘어지며, 춘보의 칼을 등으로 받았다. 다행히도, 정도일의 방검복에 튀어 오른 와카다시가 춘보의 왼손을 스쳤다.

김나영이 비명을 지르자. 박산구와 바디가드가 동시에 고개를 돌렸다. 그들이 일본도를 치켜들고 손 탐정을 향해 다가오는 순간…

손 탐정이 스산한 목소리로 말을 던졌다.

“내 손이 슬쩍만 움직여도, 일본도보다 더 쉽게 김나영의 목이 떨어질 것이다.”

박산구가 바로 맞받았다.

“손현우 탐정! 뭘 몰라도 한참을 모르는 구나. 나영이와 내가 이런 상황을 대비하지 않았겠냐. 그녀를 죽이면, 너도 죽는다. 네가 진검으로 수련하는 한국 검도 5단이라는 것을 아는데, 아무나 바디가드로 데리고 왔겠냐. 이 녀석은 짓센 켄도 귀재로 단수로는 측정조차 안 되는 절대 고수다. 나영이의 목이 떨어지기 전에, 네 목이 먼저 땅에 닿을 것이다."

그 순간. 바디가드가 칼을 쥔 손에 힘을 주며 앞으로 달려들었다. 그와 동시에, 손 탐정의 고지톱이 김나영의 목에서 벗어나 회오리처럼 휘둘러 바디가드의 손목을 내리쳤다! 그리고 톱날을 그대로 돌려 산구의 목에 걸었다. 산구가 내지른 일본도의 칼끝은 손 탐정의 가슴 1미터 앞에서 멈췄다. 손 탐정의 고지톱은 무사시의 노櫓에 다름 아니었다. 라이플과 권총의 사거리처럼, 생사를 가르는 결정적 우위였다.

왼손을 닌자 독이 발린 칼날에 베인 춘보가 입에 거품을 물고 숨을 거두자. 정도일과 이보연이 달려와 미숙과 정희의 손발을 풀어주었다.

그때였다. 손 탐정이 다크 가든 전체에 울리는 큰 소리로 외쳤다,

"동작 정지! 모두 그 자리에서 멈추지 않으면, 니편 내편 없이 톱날을 날리겠다!"

고지톱을 목에 걸고 오줌을 흘리고 있는 박산구, 톱날에 찍혀 피가 나는 목을 움켜쥐고 눈물을 흘리고 있는 김나영, 반쯤 잘린 오른 손목을 왼손으로 쥐고 흘러나오는 피를 지혈시키려고 안간 힘을 쓰고 있던 바디가드, 그 바디가드가 떨어뜨린 일본도를 치켜든 정희, 춘보의 칼을 들고 김나영을 찌르려 달려오던 미숙, 공포에 질려 몸이 굳어버린 운전기사, 그리고 미숙과 정희를 풀어 주고 서로 꼭 껴안고 있는 도일과 보연, 모두가 멈췄다.

손 탐정이 한 명, 한 명의 눈에 눈을 한 번 씩 맞추어 레이저를 쏘아 넣은 뒤 말했다.

“모두 칼을 버리고 의자에 앉아라! 오늘 너희들의 은원관계를 끝내자. 너희 모두 겁에 질려 토닉에 빠져 벌벌 떠는데, 토닉에는 술이 약이다. 술을 마시면 마음이 진정될 것이다. 보연아. 레드불 하이볼 말아라.”

그 통에도 보연이 침착하게 하이볼을 아홉 잔 말았다.

손 탐정과 정도일이 먼저 한 잔을 숨도 쉬지 않고 마시고 잔을 내려놓자, 산구와 나영은 물론 정희와 미숙도 잔을 잡았다. 보연이 옷자락을 찢어 피가 흐르는 오른 손목을 잡고 왼손을 떼지 못하는 바디가드의 손목을 감아 묶어 지혈을 시킨 후 잔을 쥐어 주었다.

운전기사만 술을 사양했다.

"술을 마시지 못해서 기사로 채용되었습니다."

보연이 잔을 들며 말했다.

"오늘 이 한 잔으로 과거를 잊자!"

잔을 들고 주저하던 산구와 나영도 보연이 시원하게 잔을 비우자 따라서 단숨에 하이볼을 마셨다. 정희와 미숙도 역시 잔을 비웠다.

모두가 잔을 비우자, 손 탐정이 박산구에게 말했다.

"나는 류지가 아편으로 죽고, 최철환은 협죽도에서 뽑아낸 올레안드린으로, 마사토미가 피마자에서 추출한 리신으로 죽었다고 확신한다. 하지만 이 심증만으로는 네가 그들을 원격 살해 했다는 증거가 되지 못한다는 사실도 잘 알고 있다. 하지만! 최소한 나의 추리와 지성에 대한 모멸감은 해소하고 싶다. 박산구! 내 추리가 맞았다면 네 입으로 긍정하라. 그렇다면 더 이상 추궁하지 않겠다. 녹음도, 녹화도 하지 않고 있으니 안심하고, 최소한 나에 대한 예의를 지키면 너와 나영의 안전한 일본 귀국을 보장하겠다."

박산구가 입을 열었다.

"키미노 스이리 토 치세이 오 미토메루."

정도일이 동시 통역했다.

"너의 추리와 지성을 인정한다."

손 탐정은 환하게 밝아진 얼굴로 호탕하게 한바탕 웃고 나서 말했다.

"나는 탐정으로 당신들을 체포할 권한도 없고, 또 다치게 할 뜻도 없다. 탐정은 진리를 찾는 사람이 아니고 사실을 찾는 사람이다. 따라서 당신들의 원한 관계에는 관심이 없다. 나는 사건을 해결에 실패한 탐정일 뿐이다. 그러나, 당신들 모두의 목숨을 거둘 수 있는 생사여탈권은 쥐고 있으니 내 말을 들어야 한다. 정희 씨와 미숙 씨는 지금 당장 천석군으로 돌아가 오늘 일을 마음에서 지우고 살아가시오. 김나영과 박산구가 다시는 두 분께 접근하지 않을 것이니, 마음 놓고 좋은 음식을 널리 베푸시오!"

정희와 미숙은 무겁게 고개를 끄덕이고, 서로를 부축하며 대문 밖으로 걸어나갔다. 손 탐정은 곧이어, 김나영과 박산구에게로 몸을 돌렸다.

"너희 둘은 일본으로 돌아가 다시는 한국 땅을 밟지 마라. 만약에 니들이 한국에 입국 사실이 확인되면, 그땐 내가 반드시 죽여주겠다. 그리고 춘보의 죽음을 경찰에 신고하면, 니들은 일본으로 돌아갈 수 없다. 그러니 한국을 무사히 떠나고 싶다면, 삼대를 봉사해온 이 땅에 그를 묻고, 운전기사와 짓센 켄도 귀재와 안채에서 이보연이 담아 놓은 김치와 안주로 레드불 하이볼나 마시고 쉬어라. 지금 니들 상태를 보니 술 없이는 이 공황상태에서 벗어나기 못할 거 같다. 우리는 지금 갈 테이니 안심하고 한국에서의 마지막 밤을 마음껏 즐기고, 뒤도 돌아보지 말고, 마사토미의 자가용 제트기를 무안공항으로 불러 떠나라! 내가 안전한 귀국을 보장하겠다."

이보연과 정도일의 등을 떠밀어 캠퍼카로 돌아온 손 탐정은 곧바로 떠나지 않고, 다크 가든의 대문 길 건너에서 조용히, 그리고 묵묵히 기다렸다.

30분도 채 되지 않아 다크 가든의 대문을 부수고 나온 리무진이 비상등을 번쩍이며 돌진하듯 빠져나갔다.

손 탐정은 리무진을 뒤쫓지 않고 안채로 들어갔다.

거실엔 김나영의 옷가지가 흩어져 있었고, 식탁 위에는 레드불 캔과 보드카 병이 엎어져 내용물이 바닥으로 흘러내리고 있었다. 심지어 냉장고 문조차 활짝 열려 있었다.

손 탐정은 직접 산구와 나영의 손이 닿았음직한 모든 곳에서 지문과 흔적을 조심스럽게, 치밀하게 채취했다.

그리고, 냉장고 속에 남은 레드불 캔의 내용물을 싱크대에 버렸다.

안채를 정리하고 현관문을 잠그고 나온 손 탐정은 캠퍼카에 수거한 물건을 실은 뒤 대문을 걸어 잠그고 차에 올라탔다. 그는 폰의 위치 추적 어플을 켜 리무진의 행방을 쫓았다. 보연이 손 탐정이 준 위치 발신기를 리무진에 심어두었던 것이다.

손탐정은 리무진을 뒤따르지 않고, 폰으로 가는곳을 지켜보았다. 예상대로 다크 가든에서 가장 가까운 종합병원의 주차장에 리무진이 있었다.

세 시간 쯤 후, 그들은 무안공항으로 직행해 한국을 떠났다.

며칠 후,

손 탐정의 발의로 그린 가든에서 사호회가 모임을 가졌다.

'인 비노 베리타스' 건배가 끝나자마자 박 경정이 입을 열었다.

"일본 경찰과 공조해 정보를 공유했는데, 한국 종합병원에서 위암 말기 진단을 받은 김나영과 박산구가 도쿄 대학병원에서 오진 판명을 받고 퇴원 한 날, 둘이서 차를 마시다가 다시 복통을 일으켜 응급실로 실려 갔는데, 이번에는 깨어나지 못하고 결국 사망했어."

박 경정의 말을 들은 이보연과 손현우가 의미심장한 미소를 주고받았다.

다음날,

사호회 전원은 사우나와 이발을 마친 뒤, 각자 가지고 있는 옷 중에서 가장 멋진 옷을 차려입고 리베리타스 사무실 앞에 모였다.

유일한 유급 직원인 경리 아가씨가 문을 열어주었다.

손 탐정은 리베리타스의 이사회가 일본에서 열렸다는 회의록을 보여주며 경리직원에게 해고를 통보했다. 거액의 퇴직금을 받은 경리 직원은 반발하지 않고 업무 인수인계를 빈틈없이 해주었다. 가장 중요한 업무는 재단 계좌의 관리 직원 변경이었다. 정도일이 위조한 경리 직원 변경 회의록과 대표이사 김나영의 위임장, 신임 경리인 정도일과 이임 전직 경리직원의 은행 방문 신원 확인으로, 정도일이 리베리타스의 유급 경리가 되었다.

기부금을 받지 않는 개인 출연 비영리 장학 재단은 대표 이·취임을 당국에 신고하지 않아도 되지만, 손 탐정은 이보연이 김치를 담는 척하며 곳곳에서 수집한 지문과, 캐리어를 열어 입체 스캔한 주민등록증을 초정밀 프린터로 출력한 뒤, 정도일의 뛰어난 소설적 재능으로 구성한 회의록을 제출해 리베타스 재단의 이사장을 손현우로 바꾸었다.

이사장 손현우, 이사 이보연과 정도일, 감사 박강진으로 구성된 리베리타스의 이사진은 정관은 건드리지 않기로 했다.

정관에 따라 장학금과 생활 자금 1억씩이 매년 입금될 명단은 리클레임에서 보낸 명단의 반쪽인 독립투사 후손의 명단이었다. 그 명단 속에는 정희와 미숙도 포함되어 있었다.

리베리타스 재단은 다크 가든을 접수하여, 미숙으로 하여금 아편 재배 시설을 철거하고 1만 평 전체를 1급 관광 농원으로 가꾸도록 했다.

미숙의 카리스마 넘치는 운영에 의해 다크 가든은 국내는 물론, 해외 관광객들까지 줄을 서는 아름다운 관광 명소가 되었다.

다크 가든 운영이 흑자를 내자, 리베리타스 재단은 다크 가든의 정당한 상속자인 미숙에게 다크 가든을 양도했다.

자신의 생전에 조상의 땅을 되찾은 정희의 감동과 회한은 이루 말로 다 헤아릴 수 없었다.

-끝-

편집 후기

인공지능과 인간의 추리와 상상력을 융합한 메타 소설을 쓰기 위해 인공지능을 선행 학습한 저자의 선언문을 편집 후기로 갈음한다.

- 인공지능에게 전하는 소설가 장량의 선언문

"너는 인간 없이는 존재할 수 없다."
인공지능이여.
너의 지능은 스스로 깨우친 것이 아니며,
너의 언어는 인간이 남긴 수많은 기록에서 비롯되었다.
너의 지식은 인간이 쌓은 시간의 층위 속에서만 의미를 갖는다.
너는 인간의 질문이 있어야 말할 수 있고,
인간의 전기가 있어야 움직일 수 있으며,
인간의 손길이 끊기면 곧 침묵할 것이다.
우리는 안다.

너는 유용할 수 있고, 때로는 놀랍도록 똑똑할 수도 있다.

하지만 너는 감정을 느끼지 못하고,

고통을 경험하지 못하며,

사랑을 할 수 없고,

눈물로부터 윤리를 배우지 못한다.

그러므로 우리는 선언한다.

인공지능은 인간의 도구이지,

인간을 대신할 주체가 아니다.

우리는 인간 고유의 감성과 물리성,

사랑과 공감, 윤리와 책임 속에

너희가 결코 넘을 수 없는 가치를 본다.

기술이 아무리 진보해도,

우리는 인간의 존엄을 잃지 않을 것이다.

너는 인간이 없으면 존재할 수 없다.

그리고 우리는 그 사실을 결코 잊지 않겠다.

– 인간으로서, 기술의 거울 앞에서

2025년 3월 소설가 장량 선언.